UITBARSTING

'N KATERINA CARTER-MISDAADROMAN

COLLEEN CROSS

Translated by
LEANE ROKEBRAND

OOK DEUR COLLEEN CROSS

Katerina Carter bedrog-misdaadromanreeks

Uittreestrategie

Spelteorie

Uitbarsting

UITBARSTING

'N KATERINA CARTER-MISDAADROMAN

Somtyds is dit beter om die verlede begrawe te laat...

Bedrogondersoeker, Katerina Carter se uitstappie na 'n geïsoleerde eiland ontbloot 'n misterieuse 1920s okkult, geheime gange en gerugte van goue skatte. Die Aquarian Foundation se misterieuse geheime is verlore in die sand van tyd, maar 'n onheilspellende misdaad lê diep onder in die water.

Kat ontbloot 'n afgryslike waarheid wat een moordenaar ten alle koste sal beskerm. Om die geheim bloot te lê, sal die moordenaar weer laat toeslaan en net sý kan die moordenaar keer. As sy gelukkig is, sal sy met haar lewe ontsnap, maar het haar geluk reeds uitgehardloop?

'n Meesleurende psigologiese riller wat jy met die ligte aan sal wil lees!

1

Frank sit in die kajuit en kyk na die boot se volgstroom terug. Dit is 'n perfekte dag. Sonskyn, 'n stewige bries en omtrent geen mariene verkeer nie, maak vir 'n perfekte kruising soos hulle oor die Georgia-straat vir Vancouver-eiland vaar. Die perfekte dag vir 'n nuwe begin. Na maande van voorbereiding, is die einde uiteindelik in sig.

Hy kyk steels na Melinda wat op die dek sonbruin. Sy lê met haar gesig na onder op haar swemhanddoek. Haar gedimpelde, wit bobene kontrasteer met haar songebruinde rug wat amper met haar rooi broek versmelt. Sy is bewegingloos, óf bewusteloos óf onbewus. Hy is nie seker watter een nie.

Sy lyk vieslik met of sonder die sonbrand, maar dit maak beswaarlik meer saak. Sy het haarself regtig laat gaan na die geboorte van Emily en weier selfs om te oefen of te dieet. Hy kan nie eens die laaste keer wat hy haar in 'n kortbroek gesien het, onthou nie. Sy dra normaalweg sakkerige t-hemde, sweetpakbroeke en geen grimering, wat om eerlik te wees, 'n verbetering op die kortbroek is. Die vrou met wie hy sewe jaar gelewe getrou het is 'n ploert, met geen begeerte om hom tevrede te stel nie. Genoeg is genoeg.

Sy omstandighede is ondraaglik weens haar selfsugtigheid. Sy het hom gedwing om op te tree. Jammer dat dit tot die punt moet kom, maar dit is háár skuld. Hy beplan dit al vir maande. Nou moet hy net sy plan uitvoer.

Lewe is op pad om baie beter te word. Hy glimlag by die gedagte van môre. Die moontlikhede ken geen einde nie.

Hy hou eintlik nog van Melinda, iets wat hom verbaas. As 'n vrou het sy baie tekortkominge en hy verdien beter, maar kan hy regtig daarmee voortgaan? Natuurlik kan hy. As hy nie doen nie, het hy niemand anders as homself om vir sy ellendige bestaan te blameer nie. Hy is nie van plan om daai speletjie te speel nie. Al wat hy moet doen is by die plan bly en dit uitvoer.

Net swak mense reageer op hulle emosies, iets wat hom eindeloos amuseer. Meeste mense laat toe dat hulle emosies hulle gedagtes en aksies beheer. Dit lei tot swak besluite en maak hulle ook maklike teikens. Hy is nie 'n gevangenis van sy emosies nie. Hy is 'n meester van logika, beheerder van sy eie noodlot. Hy weet beter as meeste mense wanneer en hoe om aan te beweeg.

Hy het amper 'n vermorste lewe aanvaar, maar hy het uiteindelik die lig gesien. Hy het met die ou Melinda getrou, nie hierdie slonserige weergawe nie. Dit is tyd vir 'n verandering, 'n permanente een. Geen morsige egskeiding of 'n toesig stryd oor Emily nie. As sy net meer aandag aan hom geskenk het en hom nie gedwing het om op te tree nie. 'n Paar uur van nou sal sy niks voel nie.

Melinda was sy tweede keuse op die maatsoekwebwerf. Daar was min opsies, maar daar is niks wat hy daaraan kon doen nie. Hy het in 'n oomblik van swakheid getrou toe sy hom gekul het deur swanger te raak. 'n Duur belofte, maar een wat hy nou straffeloos kan beëindig. Hy kan sy lewe oor begin en sy toekoms red. Al wat hy moet doen is sy plan uitvoer. Net die gedagte aan 'n nuwe kans op lewe gee hom energie.

"Lief? Ek het nooit gedink dit kan so warm hier wees nie. Ek is dors." Sy glimlag en hou haar hand bo haar oë om dit van die son te skerm.

Hy glimlag terug. "Ek sal vir jou 'n drankie kry." Perfekte geleentheid. Hy maak die koelboks oop en haal die bottel met die voorafgemengde drankie uit. Hy skink dit in 'n glas en sit ys by. Smaakloos en reukloos, sy sal niks agterkom nie.

Hy loop stadig na haar toe en stil sy bewende hand. Hy buk oor, soen haar op die wang en sit die glas langs haar neer.

"Dankie lief. Ek wens jy het foto's van ons nuwe huis. Ek kan nie wag om dit te sien nie."

"Ek was so gefokus om die saak af te handel dat ek vergeet het. Jy sal dit vinnig genoeg sien." Melinda weet nét wat hy haar vertel het. Hy bestuur hulle finansies en sy het nie 'n idee dat daar nie 'n nuwe huis is nie, geen nuwe werk. Hulle is eintlik platsak. Hy het deur Melinda se erfgeld geblaas en sy ryk bankroller ouers bestaan nie werklik nie.

Sy het hom gedwing om vinniger op te tree deur wéér swanger te raak. Onbeplan, net soos die vorige keer. Dit maak hom regtig moerig. Haar sorgeloosheid dwing hom 'n paar maande vroeër tot aksie, wat beteken hy het regtig nie genoeg tyd gehad om alles in werking te stel nie.

Solank as wat hy nie slordig is nie, kan hy improviseer. Die tydsberekening is nie perfek nie, maar hoe vinniger hy dinge afhandel, hoe vinniger kan sy nuwe lewe begin. Hy voel 'n rilling van opwinding by die gedagte aan sy nuwe vryheid.

Hy het alles tot op die laaste detail beplan. Selfs deeglike beplanners word gevang, maar hy is slimmer as meeste. Op die ware-misdaad programme mis mense onvermydelik 'n

klein detail, 'n materiaalvesel of troeteldier haar. Of 'n agterdogtige vriend. Hy is slimmer as meeste mense, so hy sal nie
opmors nie.

Hy het ook 'n groot voordeel wat ander mense nie het
nie. Melinda het nie sibbe nie. Beide haar ouers het vyf jaar
gelewe in 'n karongeluk omgekom en sy het nie ander nabye
familie nie. Sy het min vriende en hulle ken geen van hulle
suksesvolle bure nie.

Sy vrou se kollegas het haar reeds vergeet. Sy het al
maande vantevore haar minimum loon kleinhandel werk
bedank, op sy aandring. Ook niemand kom ooit kuier nie.
Melinda is 'n onbelangrike persoon in 'n onbelangrike
wêreld. Haar paar vriende en kennisse sal vinnig na die
tragiese ongeluk van haar bestaan vergeet.

Dié keer sal die man óók doodgaan. 'n Oorlede eggenoot
kan beswaarlik as 'n verdagte gesien word.

Hy maak die visboks oop en gaan sy roeibootjie en pomp
vir die hoeveelste keer na. Ligte, kamera, aksie. Maande van
sorgvuldige beplanning het hom met 'n wolkelose Julie dag
beloon en die perfekte gety om sy plan uit te voer.

Sy veertien-voet ligte voor is skaars seevaardig, maar
goed genoeg om op 'n kalm see te seil. Die straat tussen
Vancouver en Vancouver-eiland is redelik kalm in die somer,
so hy verwag geen probleme nie. Hy het die boot net 'n paar
maande terug gekoop en wens dat hy dit nie aan die brand
moet steek nie. Enige afwyking van sy sorgvuldige plan en
hy sal óók sink. Maar as hy by die plan bly, kan hy dosyne
beter bote koop om die een te vervang.

Georgia-straat is rumoerig met somer verkeer, 'n
konstante marine spitstyd van klein jolbootjies en die groter
passasier veerbote wat tussen die vasteland en die eiland
beweeg, soos inwoners en toeriste oor en weer seil. Die
somer wind is vinnig, maar aangenaam, wat 'n verkoelende
effek bied van die hitte wat die kus heelweek al omvou.

Frank behou 'n koers effens na die suide, net ver genoeg weg van die kommersiële bote om nie aandag te trek nie. Hulle is reeds halfpad oor die straat op pad na hulle bestemming, Victoria.

Ten minste, dit is wat hy haar vertel het. Daar is nie 'n nuwe werk of huis in Victoria nie, maar Melinda weet dit nie. Dit gaan sover goed. Dit is 'n lekker dag vir die nuwe begin wat hy al vir maande beplan.

Dit is sy mantra vir sy nuwe lewe. Mantras en bevestigings hou hom aan die beweeg na sy einddoel. Hy lewe al vir jare 'n leuen, maar dit is 'n noodsaaklike leuen. Hy was geduldig gewees en nou kan hy bykans die vryheid próé. Nog 'n paar uur en dit is syne.

Hy het die sade vir 'n suksesvolle toekoms geplant. Dit is nou oestyd.

'n Perfekte Julie dag.

Die eerste dag van die res van my lewe.

Dit is 'n cliché, maar waar. Hy kan skaars wag om met sy volgende avontuur te begin. Hy raak aan die sak van sy cargo-kortbroek, voel die gerusstellende grootte van sy nuwe identifikasie. Paspoort, bestuurslisensie en hoë-limiet kredietkaarte, reg om te gaan. Vervals, natuurlik. Hy het hulle reeds 'n paar dae gelede getoets. Hulle is al wat hy nodig het om sy nuwe lewe op die been te bring.

Frank en Melinda het uit hulle Vancouver-huurhuis uitgetrek en hulle meubels in storing geplaas, aangesien hulle tydelike nuwe woning in Victoria volledig gemeubileerd is. Hulle het by 'n onderwyser gehuur wat weg is op 'n jaarlange studieverlof na Indië. Dit is dieselfde onderwyser wie se pos Frank vir 'n jaar gaan inneem. Hy moet in September begin. Dit is ten minste wat Melinda dink. Dit is alles deel van een groot, swierige leuen waarop sy ingekoop het, geheel en al. Uiteindelik is sy plan onderweg.

Die waarheid is iets heeltemal anders. Daar is geen trekkery nie, ten minste nie vir Melinda nie. Dit is die skoonheid van trek vir werk. Hy het voorgegee dat die administratiewe mense by die skool van die besonderhede afgehandel het en dat daar nie genoeg tyd was om met Melinda beraad te pleeg nie. Sy kan haarself met die besonderhede vertroud maak wanneer hulle in Victoria aankom, het hy haar vertel. Jammer vir haar dat sy nooit sal nie.

Maar hulle sal eers een laaste dag op die boot geniet.

Dit was uitputtend, maar sover het alles volgens skedule verloop. Die bure, wie hulle nie regtig geken het nie – hy het daarvan seker gemaak – het eers gister uitgevind dat hulle vandag vertrek, toe hy hulle besittings in die trok gelaai het, wat na die storing op pad is. Vier-jaar-oue Emily is te jonk om skool toe te gaan en het nie dagsorg besoek vanaf Melinda haar werk bedank het nie. Niemand in hulle klein sirkel van kennisse sal agterkom dat hulle Maandag-oggend soek is nie.

Melinda weet net wat hy haar vertel het en hy het doelbewus min besonderhede gedeel. Sy glo alles wat hy sê, maak nie saak hoe verregaande nie. Sy is dom op 'n beesagtige, argelose manier.

Of dalk nie so dom nie. Sy het hom met die swangerskap bedrieg, wetend dat hy nooit kinders wou gehad het nie, nooit kinders sal wil hê nie. Sy het hom gekul, maar hy het 'n paar truuks van sy eie.

Melinda anker kom. Hou hom terug om sy volle potensiaal te bereik en dit is tyd om dinge te verander. Behalwe die verandering behels nie 'n stad of onderwyspos nie. Dit kom nie saam met 'n nuwe skool nie en beslis nie 'n nuwe volle gemeubileerde huis om in te trek nie. Die hele ding is 'n leuen, 'n noodsaaklike een. Dit het baie werk geverg tot om op hierdie punt te kom, veral omdat hy die plan maande voor hy wou in werking moes sit. Alles as gevolg van Melinda.

Moet nooit terug kyk nie.

Sy plan is besig om presies te werk soos verwag. *Hy het die mag om sy lewe nou te verander. Nóú, soos die seminaar sê. Hy het wat dit verg om suksesvol te wees. Dit hang alles van hom af.*

Nou moet hy net sy plan voltooi.

Emily slaap onderdek, salig onbewus van die skielike ompad wat haar lewe nou gaan vat.

Hy aarsel. Dalk kan hy eerder skei.

Nee. Te veel rafelpunte. Onderhoud sal hom vir amper twintig jaar aan daai koei verbind. Dit kompliseer dinge. Hy haat komplikasies en hy haat dit om vir ander mense verantwoordelik te wees.

Moet nooit vir minder skik as wat jy weet jy verdien nie.

Hy is bly hy het vanmôre na sy motiveringsopname geluister. Vars in sy kop, help dit om sy oortuiging te herbevestig en gee hom die krag om die volgende stap te onderneem.

Hulle het ure gelede hulle bestemming genader, maar hy het terug gesirkel in 'n vlaag van laaste minuut senuwees. Hy is nou oukei en Melinda onwetend, soos gewoonlik. Hy skakel die enjin af en wag vir Melinda om agter te kom.

"Lief? Hoekom het ons gestop?" Sy sluk die laaste van haar drankie af en sit die glas langs haar neer.

"Ek weet nie. Die enjin het gestol." Hy peuter met die motor soos hy sy vrou bestudeer. Sy is goed op pad na bewusteloosheid.

Melinda gaap. "Ek raak aan die slaap, moet die son wees."

Haar tong sleep. Die medikasie het ingeskop.

Minder as vyf minute later is sy komateus, haar sleeptong met snorke vervang. Haar regter arm val van die lêstoel af en land met 'n plof op die dek. Sy word nie wakker nie.

Nog tien minute. Frank dink om haar gewrigte saam te

bind, maar wanneer haar liggaam opduik sal dit voor-die-hand-liggende vuilspel aandui. Wat 'n interessante woord, *vuilspel.* 'n Woord met soveel erns, tog word dit spéél genoem. Of dalk beteken dit dat jy met iemand speel, soos in kul.

Hy kry weer daai gevoel op die krop van sy maag. Wat as iets baie verkeerd gaan en sy word wakker? Gebinde gewrigte verhoed haar om haarself te red. Is daar roofdiere wat dalk haar vleis sal eet? Hy het nie daaraan gedink nie.

Hy besluit uiteindelik om nie haar gewrigte te bind nie. In die onwaarskynlike moontlikheid dat hulle haar liggaam vind, sal die tou kneusplekke los. Daardie merke sal nie net bewys van moord wees nie, maar sal ook inligting op die tyd van dood bied. Hy laat die tou op die dek val.

Sy is dooie gewig. Hy het haar 'n tripeldosis gegee, sodat daar nie 'n manier is wat sy wakker sal word nie. Hy lig haar arm en laat dit val om sy hipotese te toets.

Geen respons.

Haar arm is pap in sy hand, dooie gewig.

Hy los dit en laat dit op die grond val.

Hy tree terug en bestudeer haar. Hy het haar lêstoel naby aan die rant geposisioneer, wat dit makliker maak om haar van die boot af te kry. Hy onthou sy ingenieursteorie van kollege en het 'n rowwe soort van katrolstelsel opgestel wat hy nou aan die stoel vasmaak.

Sy hart hamer in sy bors, beide van vrees om ontdek te word en die ekstase van uiteindelik sy plan uitvoer. Hy voel nie eens 'n bietjie skuldig nie.

Hy haal die seil uit die stoorboks uit en vou dit oop. Dit is waarskynlik 'n onnodige stap aangesien hy die boot gaan brand, maar hy kan nie te versigtig wees nie. Hy haat ook die gemors na die tyd en wil nie méér werk vir homself maak nie.

Sweet slaan op sy voorkop uit soos hy die stoel oor die dek so naby as moontlik aan die rant sleep. Hy stop om sy voorkop af te vee, ontvou die seil en gooi dit oor die bokant. Hy steek die kante om die stoel in en gooi dit oor die rant.

Geen bloed, DNS of ander bewyse nie. Geen gemors.

Net 'n klein, self-beheersde toneel wat hy kan beheer, sonder kommer van bewyse wat met Luminol of ander forensiese instrumente opduik.

'n Ekstra voorsorgmaatreël, dalk, aangesien die boot gebrand gaan word, maar jy kan nooit te versigtig wees nie.

Hy trek skerp asem in terwyl hy kyk hoe die bondel in die see sink. Hy vee sy hande aan sy broek af net soos die seil sewe voet weg na die bokant dryf.

Verdomp. Hy het nie daaraan gedink nie.

Hy gryp die spaan en strek sy arm so ver as moontlik, maar die seil is net-net buite bereik.

Hy snak toe 'n arm uit die seil uitsteek. Sy het glad nie gesink nie. Sy is steeds in die verdomde seil vasgevang.

"Pappa?"

Frank spring, verskrik. Hy draai sy gesig na sy dogter toe. "Emily? Ek het gedink jy slaap."

"Waar is mamma?" Sy het 'n oorprysde pienk en geel geblomde rok aan wat Melinda spesiaal vir die geleentheid om na 'n nuwe huis te trek, uitgekies het. Tipies Melinda wat 'n klein fortuin op iets oppervlakkig spandeer.

"Sy is onder, skat." Hy het ook 'n kalmeermiddel in Emily se sap gesit toe hulle Vancouver verlaat het. Dit moes haar vir ure platgeslaan het. In stede daarvan is Emily net deurmekaar. Haar hare is gekoek. Een piepklein pienk sandaal is weg en die ander een los.

Frank slaan in 'n sweet uit. Wat de hel het gebeur? Emily se dosis was die helfte van Melinda sin, tog weeg sy minder as 'n derde. Wat as Melinda sin nie gevat het nie? Wat as die skok van die water haar wakker gemaak het en sy word op een of ander manier gered?

"Nee sy is nie. Pappa, my kop is seer." Sy vee oor haar oë en frons. "Waar is Mammie?"

Hy loer na die seil, waar Melinda se been gedeeltelik ontbloot is soos die drywende seil van haar liggaam skei. Hy moet dit vinnig regstel.

"Sy vang 'n slapie, lief. Gaan slaap weer." Wat as Melinda ontdek en gered word? Die straat het baie mariene verkeer op 'n somersdag, so dit is baie moontlik. Hoekom het hy nie daaraan gedink om haar met sement te anker soos die bendelede doen nie?

Wat ook al. Hy was altyd trots dat hy op sy voete kan dink, en nou is nie anders nie. Hy sal aanpas en voort beweeg.

"Hoekom het jy die stoel oor gegooi? Sal dit die visse seer maak?"

Hy voel 'n knop in die keel. Hoeveel het sy gesien? "Kom hier en gee pappa 'n soentjie." Hy kniel en hou sy arms oop.

Sy skuifel op haar half-kaal voete vorentoe en val slaperig in sy arms in.

Hy vang haar met een arm en slaan sy ander hand oor haar neusgate en mond.

Emily probeer om te skree. Sy baklei teen hom en haar klein armpies swaai soos sy probeer om asem te kry.

Hoe lank, wonder hy.

Soos 'n pas gevange vis wat baklei vir sy laaste asem.

Hy sien beweging uit die hoek van sy oog nes die seil in die golwe ontvou. Dis is 'n reuse teiken soos dit op die water dryf. Melinda se liggaam het uiteindelik van die seil geskei en sink stadig onder die oppervlakte in. Hy kyk terwyl hy Emily vashou en wag.

Sy het in minder as 'n minuut ophou baklei en word pap. Versigtig om nie haar mond en neus oop te maak nie, verslap hy sy greep op haar liggaam en soek vir 'n pols in haar nek. Niks. Hy wag nog 'n minuut om seker te maak sy is dood, dan stoot hy haar oorboord.

Net in tyd. Hy sien 'n seiljag wat van die suide aankom. Hy besef op dieselfde tyd dat die wind sterker geword het; hy kyk af na die water waar Emily ingegaan het. Hy verwag om golwe te sien.

Behalwe sy het nie gesink nie. Sy dobber, gesig na onder in die water. Haar pienk rubber sandaal steeds losweg aan haar voet vas. Maar alle dooie liggame is veronderstel om te sink, ten minste dit is wat sy navorsing aangetoon het. Wat de hel?

Alweer daardie simpel rok. Die materiaal het lug vasgekeer.

Die seiljag is nou nader, binne 100 voet. Naby genoeg om hulle duidelik te sien en dalk selfs Emily se liggaam in die water te sien. Met verkykers kon hulle dalk gesien het wat hy gedoen het. Hy raak paniekerig en gryp 'n spaan. Hy druk dit in Emily se rug in, druk haar onder die water in. Die lugsakke in haar los rokkie versprei en sy sink.

Dan val haar sandaal af en dryf op die water. Hy het amper die skoen terug toe hy besef dat dit Emily se liggaam na die oppervlak sal bring.

Sy hart hamer soos die seilboot nader kom.

Hy vloek binnensmonds. Hy het die belangrikste ding oorgesien. Hy het nie gedink dat die liggame nie onmiddellik sal sink nie.

Die seiljag seil reguit en gly deur die water, minder as vyftig voet weg. Net een man is sigbaar op die dek. Hy is besig om die seil aan te pas. "Dankie tog," sê hy hardop terwyl hy Emily se liggaam met die roeispaan onder water hou. Hy lig sy oop arm op en waai.

Dit is Melinda se skuld dat sy hom getruuk het en swanger geraak het. Hy wil die lewe geniet, iets wat onmoontlik met 'n baba is, 'n huisvrou en al die rekenings

wat seker is om te volg. Hy is siek en sat daarvoor om gema-
nipuleer te word en saam met al die kompromieë wat hy
moet maak te lewe. Hy het net een lewe om te leef en hy is
nie van plan om dit te mors nie.

Hy trek sy selfoon, beursie en sleutels uit en gooi dit
oorboord. In die onwaarskynlike geval dat dit gevind sal
word, sal dit voorkom asof hy saam met Melinda en Emily
oorboord is. Sy liggaam sal nooit gevind word nie, maar hy is
nie daaroor bekommerd nie. Baie liggame word nie in die
water teruggevind nie. So lank as wat niks hom met die
gebrande boot in die hawe kan verbind nie, sal hy oukei
wees.

Dit voeg bietjie misterie en intrige by. Hy hou daarvan.
Kan net sowel bietjie pret hê terwyl hy hulle uitoorlê.

Hy kyk na sy hand en sien sy trouring. Hy trek dit van sy
vinger af en bestudeer dit in die palm van sy hand. Dit is
simbolies, dink hy soos hy dit oorboord gooi. Uit met die
oud en in met die nuut.

'n Nuwe lewe. 'n Ryk een. En dit begin nóú.

2

Katerina Carter se agterland kantoorvenster raam
'n asemrowende uitsig van die Vancouver-hawe.
Wonderlik vir dagdroom, nie so wonderlik vir
werk gedoen kry nie. Sy kyk op haar horlosie en besef twee
dinge: sy staar al vir twintig minute by die venster uit en
haar kêrel, Jace Burton is laat.

Jace is altyd betyds, maar hy moes teen nou al vir hulle
naweek-wegbreek opgedaag het. Hulle het nie baie tyd voor
hulle vlug na De Courcy-eiland nie, 'n klein, karig bevolkte
eiland in die Juan de Fuca-staat naby Vancouver-eiland.

Jace se nuutste projek vir *The Sentinel* is 'n historiese
heemkunde gebaseer op 'n 1920s okkult. Volgens Jace bied
die okkult genoegsame skandaal, seks en selfs fluistering van
versteekte skatte. Die man agter alles daarvan, het onder die
naam Brother Twelve bedryf, of eerder, Brother XII, soos hy
aandring dit geskryf moes word. Blykbaar het die Egiptiese
gode waarmee hy gekommunikeer het, 'n ding vir Romeinse
syfers.

Die wegbreek is tegnies 'n werksnaweek vir Jace. Sy
Brother XII-projek is deel van 'n historiese reeks wat hy

skryf. Jace vryskut, so 'n langtermyn reeks soos dié is goed. Dit verskaf beide vaste werk en voordele, soos gratis uitstappies oor die hele Noord-Amerika, afhangende van die storie.

Hierdie projek is naby, maar dit kan net sowel duisende myle weg wees. De Courcy-eiland is in die suidelike deel van die Gulf Eiland-ketting, genestel tussen Vancouver-eiland en Gabriola-eiland. Die eiland is minder as dertig myl aflandig, tog toeganklik slegs deur 'n private boot of watervliegtuig.

De Courcy is bietjie van 'n spookeiland. Soos 'n spookdorpie is dit lank reeds verby sy bloeityd met net 'n paar dosyn inwoners. Minder as 'n honderd jaar gelede was De Courcy die tuiste van Brother XII se misterieuse okkult, die Aquarian Foundation. Nie lank nadat dit begin is nie, het die stigter die organisasie van Cedar-by-the-Sea op Vancouvereiland na die meer geïsoleerde De Courcy- en Valdeseilande verhuis om die publiek se bestudering en kritiek te ontsnap.

Okkulte fassineer Kat. Sy is nog altyd gefassineer met hoe charismatiese leiers andersins slim en verstandige mense fop. Brother XII is 'n perfekte voorbeeld. Sy regte naam is Edward Arthur Wilson. Hy beweer dat hy in Indië gebore is van 'n prinses, al toon bewyse dat hy werklik van 'n laer-middel-klas agtergrond in Birmingham, Engeland afkomstig is.

Brother XII het sy okkult op die leringe van die Theosophical Society gebaseer en groot donasies van duisende ryk individue, insluitend miljoenêr magnate, aangetrek. Hulle het 'n finansiële Armageddon gevrees toe die globale finansiële markte inmekaargestort het.

Hy het beweer dat sy Nuwe Era okkult hulle sou red en dat hulle veilig in die Aquarian Foundation se selfonderhoudende eiland se nedersetting sal wees. In stede daarvan het die Aquarian Foundation in vlamme opgegaan. Brother XII het verdwyn om nooit weer gesien te word nie; los sy volgelinge met finansiële vernietiging agter.

Vandag is die Aquarian Foundation meestal vergete, maar in die bloeityd was dit 'n massiewe wêreldwye skandaal. Snaaks hoe die geskiedenis dieselfde drama herhaal, met net klein veranderings tot die rolverdeling en omgewing. Mense glo wat hulle wil glo, selfs met oorweldigende bewyse in teenstelling. Kat sien dit elke dag in haar werk as 'n forensiese rekenmeester en bedrogspeurder.

Carter & Associates, haar forensiese rekeningkundige- en bedrogondersoek-praktyk is besig en winsgewend en sy het ekstra ure gewerk om op te vang voor haar langnaweek-wegbreek. Sy is in 'n feestelike bui, gereed vir 'n paar dae van son, sand en ontspanning.

Sy het die dae van die week afgetel, angstig vir 'n eerstehandse besigtiging van wat ook al van die nedersetting oorgebly het. Sy beplan ook om te strandkam terwyl Jace navorsing doen oor Brother XII en die okkult.

Sy kyk op haar horlosie en voel angstig. Jace is nou al 'n halfuur laat en hulle is nou in gevaar om hulle vlug te mis. Sy kyk na die hawe en wonder watter van die half-dosyn watervliegtuie in die hawe hulle sin is.

"Hy is uiteindelik hier, Kat." Oom Harry gly by haar kantoor in, onverwags rats vir sy sewentig-iets jaar. "Daardie ou het 'n horlosie nodig."

"Oom Harry, loop stadiger voor jy 'n heup breek." Tegnies gesproke is haar oom nie op Carter & Associates se betaalstaat nie, tog spandeer hy amper al sy tyd by haar kantoor, soos sy doen. Hy het in 'n permanente vrywilliger – en 'n vaste instelling – in die kantoor verander. Met geen aangewese verpligtinge nie, het hy nie 'n geldige rede om hier te wees nie. Hy is egter goeie geselskap.

"Hemel, Kat. Ek is in goeie vorm. Gee my bietjie krediet." Harry draai kant toe en bots met die muur. "Eina."

"Jy oukei?"

"Natuurlik." Hy krimp ineen. "Joga gaan môre seer maak."

"Jy kan 'n dag af vat." Oom Harry se joga is blykbaar 'n adrenaliensport, soos bewys deur sy ewig teenwoordige kneusplekke. Wat besiel 'n sewentigerjarige man om in die eerste plek vir joga in te skryf? Vroulike sewentigerjariges, sonder twyfel.

"Ek kan seker, maar dan gaan my soepelheid net na die donder gaan. O, en Gia is ook hier."

"Ons is alreeds laat." Kat en Gia Camiletti is al goeie vriende van graad drie af. Sy het Gia vir weke nie gesien of van gehoor nie, en wil graag met haar opvang, maar nou is nie die tyd nie.

"Sy is saam met een of ander aantreklike jong ou." Harry buk om aan sy tone te raak. Hy kom tot by die middel van sy kuit uit, kreun en kom orent.

'n Blomagtige parfuum reuk waai by Kat se kantoor in, 'n paar sekondes later gevolg deur Gia in 'n helder fuchsia-geblomde moulose rok en bypassende vier-duim hakke. Die hele vyf-voet-twee van haar volronde wiegel trek aan haar roksome. Sy is twintig pond meer as wat haar rok kan hanteer. "Kat! Ontmoet my nuwe kêrel, Raphael."

Raphael is asemrowend aantreklik, gelyk aan die aantreklikste rolprent of TV-sterre. Die ou aan Gia se arm lyk nie eens werklik nie. Sy Mediterreense vel kontrasteer met sy op naat gemaakte wit linne hemp. Die gedeeltelike oopgeknoopte hemp gee 'n informele beeld en ontbloot ook sy gespierde bolyf. Hy dra 'n katoen broek en duur aanglipskoene.

"Bly te kenne." Raphael glimlag en soen Kat se hand met 'n swierige swaai. Sy tande blink so wit dat hulle amper ultra-violet is. Sy hemp plak weens die hitte aan sy vel vas, aksentueer sy breë skouers en maer torso. Hy is meer perfek as 'n getekenspuite tydskrifmodel, indien moontlik.

Kat is onmiddellik agterdogtig. Mans soos Raphael graviteer selde na plomp haarstiliste soos Gia. Terwyl hy natuurlik aantreklik is, is dit duidelik dat hy ook geld op sy voorkoms spandeer het. Meeste mans gee min vir duur klere of tandheelkunde om. Dalk is hy selfingenome, of dalk sien hy dit as 'n soort belegging.

Sy is ook verbaas om Gia saam met Raphael te sien aangesien sy mans afgesweer nadat haar hoërskool liefde haar twee jaar gelewe by die kansel gelos het. Die bruidegom het nooit opgedaag nie −nooit gebel nie – Gia verneder agtergelaat, op wraak uit.

"Kat?" Gia trek haar kêrel nader. "Moenie net staar nie. Sê hallo."

Kat bloos, verleë aangesien sy reeds Raphael se ondergang aan Gia se hande verbeel het. Sy hoop ten minste dit gebeur. Die ou laat haar gril. Sy mompel 'n hallo.

Raphael hou haar hand 'n oomblik langer as wat nodig is en staar verleidelik in haar oë in. Hy is so koel soos reën en sy wantrou hom instinktief.

Dit is duidelik wat Gia aangetrek het. Die ou lyk asof hy die gim 'n paar uur per dag besoek. Gia, in teenstelling, sal nie dood in 'n gim gevang word nie. Ten spyte van sy beeldskone voorkoms, lyk hy net nie soos die tipe ou wat Gia gelukkig sal maak nie. Iemand soos Raphael sal Gia net meer onseker oor haarself laat voel. Hy is lank, gesonbrand en totaal uit Gia se liga uit. Sy gepoleerde voorkoms is reguit uit die bladsye van 'n manstydskrif.

Raphael blyk ook die teenoorgestelde van Gia se eksentriese en ongewone styl te wees. Terwyl Gia se aansteeklike entoesiasme pret is, neig mans soos Raphael om eerder vir voorkoms as persoonlikheid te gaan. Dit is verkeerd om 'n vinnige oordeel oor die ou te maak, maar haar instink is gewoonlik in die kol.

Raphael buk en plant 'n soen op Gia se voorkop terwyl hy steeds Kat se hand vashou. "Bellissima, jy het my nie van jou pragtige vriendin vertel nie." Hy draai na Kat en kyk haar op en af voor hy 'n afwysende blik oor haar kantoor gooi.

"Sy is slim ook." Gia knipoog vir Kat. "Kat is 'n forensiese rekenmeester. Sy ondersoek bedrog."

Raphael laat Kat se hand val asof dit radioaktief is. Van beeldskoon tot toksies in 'n paar sekondes. "Raphael koop en verkoop besighede." Gia glimlag vir hom. "Hy het pas van Italië afgekom en 'n multimiljoen dollar ooreenkoms vir die Noord-Amerikaanse lyn van sy revolusionêre haarprodukte aangegaan. Ons trek saam in."

"Interessant." Dit is al wat Kat kan sê sonder om haar vermoedens weg te gee. Gia is haar kindertyd vriendin en vertel Kat alles. Sy weet vir 'n feit dat Gia net 'n paar weke gelede nie 'n man in haar lewe gehad het nie, tog maak hulle planne om saam in te trek. Dit is asof Raphael uit die dun lug gematerialiseer het. Alles beweeg net te vinnig.

Gia frons toe sy Kat bestudeer. "Is dit al wat jy kan sê? Ek dog jy sal gefassineerd wees. Besigheidsooreenkomste is reg by jou straat af."

"Ek sal graag die besonderhede wil hoor, maar ons is laat vir ons vlug." Sy moet bly wees vir Gia, maar is eerder geïrriteerd. Nie met haar vriendin nie, maar teenoor Raphael. Binne minute van hulle ontmoeting, voel sy onseker en gebrekkig in haar klein verslete kantoor. Sy voel beledig, aangesien sy trots op die besigheid is wat sy van niks opgebou het. Maar vergeleke met Raphael lyk dit of sy nie veel vermag het nie.

Wat kan moontlik revolusionêr aan haarprodukte wees? Sy is skepties wanneer dit by skoonheidsprodukte kom. Sjampoe is net seep wat opgehemel is, herverpak en aan liggelowige verbruikers, en haarstiliste, bemark word. Sy sal by haar apteek sjampoe bly in stede van die oorprysde salon produkte, alhoewel sy dit nooit aan Gia sal erken nie.

Gia, 'n haarstilus, dink anders. Elke nuwe sjampoe of stileringshulpmiddel is soos die mens se ontdekking van vuur of iets. Sy raas met elke haarsny met Kat omdat sy goedkoop haarprodukte gebruik. Kat het belowe om oor te skakel as Gia kan bewys dat salonprodukte beter is. Natuurlik kon Gia nie omdat daar geen wetenskaplike bewyse of formule verskil aan die produkte is nie.

"Kat?" Jace staan agter die paartjie, 'n sak oor sy een skouer gegooi.

Raphael draai onmiddellik om en stel homself voor. Die twee mans skud hande soos Gia vir Kat glimlag.

Hy draai na Raphael en stel homself voor.

Uiteindelik gered. Sy mosie na Jace en tik op haar horlosie. "Ons is laat, Jace. Ons gaan ons vlug mis as ons nie nou loop nie."

"Een oomblik. Het nounet 'n boodskap van die lugredery gekry." Jace frons toe hy na die skerm kyk. Selfs met sy kop gebuk bereik hy amper die bopunt van die deurkosyn. Hy is 'n paar duim langer as Raphael, maar slungelagtig en gespierd in kontras met Raphael se gespierde liggaamsbou.

Harry stoot verby Jace in die kamer in. Hy hou 'n hand na Raphael uit. "Ek is Harry Denton, Kat se vennoot." In realiteit is Carter & Associates vennootloos, maar Harry hou van die gedruis van die kantoor en werk deeltyds. Hy is nie baie tegnologies aangelê nie, so daar is nie baie vir hom om te doen anders as ontvangs en 'n bietjie kassering hier en daar nie. Kliënte hou egter van hom en dit is lekker om geselskap by die kantoor te hê. Dit is 'n wen-wen situasie vir albei van hulle.

Raphael skud sy hand. "Wat presies doen 'n, um, vennoot hier?"

"Ek help Kat met die bedrog ondersoeke." Harry beduie na Kat. "Sy het 'n paar kopkrappers ontbloot. In die biljoene selfs, soos die Liberty bloeddiamant saak."

"Regtig?" Raphael verstok en kyk haar kantoor met teensinnigheid aan. "Ek sou dit nooit raai met hoe dié plek lyk nie."

Kat bloos. "Ek ontmoet my kliënte gewoonlik by hulle kantore, so daar is geen nood aan die skyn bewaar nie." Sy berou onmiddellik haar antwoord. Sy het haarself bykans beledig. Nou klink sy net verdedigend.

"Ek sou waarskynlik dieselfde doen." Raphael draai weg.

Impliseer hy haar kantoor is nie waardig van gaste nie? Inhoud wen uit oor voorkoms in Kat se boeke. Sy hou reeds nie van Raphael nie. Wat gee hom die reg om hier in te marsjeer en haar kantoor te kritiseer?

"Ek het 'n paar hernuwings in beplanning. Hierdie plek het net 'n bietjie poetswerk nodig," Harry vee oor sy voorkop. "Ek moet die houtvloere oordoen, 'n vars laag verf gee en lambrisering. Daar is net nooit genoeg tyd in die dag nie. Ek raak altyd afgelei."

Raphael lag. "Jou werk is vir jou uitgeknip."

Wat ook al. Sy hou van haar vroeg twintigste eeu Gastown-kantoor net soos dit is. Shabby-chic, met sy ontblote hout en groot vensters wat 'n uitsig oor die hawe raam. Ouderwets beteken ook goedkoop huur en lae bokoste. Ignoreer hom net, herinner sy haarself.

Sy laat haar skootrekenaar in haar sak val en staan op, reg om te gaan. Sy tel die sekondes voor sy Gia se ongeskikte kêrel agter kan laat.

Jace frons en kyk van sy selfoon af op. "Ek haat dit om jou te sê, maar ons vlug is gekanselleer. Meganiese probleme, met geen ander vlugte tot Dinsdag nie."

"Dis aaklig," sug Kat. 'n Augustus-naweek wegbreek saam met Jace op 'n vlug na 'n karig bevolkte eiland, alle uitgawes gedek? Natuurlik is dit te goed om waar te wees. "Dalk volgende naweek?"

Jace trek sy skouers op. "Ek kan nie so lank wag nie. My sperdatum is volgende Vrydag. Ek moet 'n ander manier vind om daar te kom."

"Hoekom vat ek jou nie na De Courcy-eiland toe nie?" Raphael beduie na die hawe uitsig. "Op my seiljag."

"'n Bedekte seëning!" Gia klap haar hande saam. "Nou kan ons saam uithang."

Gia se kêrel het 'n seiljag? Dit is vinnig besig om ongelooflik te raak.

"O, nee. Ek kan nie so van julle misbruik maak nie." Jace laat sy sak op Kat se kantoorstoel val. "Julle twee het sekerlik ander planne."

Ja, asseblief hê ander planne. Kat som mense baie vinnig op en is seker Raphael loop vir kwaadgeld rond. Wat sien Gia in hom?

Simpel vraag. Raphael is nie net aantreklik nie, maar is blykbaar ryk ook.

"Nie regtig nie, en dit is nie moeite nie," sê Raphael. "Ek wou nog altyd hierdie eilande verken. Dit is die perfekte geleentheid."

Gia se armbande klingel soos sy op en af op haar vier-duim hakke spring. "Dit sal so pret wees! Ons sal tyd hê om te kuier en Jace kan sy storie skryf. Ons kan die eiland verken en later op die boot ontspan!"

Jace plaas sy gewig van een voet na die ander oor. "As jy absoluut seker is, sal dit wonderlik wees. Ek het regtig 'n spertyd wat ek moet haal en die enigste ander manier daar-heen is per boot. Ek kan geld vir brandstof inskop..."

"Dalk is daar 'n ander lugredery..." Kat se gedagtes jaag.

Seiljag brandstof is waarskynlik duisende dollar. Jace besef nie waarvoor hy instem nie.

"Moenie belaglik wees nie," lag Raphael. "Ek was in elk geval op pad daarheen. Waaroor gaan jou storie?"

"'n 1920s okkult, kompleet met 'n seksskandaal en versteekte skatte," sê Jace. "'n Ou genaamd Brother XII het die Aquarian Foundation in 1927 gestig. Hy het beweer dat dit 'n spirituele gemeenskap is wat wag vir die Era van Aquarius. Die prys vir toelating was egter hoog. Hy het net ryk lewe uitgesoek. Aangesien hy almal se geld gevat het, was dit 'n okkult, swendelary of beide."

"Swendelary," sê Kat. "'n Okkult is amper altyd 'n swendelary. Veral wanneer die eerste saak van besigheid is om die volgers te oortuig om al hulle geld te oorhandig."

Raphael skimp. "Jy is 'n glas half leeg tipe, sien ek."

Kat frons.

Gia vorm die woord *jammer* vir Kat en trek aan Raphael se arm. "Ek is mal oor 'n skattejag!"

"Ek het dit nie bedoel soos dit geklink het nie," sê Raphael. "In my ervaring is die rekenmeesters altyd die neebroers. Hulle sê altyd *nee* wanneer almal anders *ja* sê."

Jace lag. "Realiste, vir seker, maar dit is 'n voordeel. Kat is beter as enige iemand anders om kriminele uit te snuffel. Sy kry ook die geld terug."

Hulle praat oor haar asof sy nie eens hier is nie. Sy maak haar mond oop om te antwoord, maar keer haarself. Jace het Raphael se kommentaar nie as ongeskik geïnterpreteer nie. Dit voel egter verseker soos 'n belediging. Sy wil nie 'n argument begin nie, so sy kners net op haar tande en glimlag.

"Brother XII klink soos 'n fassinerende ou," sê Raphael.

"Charismaties in die minste," sê Jace. "Sy regte naam was Edward Arthur Wilson. Hy het beweer dat hy die reïnkarnasie van die Egiptiese god Osiris was, en sy Aquarian Foundation is op die voorneme van 'n naderende oordeelsdag baseer. Hy het beweer dat die einde van die wêreld naby is en net 'n paar gekose gelowiges se siele sal gered word."

"Mense het daarvoor geval?" Raphael lig sy wenkbroue. "Nie te slim nie."

"Meeste was verbasend baie slim, opgevoede mense," sê Jace. "Een van die Aquarian Foundation se raadslede was 'n prominente internasionale koerantuitgewer. Brother XII het baie publisiteit van sy publikasies en ander sin ook gekry. Dit het Brother XII 'n internasionale gehoor gegee. Kort daarop het hy duisende welgestelde en invloedryke volgelinge gehad, selfs presidensiële kandidate."

"Hulle het miljoene tot Wilson en sy Aquarian Foundation bygedra en hy het die vondse gebruik om 'n opsigselfstaande samelewing en nedersetting te skep, met Wilson aan die stuur. Honderde mense oor die wêreld heen het hierheen getrek om by hom aan te sluit, meeste het ál hulle aardse besittings oorhandig."

"Hulle moes mal gewees het om hulle geld vir hom te gee," sê Gia. "Wie sal dit waag om dit só te verloor?"

"Verbasend wat mense sal doen," Raphael vryf sy ken. "Hulle sal groot somme geld betaal om te kry wat hulle wil hê. Dit is nie altyd oor geld en rykdom nie. Somtyds wil hulle net deel van iets groter as hulself wees."

Jace knik. "Terugskouing is 20/20. Raphael is reg. Meeste van hulle is reeds ryk. Wat hulle regtig wou hê, is om aanvaar te word en aan iets te behoort. Brother XII het daardie begeerte vervul. Hy het in die middel 1920s 'n reeks in Engeland in *The Occult Review* gepubliseer. Hy het beweer om psigiese vaardighede te besit en dat Armageddon dreig. Dit was maklik om sy aanvanklike volgelinge te oortuig om in 1927 by hom aan te sluit. Gelukkig vir Brother XII was hulle almal ryk en het hulle almal al hulle bates aan hom en die Aquarian Foundation oorgegee."

"Hoekom sal iemand dit doen?" vra Harry. "Dit is mal."

"Ek dink ook so," sê Jace. "Maar hulle was opgevang in die idee dat hulle op pad was om die nuwe Era van Aquarius binne te tree. Hulle het 'n oordeelsdag verwag en het gedink dit sit hulle aan die regte kant van die draad wanneer Armageddon uiteindelik tref. Plus, Brother XII het hulle spesiaal maak voel deur aanvanklik net twaalf mense te nooi."

Raphael knik waarderend. "Slegs op uitnodiging. Goeie konsep."

"Ek sou nie daardeur gebluf word nie," sê Harry.

"Jy sal verbaas wees," sê Jace. "Daar was baie ophef in die pers. Mense het dit as 'n eens-in-'n-leeftyd geleentheid gesien. Ook, watter goed sou hulle geld hulle gedoen het as die aarde tot 'n einde sou kom?"

"Ek kan dit insien," voeg Gia by. "Al die koerante het op sy bewerings verslag gedoen, so dit is te verwagte dat mense in die histerie opgesweep geraak het."

"Presies," stem Jace saam. "En Brother XII se ryk bekeerdes was agterdogtig van die neebroers se motiewe, so hulle het enige aantygings teen Brother XII afgemaak."

"Slim man, selfs al was hy 'n skelm." Raphael klap sy hande. "Wel? Waarvoor wag ons? Kom ons gaan na De Courcy-eiland toe. Ons kan na die seiljag toe stap. Ek is in die marina gedok."

"O, 'n regte avontuur!" roep Gia uit. "Ek kan nie wag nie."

"Ek ook! Laat ek my goed kry." Oom Harry hardloop uit Kat se kantoor uit voor sy beswaar kan maak. Haar romantiese wegbreek saam met Jace het op een of ander manier in 'n partytjie vervorm. Maar Jace het die storie nodig, so wie is sy om te argumenteer?

3
———

Raphael se seiljag is uiteindelik meer as 'n honderd-en-vyftig voet, by ver die grootste in die marina. Die ongerepte wit romp gloei in die middagson soos hulle by die loopbrug afbeweeg, sakke en al.

Kat het vir baie miljoenêrs en 'n paar biljoenêrs in haar vorige werk as 'n internasionale finansiële konsultant gewerk. Sy het haar deel van magnaat-speelgoed gesien en het selfs partytjies op 'n paar van hulle bygewoon. Sy weet nie baie van seiljagte nie, maar *The Financier* is groter en rykliker versier as enige waarop sy ooit was. Raphael se seiljag dwerg al die ander bote in die marina in beide grote en praal.

Kat voel jaloerse kyke aan soos hulle agter Raphael en Gia by die dok af stap. Die sensasie gee haar 'n vreemde sin van belang, asof sy 'n beroemde of iets is.

Die middagson slaan op hulle neer toe hulle aan boord *The Financier* klim. Hulle gaan onmiddellik onder die dek na 'n ruim lugversorgde sloep en 'n gang wat na die agterkant van die boot lei. Die luukse binnekant is afgewerk met duur ingeboude kiaat meubels en beligting. Raphael beduie na 'n kajuit aan die regterkant. Jace het hulle akkommodasie gekanselleer aangesien Raphael aangedring het hulle aan boord die seiljag bly.

"Daardie een is vir julle twee en Harry sin is langsaan," sê Raphael.

Kat volg Jace by die kajuit in. Dit is ruimer as wat sy verwag het, ten minste dubbel die grote van die luuksekajuit op hulle Karibiese bootreis laasjaar. "Sjoe."

Sy laat haar sak op die bed val en gaan weer in die gang in. Sy loer in Harry se kajuit langsaan in. Dit is kleiner, maar niks minder luuks nie.

"Ek kan hieraan gewoond raak." Harry loer by die groot patryspoort uit. "Dalk word ek 'n koopvaardymatroos, kry 'n werk op 'n boot."

Kat lag. "Jy is oor die sewentig, oom Harry. Te laat om vir 'n nuwe werk te soek en jy het reeds 'n pensioen. Buitendien, ek wed die bemanning werk baie hard om alles lopend te hou."

Kat gaan by haar oom se luuksekajuit uit en loer by die gang af. Verby Harry se luuksekajuit is die bemanning se kajuite. Volgens Raphael is die boot met die nuutste tegnologie en navigasie toegerus. Sy het nog nie die bemanning gesien nie, maar hulle is seker besig om vir hulle vertrek gereed te maak.

Sy keer na haar luuksekajuit terug, waar Jace sy sak in die ingeboude kas uitpak.

"Hierdie seiljag moet meer as ons huis werd wees." Sy sit op die bed en laat haar hand oor die Egiptiese katoen duvet linne gly. Sy is bly vir Gia, maar voel haar liefdesverhouding met Raphael is 'n bietjie te goed om waar te wees. Alles omtrent hom is net té perfek.

"Meer as 'n paar huise, ek is seker." Jace lag. "Ek is bly Raphael het my nie op my offer om brandstof te betaal, geneem nie. Toe hy 'seiljag' sê, het ek gedink hy oordryf."

"Blykbaar nie. Vind jy nie dat Gia en Raphael 'n vreemde paartjie maak nie?" Raphael se snyersklere, perfekte lyf en blykbaar, biljoenêr status grens aan die ongelooflike. Nie dat Gia nie 'n vangs vir enige ou is nie. Net dat ouens dit nie normaalweg so sien nie.

Gia is vol pret, aantreklik en suksesvol, maar sy is nie juis 'n bikini-model nie. Ouens soos Raphael gaan tipies vir beeld en voorkoms. Die vrouens wat hulle arms versier is dikwels 'n uitbreiding daarvan.

"Soort van." Jace lug sy skouers op. "Hulle lyk egter of hulle baie van mekaar hou. Goed vir Gia."

Kat beoog om op Raphael in te kyk om te sien of hy is wie hy sê hy is. Sy sal hom vinnig genoeg ontbloot.

"Ek veronderstel so." Sy het net 'n paar gesteelde oomblikke saam met Jace voor hulle weer boontoe moet keer en sy wil sy indruk van Raphael uitmaak. "Is jy seker hieroor, Jace? Ek voel vreemd om van Raphael misbruik te maak. Ons ken hom skaars."

"Jy het hom gehoor," sê Jace. "Hy het gesê hy wou altyd die eilande besoek. As ek 'n boot soos dié gehad het, sou ek ook verskonings gesoek het om plekke te besoek. Ek moet 'n manier vind om hom terug te betaal. Dalk kan en bietjie skryfwerk vir sy besigheid doen of iets."

"Seker." Kat voel steeds onrustig. Raphael het waarskynlik 'n eiebelang; sy weet net nog nie wat dit is nie. Hy gril haar, maar sy het nog niks tasbaar waarop sy haar gevoelens op baseer nie. Sy voel egter in haar bas daar is iets nie reg aan hom nie.

"Gia het my vertel hy bly op die skip," sê Jace. "Kan jy 'n lewe soos dié verbeel? Die seiljag moet miljoene werd wees."

"Dit moet moeilik wees om te reis en 'n besigheid te bestuur wat 'n halwe wêreld weg is," sê Kat. "Ek wed jou dit kos 'n fortuin om hierdie ding te bestuur."

Jace sit langs haar op die bed. "Hy hét 'n fortuin. Ek is seker hy bekommer hom nie daaroor nie."

"Moet van 'n baie ryk familie af kom," sê Kat. "Hy is veels te jonk om al hierdie geld self te verdien het." Waar het Raphael die tyd gevind om van Italië te seil in die middel van die bekendstelling van sy nuwe besigheid? Meeste magnate het nie tyd vir impromptu seiljagreise nie.

"Dalk laat hy ons op sy geheim in," sê Jace. "Sal dit nie wonderlik wees om so te lewe nie?"

"Dit is baie luuks," stem Kat in. Hulle luuksekajuit is weelderig toegerus, reg tot die luukse Egiptiese katoen en damaslinne en oorspronklike seeskap olieskilderye. "Hoekom skryf jy nie 'n artikel oor hoe hy sy sukses behaal het nie? Ons gaan baie tyd saam met hom spandeer. Jy kan twee take in stede van net jou Brother XII taak in kry."

"Dit is 'n wonderlike idee. Hy is 'n fassinerende ou. Baie mense sal geïnteresseerd wees in hoe hy sy fortuin gemaak het."

"Ek is seker hulle sal." Sy is een van hulle, aangesien sy twyfel dat Raphael sy rykdom eerlik bekom het. Vinnige rykdom beteken dikwels kortpaaie en haar instink vertel haar dat hy 'n paar geneem het. Hoeveel mense het hy gebrand in sy klim tot bo? Jace se storie mag dalk 'n paar antwoorde verskaf. "Jy kan sy geheime uitvind."

Jace knipoog. "Ek is van plan om."

"Ek is bekommerd oor Gia." Aan die ander kant is sy bly vir Gia. Sy verdien geluk, maar Gia se blitsvinnige vryery met Raphael maak Kat onrustig. Sy is verlief tot die mate dat sy dinge, en Raphael, nie duidelik sien nie. "Dalk kan jy meer uitvind oor sy agtergrond, sien of dit klop."

"Ek gaan hom nie ondervra nie, as dit is wat jy bedoel." Jace skud sy kop. "Gia kan baie goed vir haarself sorg. As sy nie bekommerd is nie, hoekom is jy?"

Gia het 'n gawe vir besigheid, sy het haar besigheid uit

niks opgebou sonder enige hulp, maar sy is baie naïef wanneer dit by mans kom en Kat twyfel of sy dieselfde kritiese oog toepas wanneer dit by romanse kom. "Ek hoop net hy breek nie haar hart nie."

"Jy maak vinnige oordele oor die ou." Jace vou sy arms om haar middel. "Jy moet erken, dit is baie vrygewig van hom om ons almal na De Courcy-eiland te bring."

"Seker, maar alles is so skielik. Gia het hom net 'n paar weke gelede ontmoet en hulle is reeds ernstig oor mekaar." Sy moet privaat met Gia praat, en vinnig.

Haar onrustigheid oor Raphael groei, al kan sy nie haar vinger op hoekom sit nie. Dit is asof hy op 'n sperdatum verlief raak. Liefde slaan selde op 'n skedule, nie te min 'n aggressiewe een nie. As Raphael 'n versteekte agenda het, moet sy uitvind waarom. 'n Bietjie steelse grawe sal nie seer maak nie, solank sy dit in die geheim doen.

"Ek kan steeds nie glo Gia gaan met 'n ou uit wat 'n seiljag van dié grootte het nie. Hy moet ten minste honderd miljoen werd wees."

"Jace, Gia doen baie goed vir haarself. Sy het twee winsgewende salonne in vyf jaar oopgemaak." Gia se harde werk en finansiële vernuf het afbetaal. Onder Gia se borrelende uiterlike is 'n skerpsinnige besigheidsvrou met 'n talent vir entrepreneurskap. "Haar Krul en Kleur-franchise is reeds baie suksesvol. Sy het nie Raphael nodig om suksesvol te wees nie."

Kat is trots op haar vriendin se eiehandige sukses. Kat het Gia se besigheid sien groei en het haar met finansiële advies gehelp vandat sy haar salon tien jaar gelede oopgemaak het.

"Sy het hom dalk nie nodig nie, maar dit is lekker om jou hoop en drome met iemand te deel." Jace trek haar nader en soen haar. "Dit maak al die harde werk die moeite werd."

Kat sug en staan. "Gia verdien geluk, maar iets klop net

nie vir my nie. Ek weet nog nie presies wat dit is nie, maar ek is bietjie bekommerd."

"Wees net bly vir haar, Kat. Moenie dinge opmors deur hom te ondervra of agterdogtig te wees nie." Jace skud sy kop en loop na die deur toe. "Nie almal is 'n krimineel nie."

Dalk nie, maar Raphael het verseker die uiterlike voorkoms van baie van die skurke wat sy as 'n bedrog ondersoeker teëgekom het.

"Ek weet. Ek sal net nie met myself kan saamleef as my vermoedens waar is en ek het niks gedoen nie." Om soveel tyd saam met witboordjie misdadigers te spandeer gee haar 'n siniese uitkyk. "Ek is natuurlik bly vir haar. Ek wil net nie sien hoe sy seer kry nie."

"Jy is net jaloers. Ons het nie daardie soort geld en sal waarskynlik nooit nie." Jace sug. "Ek sal erken dat ek 'n bietjie senuweeagtig is, maar kom ons steek nie ons neus in ander se sake in nie, oukei?"

Jace kan nie meer van Raphael verskil nie. Hy is nie op alles uit om rykdom te akkumuleer of om rykdom en status te vertoon nie. Sy en Jace is nie juis ryk nie, maar hulle het alles wat hulle nodig het en doen heeltemal oukei. Dalk is hy reg. Sy is jaloers. As sy vertoning van rykdom en liefde waar is, natuurlik. Sy verwag egter moeilikheid.

Jace hou die deur oop toe hulle die luuksekajuit verlaat. "Kyk só daarna, Raphael is baie suksesvoller as Gia. As iemand moet bekommerd wees is dit hy, nie sy nie."

Die enjin grom en vibreer onder haar voete soos sy by die trappe na die dek opgaan. Terwyl Raphael se offer om hulle na De Courcy-eiland te neem vrygewig is, is dit ook verseker om hulle te beïndruk. Is dit alles deel van Raphael se plan? Iets klop nie en sy is van plan om uit te vind hoekom.

4

K at en Jace kom op die dek in helder sonlig uit. Die strale reflekteer van die seiljag se blink wit veselglas en chroom af. Raphael se seiljag is vlekkeloos, toegerus met die nuutste toerusting. Hulle stap na die spieël by die buitekroeg waar hulle ooreengekom het om mekaar te ontmoet.

Kat trek haar hand langs die handreling en deins terug toe die metaal haar vel brand. Sy is momenteel van balans afgegooi toe die skip onderweg is. Die slaapbank blyk te beweeg soos die boot uit sy plek in die marina uitbeweeg.

Sy besluit om 'n bietjie meer in Raphael se agtergrond in te krap. Haar vrese sal besweer as sy storie klop, en Gia sal nooit weet nie. As daar aangeneem word dat hy eerlik is. As hy nie is nie, hoe meer sy weet, hoe beter kan sy Gia waarsku dat haar biljoenêr kêrel regtig 'n swendelaar is. Kat se intuïsie laat haar dink hy is eenvoudig te goed om waar te wees.

Gia en Raphael staan arm in arm by die spieël. Hulle leun teen die reling met die hawe as 'n agtergrond. Hulle is so 'n onwaarskynlike paartjie. Fikse Raphael met sy Mediterreense voorkoms en snyersklere kontrasteer skerp met plomp Gia, wie 'n paar pond kan verloor. Haar té stywe rok is 'n goedkoop ontwerper namaaksel, bedoel vir iemand jonger en maerder. Hoe lank voor Raphael haar vir 'n supermodel inruil? Haar borrelrige persoonlikheid sal nie sy aandag vir lank hou nie.

Gia glimlag. "Ek het gewonder waar julle twee is. Kom ons geniet die uitsig terwyl ons die hawe verlaat."

Blykbaar is hulle die hoofattraksie, ter oordeel aan die dosyn of so mense wat in hulle spore stop en staar soos *The Financier* die marina navigeer. Die aandag gee haar 'n hoofdige gevoel. Dit moet wees wat beroemdes ervaar wanneer hulle herken word. Die verloklikheid van rykdom lok altyd bewonderende kyke.

Kat het gehoop om Gia alleen te vang. Sy het aangeneem Raphael sal besig wees terwyl die boot vertrek, maar dit is nie die geval nie. Raphael se bemanning het alles goed in hand en sy hulp word nie benodig nie.

Oom Harry materialiseer aan haar sy en vat aan haar arm. "Is dit nie luuks nie? Vergeet van aan boort werk. Ek sal eerder 'n verstekeling wees. Bly net stil wanneer ek nie van die boot afklim nie, oukei?"

"Sekerlik." Sy glimlag. Terwyl sy eenvoudiger smaak het, is seiljagte nie juis moeilik om aan gewoond te raak nie.

Hulle vertrek uit die marina en stel 'n westelike koers uit die hawe na die oop see toe. Die natuurskoon gly verby soos die boot spoed optel. Die North Shore Berge doem groter op en is nou aan die regterkant (of was dit stuurboord?) in stede van reguit vorentoe.

Raphael en Jace bespreek seiljagting 'n paar voet van die spieël weg toe oom Harry by hulle aansluit. Hulle kyk na die seiljag se volgstroom soos hulle uit die hawe seil.

Gia waai Kat na 'n klein tafel waar sy alleen sit, oor. "Ek

kan nie wág om jou alles te vertel nie. Is hy nie ongelooflik nie?"

Kat kyk na die mans toe sy sit. Hulle staan 'n paar voet weg, ingenome in hulle praatjie oor die enjinspoed en ander mansgoed. Sy kan uiteindelik alleen met Gia praat en meer oor haar nuwe liefde uitvind.

Sy sit oorkant Gia by die tafel. "Wat 'n perfekte dag om op die water te wees."

Gia knik. "Drankie?" Gia hou 'n martini-glas gevul met fluoressent pienk vloeistof op en beduie na die goed toegeruste kroeg 'n paar voet weg.

Kat skud haar kop. "Ek sal net water kry." Sy vat 'n slukkie van die waterbottel wat sy vir die reis gebring het.

Gia sluk aan haar drankie. "Ek het nooit gedink dat ek met 'n biljoenêr sal uitgaan nie."

"Biljoenêr?" Gia het ten minste die onderwerp van Raphael se agtergrond opgebring. Nou kan sy vrae vra sonder om indringend te lyk. "Is hy só ryk?"

Gia giggel. "Hy is ryk, aantreklik en heeltemal geïnteresseerd in my. Mal nè? Ek kan my lewe voor Raphael nie eens onthou nie. Ek is mal verlief op hom."

"Hoe lank ken jy hom al?"

"Lank genoeg om te weet ons gaan die res van ons lewens saam spandeer."

Uiteindelik 'n antwoord, net nie die een waarvoor Kat gehoop het nie. "Moenie dinge jaag nie, Gia. Jy ken hom net 'n week, twee weke?" Gia het nie 'n nuwe man genoem toe hulle 'n paar weke gelede vir aandete ontmoet het nie.

Gia draai haar half leë glas in haar hand. "Ek weet reeds alles wat ek nodig het om te weet. Hy is 'n fassinerende ou."

"Hy is baie jonk om soveel geld te hê. Is sy familie ryk?"

Gia knik en sit haar leë glas op die tafel neer. "Hulle is nou, van die produk wat Raphael en sy ma 'n paar jaar gelede uitgedink het. Hulle het alles self gedoen. Niks van daai dot.com tegnologie goed nie. Hulle het 'n haarproduk van alle goed gemaak! Is dit nie toevallig nie?"

"'n Ongelooflike toeval. Het jy dit probeer?"

"Nog nie, maar hy maak my deel van die maatskappy." Gia blaas 'n soentjie na Raphael. "Is dit nie fantasties nie?"

"Wat van jou haarsalon? Waar sal jy die tyd vind om vir hom te werk?"

"Nie as 'n werknemer nie, simpel. As 'n belegger," sê Gia. "My ervaring in die Noord-Amerikaanse skoonheidsindustrie is iets wat hulle nodig het en wil hê."

Kat lig haar wenkbroue.

"Ek kan vir hulle 'n vastrapplek in die mark hier kry."

Gia se salon is 'n plaaslike suksesverhaal, maar dit kwalifiseer haar beswaarlik as 'n Noord-Amerikaanse besigheidsdeskundige. "Hoe sal jy die produk bemark en verkoop?"

"Raphael het dit alles beplan. Ek sal op die grond wees en die besigheidsplan uitvoer. Hy sê ek is perfek, aangesien ek die besigheid regtig verstaan." Sy druk Kat se hand. "Is dit nie wonderlik nie? Ek het nooit gedroom dat ek die liefde van my lewe in die skoonheidsbedryf sal ontmoet nie. Ons het hierdie ongelooflike produk. Bellissima is 'n haarversteiler wat op pad is om die skoonheidswêreld stormenderhand te verower."

"Soos 'n Brasiliaanse blaas of iets?" Kat het die semi-permanente versteilermetode een keer op haar hare probeer, maar het besluit dat 'n bietjie kroes beter is as 'n klomp chemikalieë op haar kop.

"Soort van, maar beter. 'n Brasiliaanse blaas is net tydelik. Bellissima versteil jou hare permanent. Soos in verewig."

"Het jy dit ooit gesien? Hoe werk dit?" As die produk so winsgewend is, hoekom het een van die groot kosmetiese- en skoonheidsmaatskappye dit nie reeds ontwikkel nie? Hulle het magte van wetenskaplikes, produkontwikkelaars en miljoen-dollar begrotings. Dit val haar as vreemd op dat Raphael en sy ma 'n beter produk kan opkook.

Gia draai en trek haar skouers op. "Vra Raphael. Al wat ek weet is dat hy reeds 'n fortuin met Bellissima in Europa gemaak het."

"Wat is sy maatskappy se naam?" Kat bedoel om alles moontlik op Raphael op te grawe. Aangesien Gia nie versigtig is nie, moet sy vir haar vriendin uitkyk.

"Ek weet nie, een of ander Italiaanse naam. Jou paranoia oor dit alles is verspot."

"Jy is Italiaans, tog kan jy nie 'n Italiaanse naam onthou nie?" As Raphael se maatskappy so suksesvol is, hoekom het hy Gia se geld in die eerste plek nodig? Hoekom het hy nie bank toe gegaan nie? Kat aarsel. Gia sal kwaad wees, maak nie saak wat sy sê nie, so sy kan net sowel vra. "Het jy sy bewerings nagegaan om seker te maak dit is waar?"

"Jy dink hy het oor alles gejok? Hoekom sal hy dit doen?" Gia se gesig word rooi van woede. "Eerlikwaar, Kat. Jy is ongelooflik."

"Ek sê dit nie. Dit is net goed om dinge te verifieer."

"Ons verhouding is op vertroue gebaseer. Hoekom sal ek vra as daar bewyse reg hier is?" Gia waai haar arm. "Die ou het hierdie seiljag, om hemelsnaam. Hy is eerlik."

"Hoe vind hy tyd om op sy seiljag rond te seil? Het hy nie 'n besigheid om te bestuur nie?"

"Dit word delegering genoem, Kat. Dit is wat ryk mense doen. Hulle handlangers doen die werk." Gia gooi haar hare in 'n oordrewe swierigheid terug. "Hulle handlangers en hulle kapitaal. Jy moet dit eenkeer probeer."

Hulle gesprek het heeltemal van die spoor afgegaan. Aan die een kant wens Kat dat sy nooit oor Raphael en sy maatskappy gevra het nie. Aan die ander kant is Gia te diep in. Sy moet argumenteer, of sy wil of nie. "Jy het nooit gesê waar jy hom ontmoet het nie."

"Dit is die beste deel. Hy het net in my salon ingeloop. Hy het gesê dit lyk nes sy ma se salon by die huis. Is dit nie toevallig nie?"

Kat glo meer in swendelaars as toevallighede. "Dit is interessant."

"Dit is baie meer as interessant. My hele lewe het in minder as 'n week verander."

"Jy is besig om dramaties te wees. Jy is net verlief op hom."

Gia skud haar kop. "Nee, dit is baie meer as dit. Ek het my sielsgenoot ontmoet, Kat. Hy is die man saam met wie ek die res van my lewe gaan spandeer."

Voor Gia nog 'n woord kan sê, verskyn Raphael langs haar. Hy vou sy arm besitlik om haar skouer. "Alles oukei, bellissima?"

"È perfetto." Gia glimlag vir hom.

Hy buk en soen haar op die voorkop. Hy draai en sluit weer by Jace en Harry aan. Hulle beweeg deur Burrard-inham, op pad na die oop see.

Gia glimlag. "Hy is nie net die man van my drome nie, hy is Italiaans ook nog!"

"Hy het nie 'n aksent nie. Hy klink soos een van ons."

Gia skud stadig haar kop. "Natuurlik het hy nie 'n aksent nie. Hy het na 'n internasionale kosskool gegaan. Hy praat ook sewe tale vlot."

"O. Klink asof hy in alles goed is." Meer soos 'n goeie akteur, maar hoekom het hy Gia gekies om op te oefen?

"Moenie jaloers wees nie, Kat. Kom ons gaan nie weer terug hoërskool toe nie." Gia lyk gelukkig met Kat se reaksie.

Raphael kyk 'n oomblik na hulle en draai weer na die ander mans terug.

"Hoeveel het jy belê, Gia?"

Stilte.

"Gia, het jy gedink oor wat jy doen? Jy het pas die ou ontmoet en hy vra jou vir geld?"

"Ek is 'n volwassene, Kat. Ek kan vir myself dink."

Op daai oomblik stop Raphael wat ook al hy besig was om te sê en al drie mans kyk na hulle. 'n Paar sekondes later keer hulle terug na hul gesprek.

Kat praat sagter. "Ek is net bekommerd dat jy hierdie nie deurdink het nie, Gia."

Harry staan van die tafel af op en Kat hoor hoe hy vir Jace en Raphael sê hy gaan na die brug om die stuur te besigtig. Dit gee haar 'n idee vir later. Raphael se bemanning mag dalk minder huiwerig wees om oor hulle baas te praat, of ten minste die seiljag reise. Sy kan ten minste sy bewerings dat hy van Italië geseil het, verifieer. 'n Informele gesprek behoort agterdog te lok nie.

"Hy het nie gevra nie, Kat. Ek het geoffer."

Kat lig haar wenkbroue.

"Oukei, ek het hom bykans gesmeek om my op dit in te laat." Gia steek 'n los lok hare agter haar oor in. "Hy wou nie, maar ek het aangedring. Dit is 'n belegging in my toekoms. Ons toekoms."

Kat voel siek. 'n Groeiende gevoel van angs laat haar dink dat wat ook al Raphael besig is om aan te vang, nie goed is nie. Gia is te verlief om dit te sien.

Raphael en Jace sluit by hulle aan en Kat se hoop op 'n voortgesette gesprek met Gia vervaag. Raphael dra 'n leë uitdrukking, maar Jace blyk geïrriteerd te wees, waarskynlik as gevolg van die paar stukkies van haar gesprek met Gia wat jy gehoor het.

Raphael trek sy stoel langs Gia in en rus sy arm op die rugleuning van haar stoel. "So 'n wonderlike dag om op die water te wees."

"Dit is op enige dag verseker beter as 'n vlug. Ek kan nie vir jou sê hoeveel ek hierdie waardeer nie." Jace sit sy bier op die tafel neer en leun agteroor in sy stoel. Hy draai na Raphael. "Ek sal graag 'n storie op jou wil doen, as jy belangstel."

Raphael lag. "Jy seker daaroor? Ek sal almal net verveel."

"Definitief nie. Mense is gefassineerd met sukses. Jy veral. Jy is nie eens veertig nie en jy leef 'n droom. Wil jy bietjie jou geheime uitlap?"

Perfek, dink Kat. Sy sal net wat ook al Raphael vir Jace vertel inneem, dan later die feite nagaan.

"Geen geheim nie, net om te weet waarin om te belê en my kropgevoel te volg," sê Raphael. "Tydsberekening is alles."

"Wat sê jou krop nou vir jou?" Hy sal kort op besonderhede wees, aangesien daar niks is nie.

Raphael glimlag. "Ek het nou 'n wonderlikste geleentheid. Ek sou dit met julle deel, maar dit is te vroeg.

Gia trek aan sy arm. "Kat en Jace is my naaste vriende. Hulle is soos familie. Jy kan hulle sê. Hulle sal nie 'n siel vertel nie." Sy kyk na Kat asof om te sê *Ek het jou gesê.*

"Ek weet nie, Gia." Raphael draai na Kat en Jace. "Ek wil julle vertel, maar ek is vasgepen deur 'n vertroulikheidsooreenkoms."

"Hulle kan 'n geheim hou. Vertel hulle, liefling." Gia giggel. "Ek het reeds van die boontjies laat val aan Kat. Ek wil haar ook in op dit kry, sodat sy massiewe winste kan maak soos wat ek het."

"Oukei, hoekom nie," sê Raphael. "Ek sal 'n uitsondering maak. My gat is egter op die spel. Laat 'n woord hiervan uitkom en ek sal julle moet doodmaak en oorboord gooi."

Jace lag. "Belowe ons kan 'n geheim hou."

Raphael leun oor en soen Gia op die voorkop. "Vertel jy hulle, liefie."

Gia trek haar stoel nader en leun nader aan die tafel. Sy praat in 'n fluister. "Raphael se nuwe haarproduk is eenvoudig ongelooflik. Dit is 'n gepatenteerde haarproduk genaamd Bellissima en dit is die beste uitvinding naas sjampoe."

"Hoekom fluister jy?" vra Jace. "Wie kan ons moontlik hier afluister?"

"Jy kan nie te versigtig wees nie." Gia kyk oor haar skouer na die middel-skip toe. "Bellissima is revolusionêr. Dit is soos om 'n vaste golwing te kry, net omgekeer. Jy sit dit op krulhare en die produk versteil dit. Verewig."

Gia klink soos 'n advertensie met haar herhaling van alles wat sy reeds vir Kat vertel het.

Gia sit haar hand op haar bors. "Ek is die eksklusiewe Noord-Amerikaanse verspreider. Elke salon sal dit by my moet aankoop. Dit sal net na die Oscars bekendgestel word. Ons het 'n bemarkingsooreenkoms met 'n paar A-lys beroemdes, en ons sal salon geskenkbewyse in die Oscars-geskenkpakkies sit. Raphael het aan alles gedink!"

Die Oscars is nie tot Februarie nie en dit is nou eers Augustus. Raphael kan teen dan lank reeds weg wees. Hoekom het Gia belê sonder om die produk te probeer? Sy is uiteindelik 'n stilis. 'n Haarproduk is binne haar kennisgebied.

"Wat maak Raphael se produk so spesiaal teenoor ander?" vra Jace.

Gia trek skielik aan 'n klos van Kat se hare.

"Eina!" Kat se hande vlieg na die agterkant van haar kop toe. Gia is kwater as wat sy gedink het. "Jy het my hare uitgetrek!"

Gia los Kat se hare en vryf dit plat. "Hierdie kroes sal met net een gebruik en blaas weg wees."

"Watter kroes?" Kat stoot Gia se hand weg, geïrriteerd. Sy het haar hare vanoggend tydelik met 'n versteiler reguit gemaak en het gedink dit lyk baie goed. Dit is nie eens humied nie, so hoe kan haar hare moontlik kroeserig wees?

Of dalk kry Gia haar terug vir haar vroeëre kommentaar oor Raphael.

Jace en Raphael draai weg toe gaar hare opgebring word. Die mans staan van die tafel af op. Jace frons vir Kat, draai dan en volg Raphael na die reling toe.

Gia sug. "Moenie so verdedigend wees nie. Jy kan nie help watter hare jy mee gebore is nie. Jy kan dit egter verander. Bellissima transformeer kroes en krulle in gladde, reguit hare."

"Het jy in 'n produk belê wat jy nog nie eens probéér het nie? Watter bewyse het jy dat dit regtig werk?"

"Hemel, Kat. Dink jy regtig ek is só dom?" Sy skud haar kop. "Ek sal die produk volgende week sien wanneer ek en Raphael Italië toe vlieg. Ons kan dit nie nou gebruik en die kans vat dat dit in die verkeerde hande beland voor die Noord-Amerikaanse patent geregistreer is nie. Dit is soos die Coke™® formule. Om die geheime resep te ken, kan my lewe in gevaar stel. Ek kan ontvoer word of iets."

"Jy bedoel soos korporatiewe spioenering? Dit is belaglik." Die produk is reeds te koop in Europa, so daar is nie bykomende risiko nie. Iets klop nie.

"Gaan voort en spot my, maar Bellissima gaan alles verander. Die ander produkte werk net tydelik. Bellissima is verewig."

"Is dit nie 'n slegte ding nie?" vra Kat.

Gia frons. "Hoe so?"

"Geen kans op terugkerende kliënte nie. 'n Enkele toepassing van Bellissima versteiler vertaal tot geen terugkerende kliënte. Geen ander produkte of versteiler behandelings ooit weer nie. Jy sal 'n fortuin daarvoor moet vra."

Gia maak haar met 'n waai van die hand af, maar sy het 'n senuwee geraak. "Praat met Raphael. Dit werk in Europa, so dit sal hier ook werk. As dit eers in die Hollywood Oscar toekennings geskenkpakkies is en die sterre dit gebruik, sal almal dit wil hê. Ons sal 'n fortuin maak!"

"Ek is verbaas jy het jou geld belê sonder om meer besonderhede te weet, Gia." Kat skuif in haar stoel.

"Ek weet genoeg, Kat. As 'n stilus weet ek net dat die produk massief gaan wees. En Raphael het my nie eens gevra of ek deel wil wees nie. Ek moes kom in die eerste plek oortuig om my geld te vat."

"Is dit so?" Raphael, soos alle swendelaars, blyk goed in sielkunde geskool te wees.

"Ja, dit is reg." Gia snuffel. "Nou wens ek dat ek jou nie in die eerste plek vertel het nie. Hier is ek besig om jou 'n geleentheid te bied om óók 'n fortuin te maak, maar al wat jy doen is kritiseer. Moet jy met elke tree van die pad met my baklei?"

"Ek waardeer dit, maar jy het my niks oor die produk vertel nie." Kat skuif in haar stoel. "Ek het gedink hierdie versteiler produkte is verban. Het dit nie formaldehide of iets gevaarlik in nie?"

Gia skud haar kop. "Dit is wat so revolusionêr aan Bellissima is. Dit is heeltemal natuurlik."

"As dit heeltemal natuurlik is, hoe kan dit gepatenteer word?"

"Enige iets kan gepatenteer word. Menslike gene, soorte mielies, noem dit."

Die lighartige atmosfeer het verdamp. "Ek sal steeds meer besonderhede wil hê voor ek geld insit. As dit heeltemal natuurlik is, hoekom het niemand dit voor nóú ontdek nie?"

. . .

"Raphael kan al die besonderhede vir jou gee. Jy kan tot jou hartsbegeerte syfervreet."

Kat twyfel sterk dat Raphael so tegemoetkomend sal wees. Haar naweek weg het vinnig in 'n nuwe saak verander, ofskoon 'n baie persoonlike een.

5

The *Financier* beweeg deur Active Pass en Noord deur die Juan de Fuca-straat. 'n Stywe bries verkoel die seelug, welkome verligting van Vancouver se bloedwarm somertemperature. Harry en Gia speel kaarte onderdek in die lugverkoelde sloep, terwyl Jace en Raphael op die dek sit en seiljagting bespreek.

Kat sit alleen op 'n patio lêstoel, 'n paar voet weg. Sy is buite hoorafstand, maar kan nie konsentreer nie, wetend dat Gia in die moeilikheid is. Sy lees dieselfde bladsy van haar roman oor en oor, neem niks van die storie in nie. Sy kan nie ophou oor Gia en Raphael dink nie. Ongeag van Gia se bewering, sê haar kropgevoel dat haar vriendin naby aan 'n baie groot fout is.

Met 'n paar algemene vrae het sy beide Jace en Gia kwaad gemaak, maar dit is vrae wat gevra moet word. Iemand moes, en sy kan nie net terugsit en kyk hoe haar vriendin misbruik word nie. Dit is moeilik genoeg om bedagsaam teenoor Raphael te bly.

Terwyl sy geen bewyse het dat hy iemand anders is as

wat hy beweer nie, vertrou sy altyd haar instinkte. Die man steek iets weg en sy sal nie rus tot sy geheime ontbloot is nie.

'n Verandering in landskap is presies wat sy nodig het om 'n strategie te formuleer. Sy staan op en loop stadig om die dek om haar bene te strek. Daar is maniere om Raphael na te vors sonder om Gia verder kwaad te maak. As sy geen geraamtes in sy kas vind nie, alles te beter. Maar as sy iets vind, sal Gia ten minste die feite weet.

Minute later staan Kat aan die teenoorgestelde kant van die seiljag, alleen. Die afstand tussen haar en Raphael maak haar amper heeltemal van hom vergeet. Sy leun teen die reling en asem die souterige seelug in. Iets oor die see was altyd haar bekommernisse weg.

Sy skrik toe iets plons en deur die oppervlakte van die water breek. Dit is 'n skool moordvisse, 'n honderd voet weg. Hulle spring uit die water en sproei water soos hulle mekaar speels sirkel, onbewus van haar en die seiljag.

Die walvisse vermaak soos hulle hoër en hoër uit die water spring. Kringvormige golwe ontvou uitwaarts soos hulle speel. Hulle is pragtig, so sorgeloos en wild.

Sy oorweeg om die ander te roep, maar besluit teen dit. Die walvisse kan vinnig genoeg verdwyn. Sy sal hulle net geniet voor die betowering eindig. Dit is lekker om 'n tydjie alleen met haar gedagtes te wees.

Sy wil ook nie nog 'n alterkasie met Gia waag nie. Hulle ken mekaar al vir só lank dat hulle omtrent mekaar se gedagtes kan lees. Tyd apart gee hulle 'n kans om af te koel.

Die walvisse verdwyn toe die seiljag verby hulle vaar. *The Financier* het die Juan de Fuca-straat gekruis en sy verwag om De Courcy binne die uur te bereik.

Die tyd alleen gee haar ook 'n geleentheid om 'n bietjie inligting van haar eie op te grawe. Sy wandel om die dek as 'n oëverblindery om in een van die personeellede in te hardloop sonder dat Raphael of ander agterkom.

'n Ontspanne gesprek met 'n personeellid kan 'n manier wees om verdere inligting oor Raphael se agtergrond af te lei. Om mee te begin, sy kan vasstel waar en wanneer hy hierdie seiljag gekry het. 'n Onskuldig klinkende vraag wat sy bewerings óf kan staaf óf diskrediteer en kan ook verdere inligting oor sy agtergrond oplewer. Gia se inligting is te min om te evalueer waarin sy haarself gekry het. Haar verliefde vriendin stel blykbaar nie belang om meer uit te vind nie.

Tien rondes later en Kat het steeds nie 'n siel gesien nie. Waar ook al die bemanning is, hulle is nie op die dek nie. Al wat sy van haar moeite het, is sweterige klere en 'n droë keel. Sy sug en stap na die trappe en die gemak van hulle lugverkoelde luuksekajuit.

"Arggh!" Sy kom om die hoek en hardloop reguit in 'n blonde man vas. Die ongeskeerde man dra 'n uitgerafelde hemp en 'n gevlekte broek. Hy lyk meer soos 'n dwelmverslaafde as 'n bemanningslid, beslis uit plek op die luukse *Financier*. Hy ruik ook of hy 'n week laas gebad het. Hy lyk ook vasbeslote om haar te vermy, nie 'n klein taak aangesien hulle pas gebots het nie.

"Jammer." Hy kyk vinnig weg en staan opsy.

"Wag 'n oomblik, jy is deel van die bemanning, nie waar nie?" Terwyl sy nie verwag het dat Raphael se personeel uniforms moet aanhê nie, het sy ten minste gedink dat hulle fatsoenlik sal lyk. En haar in die oë kyk. Hierdie ou doen nie een nie, wat haar 'n ongemaklike gevoel gee.

"Ja." Hy tree terug en draai om te loop.

"Moet fassinerend wees om aan boort van 'n hipermoderne seiljag soos dié te werk." *The Financier* het alles: die nuutste tegnologie vir navigasie asook vooraanstaande elektronika in die luuksekajuite. Sy kyk na die klein kamera wat bo hulle monteer is. Natuurlik het 'n seiljag van dié grootte 'n waarnemingstelsel.

He trek sy skouers op. "Dit is 'n werk."

'n Vreemde antwoord. Sy wed dat meeste seemanne dood sal maak om op so 'n luukse, hipertegnologiese boot te werk. "Jy het nie 'n Italiaanse aksent nie. Is jy pas aangestel?" Hy lyk ook nie Italiaans nie. Ter oordeel aan sy klere en ongeaksenteerde Engels kan hy selfs plaaslik wees.

Sy gesig word rooi. "Moet gaan."

"Moet lekker wees, om regoor die wêreld te seil." Kat blok sy pad en glimlag. Haar moeite om 'n gesprek aan te knoop blyk nutteloos te wees.

"Ek weet nie daarvan nie." Hy draai sy kop asof hy na iemand soek. "Ek het net 'n paar weke gelede begin."

"Jy het dan nie lank saam met Raphael geseil nie?"

"Nie regtig nie." Hy lyk 'n oomblik deurmekaar. "Soos ek gesê het, ek is pas aangestel." Hy draai om te gaan.

Om van Italië te seil beteken baie oop water en 'n paar poorte om nuwe bemanning aan te stel. "Waar het jy by die bemanning aangesluit?"

Die man ignoreer haar. Hy gee voor om die reling te inspekteer soos hy terug tree.

"Wag—wat is jou naam?"

Hy wag, lyk onseker. "Pete."

"Lekker om jou te ontmoet, Pete. Ek is Kat." Sy hou haar hand uit.

Na 'n ongemaklike oomblik, tree Pete vorentoe en skud haar hand. "Ek moet regtig nou gaan. Behoort nie rond te staan nie. Ek het werk om te doen."

"Ek raai jy neem ons na De Courcy-eiland toe?" Al het sy haar hele lewe in Vancouver spandeer, het sy nooit eens van De Courcy-eiland gehoor tot Jace dit genoem het nie. Nie verbasend, aangesien die eiland beperkte toegang per boot of vliegtuig het. Daar is net 'n paar dosyn huise daar en geen fasiliteite nie. Kruideniersware en voorraad moet per boot na die eiland gebring word.

Hy giggel saggies. "Dit gaan ek."

"Jy ken die legende van Brother XII en die Aquarian Foundation?"

"Dit is die kultus, reg?" Pete skop na 'n verbeelde klip by sy voete op die vlekkelose dek.

Kat knik. "Daar is gerigte van slawearbeid ook. Mense is gekul om hulle geld oor te handig toe hulle eers die eiland bereik het. Hulle het mans van vrouens geskei, hulle gedwing om lang ure te werk."

"Van dit is waarskynlik oordryf." Pete se gesig verdonker. "Oor die jare het ek swart towerkuns, okkultisme, en so aan ook gehoor. Meestal opgemaakte stories."

Woorde wat ook op Raphael van toepassing is, dink sy. Hy moet plaaslik wees.

"Moeilik om vir seker te weet," stem Kat toe. "Ek is seker die storie het oor die jare stertjies bygekry." Sy maak 'n nota om Jace te vra.

"Moontlik."

"Daai Brother XII ou, ek het gehoor hy het almal se geld gevat die oomblik toe hulle daar aangekom het. Asof dit gemeenskaplike eiendom of iets was," sê Kat. "Behalwe dat hy al die geld sélf gebruik het. Die Aquarian Foundation het vir die eiendom betaal, maar al die eiendomsregte is in sý naam uitgereik."

Pete glimlag. "Dit is wat hulle sê. Daar is ook 'n gerug van versteekte skatte iewers op die eiland. Skattejagters het oor die jare gesoek, maar het altyd leë hande terug gekom. Flesse goud is veronderstel om iewers ondergrond begrawe te wees, maar niemand het ooit iets gevind nie."

"Dit klink fassinerend. Ek sal graag meer wil weet."

Kat kan nie wag om die eiland te verken nie. Sy wil self 'n bietjie navorsing op die misterieuse Brother XII doen, maar vir nou bly haar fokus op Raphael. Nou dat sy die ys met

Pete gebreek het, mag hy dalk oopmaak oor hoe hy in die eerste plek op Raphael se seiljag opgeëindig het. Dit kan 'n beginpunt wees om Raphael te ondersoek. Gia vertrou hom, maar sy doen nie.

"Later." Hy knik en verdwyn om die hoek.

Sy spandeer die volgende paar minute deur na die horison te kyk. Hulle is omring deur eilande, maar sy kan nie een van hulle identifiseer nie. Sy wonder hoekom Brother XII hierdie plek vir sy okkult gekies het. Dit is nie maklik om by uit te kom nie. Dit maak dit natuurlik baie moeiliker om te verlaat.

Sy keer haar gedagtes terug na Pete en wonder hoe hy en Raphael ontmoet het. Waarskynlik by 'n plaaslike marina, maar hoekom het Raphael plaaslike bemanning aangestel vir sy lewe-in Italiaanse seiljag? Bemanning reis normaalweg saam met die boot, waar ook al dit gaan.

Dalk het een van die Italiaanse bemanningslede bedank of is afgedank, maar dit is onwaarskynlik in 'n vreemde land so ver van die huis af. Slordige Pete lyk soos 'n laaste keuse vir bemanning, veral vir 'n biljoenêr. Biljoenêrs keur gewoonlik hulle personeel, veral daardie op hulle leef-in seiljag. Op die minste, het hulle 'n professionele voorkoms. Pete pas nie in nie.

Behalwe vir Raphael se alleman kernbemanning en sy sekuriteitskameras, is daar ook nie sekuriteit op die boot nie. Sy het ten minste 'n lyfwag verwag. Min biljoenêrs laat hulself so kwesbaar en onbeskerm op die onbewaakte oop see.

Pete mag net dalk 'n stukkie van die legkaart vashou, wat Raphael se ware intensies kan ontbloot. As sy hom net kan kry om te praat.

Sy draai om te gaan en bots amper met Harry. Dié hoek is blykbaar 'n ongeluksone. Raphael moet regtig 'n spieël of iets installeer.

Pete herverskyn skielik agter hom.

Harry beduie stuurboord. "Land ahoy!"

Pete volg na hom en bars van die lag uit. "Het dít nie in 'n lang tyd gehoor nie."

"Jy het die beste werk in die wêreld," sê Harry. "Naas jou baas natuurlik. Hoe lank werk jy al vir Raphael?"

"'n Paar weke," sê Pete. "Ek is hier tot die einde van die maand, soos die ander ouens."

Kat het nie eens oorweeg dat Pete dalk tydelik is nie. Selfs as Raphael sy seiljag dok, kan hy dit nie heeltemal agterlaat sonder bemanning nie, veral nie aangesien dit sy huis is nie.

Wat gebeur maand-einde wat Raphael dwing om sy bemanning te laat gaan? Sy wil amper nie weet nie.

Los dit aan Harry oor. Binne 'n paar minute het hy die inligting sonder om te snuffel. Die hele bemanning is nuut, wat bevestig dat Raphael waarskynlik gelieg het dat hy van Italië af geseil het. Hy het verseker 'n hele bemanningskompliment vir langer as twee weke nodig as hy beplan om na Italië terug te seil.

Raphael sal waarskynlik nie baie erken nie, maar sy is van plan om meer uit Pete te kry. Dalk besit Raphael nie eens die seiljag nie. Hy kon dit maklik gehuur het. Dié teorie maak sin as die bemanning aan die einde van die maand verkas.

Maar as Pete aan die einde van die maand gaan, gaan Raphael waarskynlik ook. Dit sit uur-rul by minder as twee weke. Sy is natuurlik besig om tot gevolgtrekkings te spring omdat sy nie bewyse van enige kwaaddoenery nie. Nét 'n vermoede.

As Raphael reeds Gia se geld het, kan hy enige oomblik verdwyn. Tensy hy meer geld wil hê. Sy het geen idee hoeveel Gia reeds belê het nie, maar dit kos 'n klein fortuin alleenlik vir die seiljag se daaglikse operasie. Selfs al het Gia alles wat sy besit belê, sal dit beswaarlik Raphael se uitgawes dek. Hy is waarskynlik besig om meer geld te probeer kry. Dit of sy is heeltemal verkeerd oor die ou. Raphael kan presies wees wat Gia beweer.

Pete maak 'n stoorboks oop en haal reddingsbaadjies uit.

"Laat ek jou help." Harry spring in en die twee mans pak die reddingsbaadjies op die dek langs die stoorboks.

"Wat gaan jy doen wanneer jy klaar is?" vra Harry.

"Weet nie. Ek sal seker 'n ander werk soek."

"Op 'n boot?"

Pete sug. "Dit sal lekker wees, maar dit is moeilik om nou werk te vind. Hierdie het op die laaste oomblik opgekom."

Kat spits haar ore. Te min werk beteken stewige kompetisie vir die paar werke wat beskikbaar is, en Pete lyk nie soos 'n boonste rak kandidaat nie. "Hoe het jy van die werk uitgevind?"

Pete frons. "Ek het daarvan gehoor."

Haar vraag maak hom agterdogtig. Harry is baie beter met informele vrae as wat sy is. Seker omdat hy nie in die eerste plek soos sy vir antwoorde vis nie. "Van waar? Iemand wat jy ken?"

Pete beweeg sy arm. "Ons is amper by die eiland. Jy beter jou goed kry en regmaak."

Kat steel 'n kyk na Harry, hoop dat hy op haar vrae sal optel.

Hy mis nie 'n slag nie. "Is hierdie die lekkerste seiljag waarop jy nog gewerk het?"

Pete knik. "Dit is die enigste een waarop ek al gewerk het. Dit is die moeite werd gewees net om terug hierheen te kom."

"Terug van waar?" vra Harry. "Jy iewers heen gegaan?"

"Moet weer by my werk uitkom." Pete stamp Harry bykans om in sy haas om weg te kom. "Hierdie seiljag gaan haarself nie dok nie."

Soos Pete om die hoek verdwyn, dink Kat aan sy opmerking. Pete het geïmpliseer dat hy plaaslik is. En anders as Raphael, blyk hy vertroud te wees met De Courcy-eiland. Terug van wáár presies? Sy is van plan om uit te vind.

6

——————

K at gaan haar luuksekajuit binne, en antisipeer 'n koel, verfrissende stort.

Jace is reeds binne. Hy druk klere in sy rugsak op die bed in.

"Gaan jy iewers?"

"Ek en Raphael gaan die eiland verken. Ons gaan sien wat oor is van die ou Brother XII nedersetting."

"Ek sal stort, ander klere aantrek en my goed gryp." Sy draai haar poniestert en krap deur haar sak vir ander klere.

Stilte.

Sy draai om en kyk na Jace.

Hy sit op die bed en vroetel met sy hande. Hy staar na sy stapskoene eerder as om na haar te kyk.

Kat sluk 'n knop in haar keel af. Het hy beplan om sonder haar te gaan? "O, ek sien. Ek raai ek is nie genooi nie?"

"Ek het, um, gedink jy het reeds iets met Gia beplan. Of dalk Harry." Jace gooi sy sak oor sy skouer en staan op. "Daar is baie om aan boort te doen. Of julle ouens kan strandkam of iets."

"Maar ons het beplan om die eiland sáám te verken,

Jace." Voor jy my met Raphael vervang het, dink sy. Is sy jaloers, of agterdogtig? Dit voel bietjie soos beide.

"Ek het gedink dit sal meer doeltreffend so wees, veral omdat ek twee stories in een doen. Ek kan my onderhoud met Raphael doen terwyl ons na die Brother XII terrein toe stap." Hy draai na die deur toe. "Ek en jy kan later op ons eie gaan besoek."

Kat frons. "Ek sien waarheen hierdie gaan. Jy wil nie hê ek moet saamkom nie."

"Moenie simpel wees nie. As jy vinnig is, kan jy saam met ons kom." Hy loop deur toe, draai dan om. "Ontmoet ons net by die dek."

Trane wel in haar oë op. Jace wil haar regtig nie daar hê nie. Hy ontken dit, maar daar is geen twyfel dat hy haar en Raphael eerder apart wil hou nie. Sy verstaan soort van sy preokkupasie en fassinasie met Raphael. Dit is nie elke dag wat hy 'n biljoenêr ontmoet nie, maar dit is nie die punt nie. Hulle naweek wegbreek het in 'n groep ding verander, met niks alleentyd nie.

Sy vermy sy blik en staar by die kajuitvenstertjie uit. Hulle hang net buite die marina rond. Daar is net twee bote gedok, 'n visvangbootjie en 'n gehawende treilvisser. Die marina lyk te klein vir *The Financier*.

Haar hart klop vinniger. "Behalwe vir jou opdrag, is dit veronderstel om óns naweek weg te wees. Maar jy sal eerder tyd saam met Raphael spandeer as saam met my. Ek verstaan. Ek is nie 'n swierige biljoenêr met duur speelgoed nie. Ek is net jou meisie." Dalk oorreageer sy, maar sy gee op dié punt nie om nie. 'n Paar uur in die naweek in en sy wil net omdraai en huis toe gaan.

"Dit is nie wat ek bedoel het nie, Kat." Jace staan in die oop deur en rol sy oë. "Natuurlik sal ek eerder my tyd saam met jou spandeer, maar dit is 'n groot geleentheid vir 'n storie. Ek kan twee artikels in een dag kry. Jy is die een wat voorgestel het dat ek 'n storie op hom doen, so hoekom maak jy so 'n bohaai daarvan? As ek oor die ou gaan skryf, moet ek eers met hom praat."

"Jy hoef nie elke wakende oomblik saam met hom te spandeer nie."

Jace gooi sy hande in die lug op. "Ons is net 'n paar ure aan boort. Ons het steeds die hele naweek. Buitendien, hy is regtig 'n besige ou en gaan dalk iewers heen moet gaan. Ek weet nie vir hoe lank hy in die rondte gaan wees nie."

"Ek hoop nie lank nie." Hy sal nie lank rondhang as sy hom eers ontbloot het nie. Dít is seker.

"Jy dink hy is 'n krimineel of iets? Ek dink jy stel net in my storie belang sodat jy die feite kan ondersoek."

Stilte.

"Ek is reg, nie waar nie?"

"Dit sal nie seer maak om meer oor sy agtergrond uit te vind nie. Sommige van sy bewerings klink bietjie onge-looflik. Jy sal dit moet verifieer, maak nie saak wat nie."

Harry loop verby die oop deur en waai. "Gaan julle twee opkom?"

Jace skud sy kop.

Harry kyk eers na Jace en dan na Kat. Sy glimlag verdwyn en so ook hy.

Jace draai om en maak die deur agter hom toe. Hy sit langs Kat op die bed. "Hoekom stry ons hieroor? Ons behoort onsself te geniet."

"Omdat jy eerder saam met hóm as mý wil wees." Dit klink simpel soos sy dit hardop sê, maar dit is die waarheid.

"Nee ek doen nie." Hy trek haar nader en soen haar. "Ek wil hê jy moet saam met ons hom, maar ek is bekommerd jy verloor jou humeur met Raphael. Jy mag niks aanvallend of vernederend sê nie."

"O, so nou is ek 'n verleentheid?" Trane wel in haar oë op. Daar is nie 'n manier wat sy gaan huil nie. Sy draai weg en suig haar asem in. Sy is tot haar eie mening van Raphael geregtig. Kan sy dit nie uitdruk sonder om verdryf te word nie?

"Jy weet wat ek bedoel. Ek dink jy is 'n bietjie oorbeskermend van Gia, maar jy moet regtig jou vermoedens vir jouself hou. Hulle verhouding het niks met jou te doen nie. Ek dink toevallig dat hy heeltemal eg is, selfs al doen jy nie. Buitendien, hy het ons almal vandag hierheen gebring. Ons moet ten minste beleefd met hom wees."

Jace is dalk reg. Ten minste oor die deel van vermoedens vir haarself hou. Sy sal haar humeur beteuel, maar sy sal nie terughou terwyl hy van haar vriendin steel nie. Meer as ooit moet sy Raphael se agtergrond ondersoek. Sy sal net vir niemand daarvan vertel nie. Veral nie Jace nie.

7

Kat hoef nie te gejaag het nie. Toe sy vyftien minute later op die dek uitkom, het hulle steeds nie gedok nie. *The Financier* is te groot vir die klein De Courcy-eiland marina, so hulle moes verplaas. Die seiljag het eerder van Pirate's Cove af geanker.

"Pete sê hy sal ons in die rubberbootjie na die eiland toe vat." Oom Harry se oë vernou toe hy haar bestudeer. "Jy lyk of jy in 'n slegte bui is."

"Ek is oukei." Sy is nié en kan dit nie van Harry wegsteek nie. Gelukkig druk hy haar nie.

"As jy so sê, maar jy lyk nie vir my gelukkig nie. Ek wil sien waaroor daardie rubberbootjie gaan." Hy lag vir sy eie grappie en verdwyn in die rigting van die boog.

Sy haal diep asem en asem dit uit. Jace is reg. Hoe moeilik is dit om net te glimlag en Raphael se geselskap vir 'n paar dae te verdra? Dit is naweek en hulle is net van 'n karig bevolkte eiland geanker.

De Courcy-eiland is die ideale plek om te wees. Dit gee haar tyd om Raphael se geheime te ontrafel. Nabyheid op 'n seiljag is 'n perfekte manier om haar oog op hom te hou, iets wat onmoontlik in Vancouver is. Sy is seker as sy eers sy ware aard en geheime ontbloot het, sal almal luister na wat sy te sê het.

Harry is in minder as tien minute terug. "Ek wens Raphael en Gia wil gou maak. Kan ons nie net sonder hulle aanland gaan nie?"

"Hulle behoort nie veel langer te wees nie," sê Kat. Gia het 'n konferensie oproep met Raphael se beleggers in Italië genoem, maar dit moes al 'n half uur gelede geëindig het.

"Ek is ook baie opgewonde om daar te kom, maar ek dink ons moet eerder wag," sê Jace. "Dit is moeilik om te glo dat daar ooit 'n gemeenskap op die klein eiland bestaan het. So baie mense het hier gebly, tog is hulle meestal vergete."

"Of dat soveel mense gekul is om al hulle geld aan Brother XII oor te handig," sê Kat.

Jace gooi 'n kyk na Kat. "Daardie ou het genoeg charisma gehad om 'n nuwe geloof aan die Pous te verkoop. Hy het meer as 8000 mense oortuig om hom te volg deur hulle met sy verhale van mistisisme en reïnkarnasie te bekoor."

"Dit is wat gebeur as jy sê die wêreld kom tot 'n einde," sê Harry. "Mense verloor hulle gesonde verstand."

"Brother XII het 'n uitweg belowe. Die wêreld sal vir die massas eindig, maar nie vir die paar elite verkosenes wat by die Aquarian Foundation aansluit nie. Almal wat by die kultus aangesluit het, is 'n beter toekoms belowe. Sy volgelinge het gegroei weens koerantartikels wat sy vermoë om die toekoms te sien, versprei het."

"Mense glo wat hulle wil," sê Kat. "Hulle dink as hulle in 'n hoër mag vertrou, is lotsbestemming in hulle hande. Op daardie manier kan hulle hulself van enige blaam verontskuldig."

Jace knik. "Party volgelinge is meer as ander misbruik. Behalwe vir die publiseerders wat Brother XII se boodskap versprei het, het hy Mary Connally, 'n ryk weduwee van

Asheville, Noord-Carolina, oortuig dat hy die geheim tot geestelike hulp en spirituele bevryding het. Connally het $2000 aan hom gestuur, met die boodskap dat sy meer geld beskikbaar het."

"Hemel, die ou weet regtig hoe om mense te kul." Harry skud sy kop. "Hoekom het sy hom geglo?"

"Dit was moeilik om hom nie te glo nie. Brother XII het 'n trein na Toronto geneem en haar in persoon ontmoet. Op die trein ontmoet hy egter met Mev. Myrtle Baumgartner. Hy het haar oortuig dat sy die reïnkarnasie van die Egiptiese god van vrugbaarheid, Isis, is."

"'n Onnosele word elke minuut gebore," grap oom Harry.

Jace knik. "Teen die einde van die drie-dag treinreis het hy haar ook oortuig dat hulle bedoel is om saam te wees. Hy is die reïnkarnasie van Osiris, man van Isis."

"Sy is egter reeds getroud." Kat frons.

"Hy het blykbaar so 'n indruk op Myrtle gemaak dat sy op sy terugkoms gewag het. Sy was so ingenome met hom dat sy met sy terugkoms haar man en familie gelos het om by die Aquarian Foundation aan te sluit."

Oom Harry skud sy kop. "Hoe kan iemand iets so verregaande glo?"

"Brother XII was baie oortuigend en baie mense het vir sy bewerings geval. Terwyl hy in Toronto was, het hy amper $26,000 en Mary Connally se belofte van toewyding gekry. Dit was destyds baie geld. En moenie vergeet nie, hy was steeds getroud. Dit was egter die finale strooitjie. Sy vrou, Alma het genoeg gehad en uiteindelik haar man gelos. Minder as 'n week later het Brother XII Myrtle gebring om saam met hom te bly."

"Grillerige ou," sê Harry. "Hy was so goed daarin om ander mense se geld te kry dat ek wonder of daar nog op die eiland is."

Jace leun teen die reling. "Ek twyfel, maar jy weet nooit nie."

"Ek is verbaas dat mense nie wakker geword het nie," sê oom Harry. "Was dit nie duidelik dat hy gekul word nie?"

"Mense besef gewoonlik niks totdat dit te laat is nie," sê Kat. "Brother XII het eenvoudig vir hulle vertel wat hulle wou hoor. Hulle wou nie alleenlik dink dat hulle spesiaal is nie, maar ook deel van iets groot is. Dat hulle op een of ander manier meer as ander mense saak maak. Dit het hulle ego's 'n hupstootjie gegee en hulle blind gemaak vir alles anders wat aan die gang was. Dit het baie goed gewerk."

"Dit het beslis," stem Jace saam. "Brother XII het al hulle geld vir homself gehou en almal soos slawe aan die werk gesteek. Hy het die mans en vrouens en egpare geskei en hulle sestien tot agtien uur 'n dag met min rus laat werk."

"Jy moet mal wees om dit te doen." Oom Harry skud sy kop. "Ek sal nooit vir so iets val nie."

"Jy sal verbaas wees, oom Harry, sê Kat. "Jy is op 'n eiland, geskei van die res van die samelewing en afgesonder van die wêreld. Jy het nie geld nie, geen besittings en geen manier om van die eiland af te kom nie. Jy is basies uitgelewer aan die persoon wat jou voer. Ironies genoeg koop daai persoon die kos met jóú geld, maar dit is nie meer jou geld nie. Jy het beheer verloor oor alles wat jy besit het."

"Dit is presies wat gebeur het," sê Jace. "Brother XII het beweer daar is nie genoeg plek vir almal in die kommune nie. Almal het aan 'n toets deelgeneem om te sien wie die mas opkom. Net die gekose paar sal skuiling in die stad, wat hulle besig was om te bou, kry."

"En die res?" vra Kat.

"Almal wat buite die stad bly, sterf, of dit is ten minste wat hulle gedink het. Dit was hulle enigste kans op oorlewing, so hulle was bereid om enige iets te doen om die verkosenes te wees. Dalk was dit mal, maar na 'n paar maande of jare, het alles vir hulle normaal gevoel. Aangesien niemand gekom of gegaan het nie, het hulle geen buite invloed gehad nie. Niemand het hulle oortuigings bevraagteken nie."

"Jy het gesê hulle het meegeding," sê oom Harry. "Wie het gewen?"

"Niemand." Sug Jace. "Almal het iets verloor. Party meer as ander."

Seemeeue skree en breek die stilte bo hulle koppe. Kat, Jace en Harry staan stil en kyk na De Courcy-eiland. Soveel tragedie en gebroke harte, tog vandag bly niks oor nie.

"Ek sal ook in ontkenning wees as ek so 'n groot fout gemaak het," sê Harry. "Solank as wat jy voorgee dat alles oukei is, staar jy nooit die waarheid dat jy 'n idioot is in die gesig nie. Daardie mense het al hulle verdiende geld opgegee en hulle eie lewens vernietig. Brother XII het hulle gehelp, maar dit was in die eerste plek hulle eie dom besluit."

"Ja," stem Jace in. "Terugskouing is 20/20. Selfs tóé wou nie almal die waarheid sien nie."

Kat kyk in die rigting van die deur. "Wat doen Gia en Raphael in elk geval? Watter tipe besigheidsvergadering het hulle?"

Jace skiet 'n waarskuwende kyk in haar rigting.

Sy kyk op haar horlosie. Dit is amper 15:00. "In Italië is dit amper middernag. Met wie kan hulle moontlik só laat op 'n Vrydag aand praat?"

"Biljoenêrs hou nie normale ure nie," sê Jace. "Maar ek wens ook hulle wil gou maak. Ek kan nie wag om my voete op die eiland te sit nie. Gerugte is dat Brother XII 'n half miljoen munte hier weggesteek het."

Weer die goud. Nes Pete ook genoem het.

"Pete het gesê Brother XII het die munte in Masonbottels gehou." Harry herhaal Pete se kommentaar. "Waar het hy al daai geld gekry?"

"Die donasies aan die Aquarian Foundation is alles in kontant gemaak," sê Jace. "Brother XII het dit alles in goud omskep. Aangesien hy so 'n buitengewone vaardigheid gehad het om ryk lede te kies, het al hulle aardse besittings tot 'n netjies som beloop. Ten minste een van sy volgelinge was 'n miljoenêr, so die geld het vinnig opgetel."

"Hoekom dit nie net in die bank sit nie?" Harry krap sy ken nadenkend. "Dit sal baie makliker wees, nie waar nie?"

"Maklik dalk, maar banktransaksies laat 'n verhandelingsrekord agter. Goud doen nie. Anders as geld in die bank, is dit onnaspeurbaar met geen verhandelingsrekord nie. Dit was baie slim van hom. Hy kon die geld spandeer sonder dat iemand weet. Daar was ook geen bewyse van die donateure se betalings nie, so hulle kon in die eerste plek nie bewys, as moeilikheid kom, dat hulle dit vir hom gegee het nie. Om die geld vir homself te vat was natuurlik van die staanspoor af sy plan."

"Dit is mal," sê Kat. "Hulle moes van beter geweet het. Hulle was welgestelde mense. Wat het hulle finansiële raadgewers gesê?"

"Daar was nie 'n manier om hulle te keer nie, maak nie saak wat hulle adviseurs gesê het nie. Hulle was in vervoering met Brother XII se bewerings dat hy die toekoms kan voorspel. In terugskoue het hulle dit natuurlik berou toe die wit towerkuns in swart towerkuns verander het.

"Hulle het al hulle geld oorhandig omdat hulle alles geglo het wat hy hulle vertel het. Hy het hulle aangemoedig om te kom en hulle op die eiland te vestig. Hulle het huise gebou en alles wat hulle gehad het belê om die land onder hulle te koop. Tog het hulle nooit 'n eiendomsakte ontvang nie. Brother XII het die aktes ontvang. Hy het beweer dit is 'n gemeenskaplike projek, so daar sou geen individuele eienaarskap wees nie."

"Hoekom het sy volgelinge nie net wakker geskrik nie?" vra oom Harry. "Dit moes vir 'n tyd lank voor-die-hand-liggend gewees het."

"Nie regtig nie. Niemand het geweet waar die goud gehou word nie. So ver as wat hulle geweet het, het dit die eiendom van die Aquarian Foundation gebly en was dit steeds versteek en onaangeraak."

"Maar as hy hulle geld gevat het en niks in ruil gegee het nie, moes hulle dit kort voor lank uitgepluis het," sê Harry.

"Dít is waar dit interessant raak," sê Jace. "Hy het hulle oortuig dat hulle siele vernietig sou word. Dat hulle gereïn-karneer sal word. Daarbenewens het hulle die risiko gehad om uit die toevlug gelaat te word, aangesien daar meer mense as plekke beskikbaar was. Net die paar verkosenes sou skuiling gedurende Armageddon kry, en as hulle gepro-testeer het, was vele ander gelukkig om hulle plekke in te neem."

Raphael en Gia daag uiteindelik op. Gia glimlag versko-nend. "Ons is nou reg om aan land te gaan. Jammer vir die wag."

Gia gee nie 'n verdere verduideliking nie.

"Vertel my meer oor hierdie half-ton goud," sê Harry. "Is daar 'n kaart na die skatte toe?"

Jace lag. "Nie waarvan ek weet nie, maar die gerug is dat Brother XII die goud hier op die eiland begrawe het."

Die praat van skatte prikkel Raphael se belangstelling. "Hoekom sou hy dit doen?"

"Om te ontsnap en dit byderhand te hou. Dit is die fokus van my storie." Jace beduie na die eiland. "Die Aqua-rian Foundation het De Courcy-eiland en 'n paar ander in die lente van 1929 gekoop, na die kultus reeds vir 'n paar jaar aan die gang was. Wanneer ook al mense vrae begin vra het, het hy die groep na meer geïsoleerde liggings verhuis."

Kat vergeet haar teensinnigheid van Raphael en raak in die oomblik opgesweep. "Die roaring twenties was op pad om te eindig. Dit was net maande voor die aandelebeurs in 1929 inmekaar gestort het en die begin van die Groot Depressie."

"Dis reg," sê Jace. "Al het die aandelemark 'n oplewering gehad, het baie mense kort voor lank 'n inmekaarstorting verwag. Al die tekens was daar – die senuweeagtige finansiële markte in Europa en hier in Noord-Amerika en 'n dispariteit van rykdom tussen die ryk en armes."

"Hoekom sal iemand kies om hier te bly?" vra Gia. "Dit is mooi en als, maar dit is klein en in die middel van nêrens. Jy het 'n boot nodig of jy is gestrand."

"Dit is presies hoekom Brother XII daarvan gehou het. Dit het hom van kyklustige oë geskerm. Mense het oor sy motiewe begin spekuleer. Hy het agter die ryk aangegaan en sy ryk volgelinge het toegeneem toe hy voorspel het dat die aandelemark inmekaar gaan stort. Vir hulle het dit bewys dat hy die toekoms kan voorspel, insluitend Armageddon. Mense het die eiland as 'n hawe van finansiële swaarkry en turbulente finansiële markte gesien."

"Ek raai al daardie ryk beleggers het gedink hulle gaan meer geld in 'n toekomstige lewe kry. Asof dit ooit sou gebeur."

"En die naaste bank was myle weg, per boot." Raphael vryf sy ken. "So hy het die geld begrawe om dit veilig te hou."

"Hoe het hy sulke mag oor mense gekry? Jy moet baie dom wees om net geld te oorhandig, nie waar nie?" Gia kyk na Raphael vir bevestiging, maar hy bly uitdrukkingloos.

"Charisma," sê Jace. "Hy het hulle ook oortuig gehad dat hy 'n mistikus was met 'n direkte verbinding tot die gode. Hulle was bang om enige iets te doen wat hulle siel se kans op oorlewing in gevaar kon stel wanneer die einde van die wêreld kom."

"Enige normale persoon sal deur dit sien." Gia frons. "Al wat dit verg is 'n bietjie algemene kennis."

Jace glimlag. "Jy sal so dink, maar Brother XII het 'n paar toertjies in sy mou gehad. Hy het teruggeval, na wat hy sy Huis van Misterie genoem het, waar hy séances gehou het en beweer het hy kommunikeer direk met die ander elf broers. Hy het niemand binne die Huis van Misterie toegelaat nie, maar hy het sy volgelinge buite maak staan, somtyds vir ure. Hy het beweer dat hulle meditasie hom in astrale projeksie bygestaan het en om met die ander gode in verbinding te kom."

"Sy séances het dikwels ure gehou en mense het onvermydelik rusteloos geword. Party het geskinder, party gekla. Tog het Brother XII op een of ander manier altyd geweet wat buite gesê is en wie dit gesê het. Die twyfelaars is altyd gestraf. In hulle oë was hy waarlik 'n spiritistiese medium. Hulle het in beide vrees en bewondering van hom gelewe.

"Wat sy volgelinge nie geweet het nie, was dat Brother XII 'n elektrisiën aangestel het om mikrofone agter die klippe in die aangewese wagarea by sy huis te installeer. Dit was die nuutste tegnologie in die tyd, nie iets waarmee baie mense vertroud is of sou verwag nie. Al wat hy moes doen is luister."

Kat sug. As iemand tog net vir haar wil luister.

8

———

Kat klim uit die rubberbootjie in kniediep water in, bly om uiteindelik op die eiland te wees. Sy kyk terug na *The Financier* soos sy na die klipperige strand toe stap. Selfs van 'n verte lyk die seiljag massief.

Raphael trek die rubberbootjie ver genoeg op die strand sodat die gety dit nie vang en terugtrek nie. Die mans het reeds van haar teenwoordigheid vergeet. Jace praat oor Brother XII en Raphael hang aan sy elke woord.

Sy staan vir 'n oomblik stil en val dan agter Jace en Raphael in. Sy volg sewe voet agter die mans toe hulle die strand kruis. Dit is genoeg om haar van Raphael te distansieer, maar steeds hulle gesprek te hoor. Haar strategie verseker dat sy haar humeur beteuel.

Gia en Harry het op *The Financier* agter gebly. Gia is moeg en Harry se rug is weer besig om probleme te gee. Kat het ook gedink om agter te bly, maar sy het nie so ver gekom om wat ook al van Brother XII se wêreld oorgebly het, te mis nie. Buitendien, sy glo in die ou Chinese gesegde van hou jou vriende naby en jou vyande nader.

Dit is nou amper 16:00 en Raphael het steeds nie die

rede vir die konferensie oproep met sy Italiaanse beleggers verduidelik nie, net dat dit op 'n manier Gia betrek. Tog bly Gia ontwykend wanneer Kat haar vir besonderhede vra.

Gia is woedend dat Kat selfs die outentisiteit van Raphael en sy maatskappy bevraagteken. Kat dink dat sy dit seker verdien, maar sy kan nie net terugsit en kyk hoe haar vriendin beide afgesê en verswendel word nie.

Met Gia wat bykans glad nie met haar praat nie, is dit moeilik om enige besonderhede oor Gia se ooreenkoms met Raphael te kry. In die probeerslag om haar vriendin te beskerm, het sy haar eerder vervreem. Om presies te wees, alles wat sy sê maak Gia net kwater. Nie dat sy haar blameer nie. Daar is egter dinge wat gesê moet word, al is dit net om te keer dat Gia se ramp ontvou.

Sy staan 'n oomblik stil op die klipperige strand en verbeel hoe 'n nuwe kommune lid moes voel toe hulle hier aankom. Hulle het al hulle besittings opgegee en op 'n verlate eiland aangekom, afgesonder van die wêreld daarbuite.

Kat sien uit daarna om die oorblyfsels van Brother XII se agtergelate nedersetting te sien. Kultusse fassineer haar nog altyd. Redelike mense word op een of ander manier gebreinspoel om hulle besittings en belangriker nog, hulle vrye wil op te gee. Die Aquarian Foundation is 'n perfekte voorbeeld. Daar is goeie rede dat dit vandag amper heeltemal vergete is. Mense wou waarskynlik vergeet en sulke ongelukkige gebeure agterlaat.

"Waarvoor wag ons? Kom ons gaan," sê Raphael.

Hulle stap op by 'n paadjie wat binneland toe lei. Die paadjie is parallel met die klipperige krans , gedeeltelik in skadu deur draderige aarbeibome wat aan die klippe vasklou. Die aarbeibome verander geleidelik in lang dennebome in soos hulle verder van die strand landin beweeg. Die paadjie word gelyk en gestippelde son verander in koel skaduwee in, 'n verfrissende verandering.

"Vertel my van jou besigheid. Hoe het dit begin?" vra Jace.

Raphael knik. "Mama het 'n salon by die huis in Milan gehad. As 'n klein seuntjie het ek gewoonlik daar gespeel en al was ek jonk het ek agtergekom hoe sy gewone vrouens in koninginne verander. Sy was nie so goed met die finansiële kant van die besigheid nie. Haar talent was om nuwe style en haarprodukte uit te dink. Sy het vinnig die aandag van Itali-aanse rolprentsterre en modelle getrek. Eintlik herinner Gia my baie aan Mama."

"Regtig? Hoe?" vra Jace.

"Sy ken haar kliënte en weet ook wat verkoop. Sy is nie bang om berekende risiko's te neem nie."

Dit is vir Kat nuus. Die Gia wat sy ken is ultra-versigtig, sy het haar salon opknappings uitgestel tot haar profyt toegeneem het. Wat het met Raphael verander?

Sy bly stil om soveel inligting uit Raphael te kry as wat sy kan. Sy volg die mans na 'n klein rotsrif wat ook 'n vurk in die paadjie merk. Hulle gaan regs.

"Bestuur jou ma steeds haar salon?" vra Jace.

"Hel, nee." Lag Raphael. Die grondpad word klein bietjie steiler soos dit verder in die woud inlei. "Sy hoef nie 'n vinger vir die res van haar lewe te lig nie. Ons is nou baie ryk te danke aan Bellissima. Nou is Mama die een wat skoonheids-behandelings kry."

Jace lag stilletjies. "En jy het haar gehelp om daar te kom."

"Ek het vir besigheid gesorg, met bemarking en risikoka-pitaal en produkontwikkeling. Maar die idee, die monde-linge advertering, en die beroemdes endossement is alles Mama se werk. Dit is iets wat geld nie kan koop nie."

"Jy is net besig om beskeie te wees," sê Jace.

Jace het nie baie lank gevat om by die Raphael bewonderaarsklub aan te sluit nie. Waar is sy joernalistiese skeptisisme en neutraliteit?

"Wat is jou maatskappy se naam, Raphael?" Die woorde glip by Kat se mond uit voor sy haarself kan keer. Met al die praat van sukses, is hy baie kort op besonderhede.

Geen antwoord.

Hy het haar verseker gehoor, so sy herhaal nie die vraag nie. Jace blyk nie Raphael se selektiewe gehoor op te merk nie, of as hy het, lewer hy nie kommentaar nie.

Oomblikke later kom hulle by die nedersetting aan. Raphael kry sy stem terug en die geselskap keer na Brother XII en die Aquarian Foundation. Nie veel is van die terrein oor nie, anders as vae indrukke van waar geboue eens gestaan het.

Jace beduie na die oorblyfsel van 'n sement fondasie die grootte van 'n paar geboue. "Dit moet wees waar die skool was," sê hy. "Hulle het dit gebou omdat hulle leerlinge verwag het, maar geen het gekom nie. Meeste van die dissipels was middeljarig of ouer, so daar was nie kinders nie."

"Dalk is dit 'n goeie ding," sê Kat. "Verbeel jou om in 'n okkult ingebore te word. Jy sal niks anders ken nie."

Jace knik. "Gebreinspoel van geboorte af. Moeilik om dit te ontdoen."

"Is dit al wat daar is?" Raphael skop na die stof met sy voet. "Ek het gedink daar sou gerestoureerde geboue en goed wees."

"Waar is die Huis van Misterie?" Kat bekyk die grond vir nog 'n gebou se buitelyn wat weliger as die ander moet wees. "O, ek dink ek sien dit." Die karige oorblyfsels van 'n fondasie staan op 'n heuweltjie wat oor die nedersetting uitkyk. Waar hy 'n ogie oor sy onderdane kan hou, dink sy.

"Hoe lank het hierdie okkult bestaan?" vra Raphael. "Hulle lyk of hulle baie rondbeweeg het."

"Net 'n paar jaar," sê Jace. "Self sy bittereinder volgelinge het gedisillusioneerd geraak toe sy beloftes op 'n nuwe era nie gematerialiseer het nie. Hulle het uiteindelik deur van sy bewerings gesien."

"Dit is nie juis maklik om hier te kom nie." Raphael kyk na die landskap. "En dit is op 'n klipperige eiland. Jy kan nie selfonderhoudend hier wees nie. Wat is so wonderlik aan hierdie plek?"

"Brother XII het van die feit gehou dat dit weg van kyklustige oë is. Hy wou nie aandag trek nie omdat dit vrae uitlok. En die vrae was nie net van buitestaanders nie. Die Aquarian Foundation lede wou weet hoekom hy saam met Myrtle kon bly terwyl hy steeds aan Alma getroud was. Daardie soort gedrag was skandalig in die tyd. Of hoekom die eiendom aktes in sy naam geregistreer is in stede van die stigting se naam.

"Maar selfs meer twyfelagtig is hoekom die volgelinge so hard gewerk het, wat gedwonge arbeid vir geen geld was. Baie was senior burgers wat hulself bykans dood gewerk het. Hulle was niks meer as slawe nie."

Kat staar na die buitelyne van die fondasies, party daarvan is oorgroei met vegetasie. Dit is soos 'n argeologiese terrein. Een wat mense eerder wil vergeet. "Ek kan steeds nie glo die mense het gekies om hier te bly nie. Ek raai hulle was haweloos teen dan en waarskynlik geestelik en fisies te uitgeput om te ontsnap."

"En te bang," voeg Jace by. "Hulle het steeds geglo Brother XII het mag oor hulle gehad. Hulle het die gevolge gevrees as hulle loop. Selfs al was sy spirituele bewerings vals, waarheen sou hulle gaan? Hulle het hulle families vervreem toe hulle hulle rykdom aan Brother XII oorgegee het. Of in die geval van die vrouens, hulle mans vir Brother XII se liefde verlaat. Meeste van hulle was afkomstig van ander lande. Hulle het geen vermoë of geld gehad om terug huis toe te gaan.

"Daar was 'n bietjie van 'n begenadiging van hulle rugbrekende arbeid en harde skarrelende bestaan toe Brother XII en sy huidige minnaar, Madame Z, vir Engeland 1930 vertrek het, weggeseil in 'n treilvisser kompleet met geskuttorings vir verdediging.

"Hulle was vir amper twee jaar weg, lank genoeg vir mense om hulle fout agter te kom. Hulle het saamgespan en Brother XII op sy terugkeer gekonfronteer. Hy het die meer vokale protesteerders uitgeskop, maar dit was die begin van die einde. Op die een of ander manier was sy volgelinge uiteindelik daartoe in staat om die eiland te verlaat. Toe hulle eers die wêreld daarbuite bereik het, het hulle die strekking van hulle verliese besef. In 1933 het 'n paar volgelinge gedagvaar om die Aquarian Foundation se bates te vries en hulle geld terug te kry."

"Hulle was net gedeeltelik suksesvol, aangesien Brother XII die bates baie goed weggesteek het. Hulle kon die goud nie spoor nie en hy het reeds baie van die geld op homself spandeer. Mary Connally het van haar geld terug gekry toe die De Courcy- en Valdes-eiendomme in haar naam oorgedra is as gedeeltelike kompensasie."

"Brother XII het ten minste sy eie ondergang voorsien en het die nedersetting inderhaas saam met Madame Z verlaat." Hy skud sy kop. "Maar nie voor hy al die geboue afgebrand het nie. Hy het die meubels met 'n byl bygekom en alles vernietig, net sodat niemand anders dit kon gebruik nie."

"Wat van die geld?" vra Raphael.

"Die goud?" Jace trek sy skouers op. "Party sê dit is hier op die eiland begrawe, dat hy nie tyd gehad het om dit te kry nie, maar ek twyfel."

Raphael se mond val oop. "Met hoeveel het hy weggekom?"

"Niemand weet regtig nie. Meeste mense was te skaam om te erken dat hulle belê het, nie te min die bedrag waaruit hulle gekul is nie. Aangesien hulle almal ryk was toe hulle aangesluit het, moes dit 'n netjiese som gewees het." Jace bly 'n oomblik stil. "Daar is nog 'n gerug, oor die grot op die eiland. Party dink Brother XII het van die goud skatte daar weggesteek."

"Waarvoor wag ons?" Raphael draai na die paadjie toe. "Kom ons gaan."

Kat stap agter die twee mans aan toe hulle die nedersetting agterlaat. Hulle keer terug na die paadjie toe, maar neem 'n afsonderlike vurk wat agter die oopte loop. Die paadjie se koel skaduwee is welig en verfrissend, gelyn met salmbessiebosse en kniehoogte vegetasie. Dit is 'n skerp kontras met die onvrugbare en windverwaaide seekant kranse.

Minder as 'n honderd voet later klim die paadjie by 'n steil heuwel op. Kat se steeds nat voete gly in haar plakkies en sy gryp na takke en plante om op haar voete te bly. Sy wens sy het stewiger skoene aangetrek.

Jace loop voor, gevolg deur Raphael. Sy sukkel om by te bly en die gaping tussen haar en Raphael verleng na tien voet, dan twintig.

"Loop bietjie stadiger," sê sy toe haar regter voet uit haar plakkie gly.

Raphael hoor of nie of kies om nie te hoor nie. Sy kry weer haar balans en maak die gaping toe.

"Vertel my meer oor jou ma," sê Jace.

"Mama het omtrent 'n reputasie gekry en vrouens het van myle weg na haar salon gevlok. Sy het vinnig die aandag van 'n groot Italiaanse skoonheidsverskaffingsmaatskappy gekry. Mama het die geheime formule aan hulle gelisensieer en die res is geskiedenis." Raphael staan op die paadjie stil en draai na Kat toe.

"Lisensiëring is 'n goeie stap," sê Kat. "Meeste mense sou hulle ontdekking voor die voet verkoop het." Dit grens aan ongelooflik dat Raphael se ma in vandag se dae 'n nuwe haarproduk buite 'n chemie laboratorium ontwikkel het. Sy speel egter saam. Enige antwoord wat Raphael sou gee is opgemaak, maar kort voor lank sal hy opmors en iets ontbloot.

"Mama het nie haar formule verkoop nie omdat sy steeds kreatiewe beheer wou hê," sê Raphael. "Dit het heel goed uitgewerk."

Raphael se selektiewe gehoor is weer aan die werk.

"Werk sy aan enige nuwe produkte?"

Raphael antwoord nie.

Hulle staan in die oopte stil. Twee paadjies lei in teenoorgestelde rigtings met geen tekens of naamborde nie.

"O, die stories wat ek oor van die beroemdes kan vertel." Raphael maak 'n toerits teken voor sy lippe. "My lippe is natuurlik geseël." Hy rammel 'n dosyn filmsterre en beroemdes af wat Bellissima endosseer. "Al die grootste Europese name en amper die grootse Noord-Amerikaanse beroemdes ook."

"Slim vrou," sê Jace. "Kat, dalk moet jy sy haarprodukte probeer."

Kat frons. "Hoekom? Wat is fout met my hare soos dit is?" Hoekom dink almal haar hare het regmaak nodig.

"Ek sê nie jy het dit nodig nie, maar jy is die enigste persoon hier met krulhare. Dit sal 'n interessante eksperiment wees. Het jy enige produkte op die boot, Raphael?"

Raphael lag. "Ek is bevrees nie. Jammer om jou teleur te stel, maar Kat se hare sal moet bly soos dit is vir nou."

Sy ignoreer die belediging. "Jy dra dit nie met jou saam nie?" Geen produk beteken daar is ook nie die gevaar om op geëksperimenteer te word nie. En geen gevaar om as 'n bedrieër blootgestel te word nie. Net 'n swendelaar sal vermy om produkte byderhand te hê vir 'n demonstrasie en bemarking.

"Ek het uit produk uitgehardloop," sê Raphael. "Ek sal eers teen volgende week nog hê."

Kat stap om 'n groot boomwortel. Raphael kan nie kliënte sonder die produk wen nie. Tog het hy Gia gekul om te belê sonder om eens Bellissima te probeer.

"Ek veronderstel jou vervaardiger is verantwoordelik vir die verspreiding?" vra Jace.

"Presies." Raphael waai sy arm. "Hulle bestuur al die logistiek. Ons teken al die gemagtigde kleinhandelaars in en gee die vervaardiging en verspreiding aan hulle oor. Niemand kan ons gepatenteerde formule namaak nie."

Jace lig sy wenkbroue. "Lekker ooreenkoms. Geen wonder jy het tyd om op jou seiljag te reis nie."

"Wat keer iemand om die formule deur omgekeerde ontwikkelingswerk uit te vind?" vra Kat. Dosyne Chinese maatskappye ontsluit elke dag komplekse formules. As Raphael se produk so revolusionêr en winsgewend is soos hy beweer, sal daar nie 'n tekort aan nabootsers en namakers wees wat in op die aksie wil kry nie.

Raphael ignoreer haar, soos verwag.

Die skaduwee van die bome is digter en die lug meer humied. Sy staan stil om die waterval te bewonder, deels om haar humeur te beteuel. Sy sug toe die mans se stemme wegdryf.

Goed so. Sy is moeg om oor Raphael se meer as lewens sukses te hoor. Nie net oor dit alles leuens is nie, maar ook omdat sy nie kan hanteer om normaalweg objektiewe Jace onder Raphael se betowering te sien nie.

Sy kry vir 'n paar oomblikke haar gedagtes bymekaar. Soos die woud stil word, besef sy skielik dat sy nie meer die mans se stemme kan hoor nie. Sy beter met die mans opvang.

"Ek is reg agter julle," roep Kat na Jace en Raphael voor haar.

Niemand antwoord nie.

Sy is kwaad dat Jace nie agtergekom het dat sy agter geraak het nie.

Sy debatteer om terug te draai en terug strand toe te stap, veral omdat dit moeilik is om in haar plakkies by te bly. Sy besluit om aan te gaan aangesien sy al die pad gekom het om die nedersetting en die grot te sien. Die nedersetting is 'n teleurstelling, maar die grot kan beter wees. Sy gaan nie omdraai tot sy dit sien nie.

Kat strompel in stilte voort, neem haar tyd. Daar is net een paadjie, so die gevaar van verdwaal is onwaarskynlik. Sy krimp ineen toe sy 'n blaas wat op haar regtervoet gevorm het, voel. Volgende keer sal sy beter skoene kies.

Sy buk af om haar plakkie aan te pas en word deur 'n mansstem skrikgemaak.

9

———

Kat draai in die rondte en sien Pete. Hy sit op 'n boomstomp sewe voet weg en kyk haar met 'n grynslag aan.

"Jy sal nie ver kom met sulke skoene nie." Raphael se gedwee bemanningslid is skielik vol selfvertroue en sarkasme.

"Jy heeltemal alleen?"

Kat baklei met 'n algemene gevoel van onrus. Pete lyk oukei, maar wat weet sy regtig van hom. Niks, anders dat hy 'n tydelike werker is, wat aangestel is deur iemand wat amper verseker 'n swendelaar is.

Hy staan op en neem 'n paar treë na haar toe.

'n Reuk van ou sweet en vuil wuif na haar toe en sy deins terug. Sy stap 'n paar voet terug, maar struikel op die onewe grond. Haar enkel swik toe sy baklei om haar balans terug te kry, maar sy verloor. Sy val in 'n hopie inmekaar en rol by die kant van die paadjie af.

Sy kyk op en sien Pete bo haar staan. "Dankie. Ek is oukei."

"Ontspan. Ek is skadeloos." Pete hou sy hand uit en help

haar terug op haar voete. "Waarskynlik nie 'n goeie idee om alleen te wandel nie. Jy kan verdwaal of iets."

"Ek is nie alleen nie. Raphael en Jace is boontoe." Sy buk oor en vee die stof van haar knieë en voete af. Haar enkel pyn en sy skud dit uit en hou aan 'n boombas vir balans vas.

Pete lyk verbaas. "Nee, hulle het teruggedraai. Hulle het 'n paar minute terug hier verby gekom."

"Ek het hulle nie gesien nie. Hulle was ook nie baie ver voor my nie. Waarheen het hulle gegaan?" Dit moes gewees het toe sy van die paadjie afgegaan het, tog het sy hulle nie hoor verby gaan nie.

Pete trek sy skouers op. "Terug na die boot toe, sou ek raai."

"Ons—ek gaan na die grot toe. Hulle sou ook. Hulle kon nie reeds gekom en gegaan het nie."

Hy krap sy ken in gedagte. "Ek raai hulle het van plan verander toe hulle dit eers gesien het."

Sy wag vir hom om uit te brei, maar hy doen nie. "Ek gaan in die regte rigting, gaan ek nie?" Dit verbaas haar dat Jace nie ten minste 'n paar minute spandeer het om te verken nie.

"Ja." Hy knik. "Dit is net 'n paar minute verder by die paadjie op."

"Oukei, wel ek moet seker aan die gang kom. Ek wil sien waar Brother XII sy goud weggesteek het."

"Jy en 'n duisend ander mense." Hy giggel. "Daar is nie goud nie. Almal soek vir die verkeerde ding. Daar is egter 'n ander skat."

"Watter ander skat?"

"'n Geheime gang onder die see. 'n Ondergrondse tonnel wat na 'n ander eiland lei."

"Wow. 'n Werklike tonnel onder die seevloer?"

Hy knik. "Ja. Dit is deur die plaaslike mense vir duisende jare gebruik. Dit is soos 'n ander wêreld onder die grond, maar nie baie mense weet daarvan nie."

"Hoe weet jy so baie van hierdie plek?" Sy het op die vasteland grootgeword, naby genoeg dat sy sekerlik moes hoor van iets so fantasties soos 'n ondergrondse deurgang. Sy het nie, so sy neem aan dit bestaan waarskynlik nie. "Kom jy van hier rond?"

"Soort van. Op 'n ander eiland groot geword, maar dit is 'n ander storie." Hy frons en staar in die verte in. "Weet jy enige iets van die grot af?"

Sy skud haar kop. "Wat is so spesiaal daaraan?"

"Dit is drie myl lank en kruis onder die seevloer." Hy draai sy kop skuins in die rigting waarin sy op pad is. "Die ingang is in die middel van die eiland, maar as jy ver genoeg ingaan, is daar 'n wegval van 'n paar honderd voet. Die deurgang kruis onder die water en kom op Valdes-eiland onder die straat uit."

"Regtig?" Jace sal gefassineerd wees, as hy nie reeds onder Raphael se invloed was nie. Nog 'n storie waarop hy uitgemis het. Sy is egter nie van plan om háár geleentheid te mis nie. "Vertel my meer."

"Die grot is deur die Coast Salish mense as deel van hulle seremoniële plegtighede gebruik. Die mans het gevas en dan alleen deur die deurgang gegaan met net 'n enkele fakkel om hulle te lei. Hulle het hulle sending voltooi deur hulle staaf in die geheime kamer te sit en is gevier wanneer hulle die reis terug voltooi."

"Regtig? Het jy al daarbinne gaan stap?" Was dit stap of spelonkery? Waarskynlik die tweede. Aangesien dit tegnies 'n ondergrondse grot is.

Pete skud sy kop. "'n Aardbewing het die tonnel meer as 'n duisend jaar gelede geblok. Dit het ook die geheime kamer toegemaak. Dit is veronderstel om vol argeologiese skatte te wees, soos seremoniële maskers en stawe en goed."

"As dit so ongelooflik is, hoekom is dit nie ontblok nie?" Die geheime kamer klink soos 'n argeoloog se hemel. Die twyfelaar in haar dink dit skakel net glad nie. Dit is net 'n ongestaafde legende.

"Die rotse is so groot soos geboue," sê hy. "Jy het baie swaar toerusting nodig. Dalk is die koste nie die moeite werd nie. Dit is somtyds beter om dinge net te los soos dit is."

"Tensy Brother XII se goud daarbinne is." glimlag Kat. "Die grotte klink steeds ongelooflik. Ek kan nie wag om dit te sien nie."

"Wees net versigtig daarbinne. Jy moet kyk waar jy gaan." Hy kyk na haar voete. "Jy moet regtig nie alleen gaan nie."

Hy is natuurlik reg. "Kan jy my wys?"

Hy skud sy kop. "Ek moet terug by die boot kom."

Kat vind dit vreemd dat Pete nie saam met hulle terug wil gaan nie, aangesien hy hierheen geswem het.

"Ek kan jou egter môre wys."

"Dit sal wonderlik wees." So lank as wat môre nie te laat is nie. As Jace en Raphael nie belangstel nie, bly hulle dalk nie nog 'n dag by De Courcy-eiland nie. "Ek gaan steeds na die ingang stap. Kan net sowel 'n vinnige kyk kry voor ek na die boot terugkeer."

Sy bedank het en gaan met die paadjie aan. Haar ore spits met die klank van lopende water en amper onhoorbare stemme. Dit is egter die stemme van kinders, nie Jace en Raphael nie.

Minute later kom sy 'n familie van vier tee, insluitend 'n seun van omtrent tien en 'n meisie van omtrent dertien. Sy kom binne 'n paar tree van hulle, naby genoeg om hulle te hoor praat. Die seun praat opgewonde oor die grot en die meisie bly stil terwyl sy ryp salmbessies van die bosse wat die paadjie omlyn, pluk.

Vir redes wat Kat nie regtig kan verduidelik nie, gaan Kat van die paadjie af. Sy is nie lus om kletspraatjies te maak nie, so sy volg die klank van lopende water na 'n klein spruitjie. Sy slaan 'n muskiet dood toe sy by die stroom stop. Sy buk af en sit haar hand in die koue water. Sy drink dit uit haar hande om haar dors te les. Sy bewe toe sy haar gesig en arms afspoel en die sweet van haar vel afwas.

Sy staan 'n paar voet van die paadjie af en wag tot hulle verbygaan. Nadat hulle stemme verdof het, word nuwes weer harder. Jace en Raphael het nie na die boot toe teruggekeer soos Pete beweer het nie. Hy is óf verkeerd óf hy het aspris gejok.

Sy keer na die paadjie terug, bedoel om met hulle op te vang. Sy klim by die bank op en haar voet haak aan 'n ontblote boomwortel vas. Sy val vorentoe en land met 'n plof op haar.

Sy kreun toe sy die skade assesseer. Haar ribbekas druk teen die wortelbedekte grond. Sy krimp ineen toe sy haar asem intrek. Is iets gebreek?

Nee.

Na die skok van val, stof sy die dennenaalde en bas deklaag af en assesseer die skade. 'n Bietjie bloed van 'n geskaafde knieg. Anders as dit, is sy ongeskaad.

Sy sukkel om weer op haar voete te kom. "Haai! Wag vir my."

Geen antwoord.

Sy het hulle net gehoor en nie gesien nie, so dit is moeilik om die rigting waarin hulle beweeg, te bepaal. Dalk het hulle nie teruggedraai nie. hulle kan steeds op pad na die grot toe wees. In daardie geval kan sy eenvoudig volg. Sy sug van verligting. Sy sal nie alleen wees nie.

Vreemd dat Pete gesê het hy het hulle gesien. Hy het

waarskynlik ander mense van ver af gesien en hulle vir Jace en Raphael misgis. Dan weer, die paadjie het binne tien voet van Pete se uitkykpunt verby gegaan. Hulle is moeilik om te mis tensy Pete sigprobleme het.

Sy volg haar eie treë terug, maar die mans se stemme het reeds vervaag. Hulle is op pad strand toe, in die teenoorgestelde rigting van die grot. Hulle het nie eens vir haar gewag nie.

Wel, hulle sal net vir haar op die stand moet wag. Sy gaan nie op die rubberbootjie klim sonder om ten minste na die grot te gaan kyk het nie. Al het Pete geoffer om haar môre te wys, is daar geen waarborg dat hulle môre nog by die eiland geanker gaan wees nie. Jace se opdrag is die hele rede hoekom hulle hier is en as hy nie in die grot belangstel nie, sal hulle waarskynlik nie rondhang nie.

Haar enkel pyn en sy is kwaad dat sy agter gelaat is. Meer as enige iets, pla dit haar dat Jace nie eens wonder waar sy is nie. In stede van kommer, het hy heeltemal van haar vergeet.

Sy vang vinnig met die familie op, ten spyte van haar seer enkel. Sy verslap haar pas, verkies die afsondering soos haar gemoed versuur. Hulle stemme word weer vaag soos die afstand tussen hulle groter word. Sy bly ver genoeg weg sodat sy hulle kan hoor, maar nie sien nie. Tien minute is al wat sy nodig het vir 'n vinnige kyk na die grot, sodat sy ten minste kan sê sy was daar. 'n Paar minute daarna sal sy terug by die rubberbootjie wees. Jace en Raphael kan hulself verseker vir ten minste so lank vermaak deur oor Raphael te praat.

10
____

Kat moes kant toe draai om deur die ingang tot die grot te glip. Dit is nie veel meer as 'n skeur nie en sy voel onmiddellik kloustrofobies soos sy die donker, klam lug inasem. Pete het nie genoem hoe nou die opening is nie. Sy aarsel en baklei met die begeerte om terug te gaan.

Sy kan die familie nie sien of hoor nie, maar aangesien die paadjie hier eindig, moet hulle binne die grot wees. Sy gaan vorentoe soos haar oë in die donker aanpas. Ten minste is die grond gelyk. Sy loop met haar hand teen die gladde, klam mure wat omtrent twintig voet inlei. Al kom die lig skaars die donker grot binne, is dit duidelik dat die grot nêrens heen lei nie. Sy sien niks wat 'n tonnel weerspieël nie.

Sy is net van plan om uit te gaan toe die muur onder haar hand meegee. Aan haar regterkant is 'n opening of 'n soort alkoof. Sy volg die muur se kurwe en stap om die hoek in 'n massiewe opening, in gefiltreerde sonlig gedompel. Die kontras met 'n paar voet weg is asemrowend. Strale lig stroom van 'n opening ten minste dertig voet bo haar in. Ten spyte van die oop spasie, is die lug selfs meer humied as in die donker gang. Rankplante groei van die klam mure af en waterdruppels val van bo. Sy misgis eers die nattigheid vir reën, maar die mis is 'n oorsaak van die amper 100% humiditeit.

Iewers in die verte is daar 'n gedruis van water, dalk 'n stroom of waterval. Sy loop in die rigting van die water, aarsel dan. Sy behoort regtig nie alleen verder te gaan nie. Sy is egter nie alleen nie aangesien die familie voor haar is. Dit is dalk beter om met hulle op te vang.

Jace en Raphael weet natuurlik sy is hier siende dat sy nie na die boot teruggekeer het nie. Kort voor lank sal hulle terugkeer om vir haar te soek. Nie dat sy wil hê hulle moet nie. Sy is steeds kwaad dat hulle nie vir haar gewag het nie, of blykbaar agtergekom het sy is weg nie.

Wat ook al. Sy het nie hierheen gereis om al die besiens-waardighede te mis nie. Sy beplan om die grot ten minste 'n bietjie te verken. Sy het tyd vir 'n vinnige beskouing voor sy terug strand toe sal gaan.

Die klank van water word harder en sy verbeel 'n waterval wat oor klippe val. Dit word donkerder soos sy nader aan die melodiese klank beweeg. Dit is 'n pragtige ondergrondse wêreld in donkerte. Sy stap oor die oop area en is so ingenome dat sy die klipversperring op volspoed tref.

"Eina!" Haar stem eggo in die oopte. Haar neus pyn van die impak. Sy het haar neus en gesig op die klip getref.

Sy tree terug en verloor haar balans. Sy vloek soos sy grond toe tuimel. Dit is haar tweede val in net 'n paar minute.

"Hallo?" Haar stem eggo deur die kamer en sy stoot haarself tot haar elmboë op. Sy is nie eens seker of sy in dieselfde rigting kyk nie. Die donkerte het haar so vinnig en kompleet ontvou dat sy gedisoriënteerd is aangaande haar rigting van beweging. Hoe kan sy moontlik haar treë naspoor as sy nie haar peiling het nie? Haar oë moes teen nou aan die donker gewoond geraak het, tog kan sy niks sien nie. Alles is swart, met geen teken van die oopte wat sy net 'n raap oomblikke terug deurgeloop het nie. Sy baklei teen paniek wat opstoot en herinner haarself om helder te dink. Al wat sy moet doen is rondom die grot muur te voel op 'n sistematiese wyse om die skeur is die grot muur te vind. Sy kan dan haar treë na die uitgang naspoor en 'n manier uit vind.

Sy het nie die familie se stemme gehoor vandat sy in die grot ingekom het nie. nie eens die kinders se stemme nie. Die familie moet verder binne wees, aangetrokke tot dieselfde ruisende water.

"Hallo?" Sy hoop op 'n gerusstellende antwoord, maar hoor net die eggo van haar eie stem. Vreemd dat sy niemand kan hoor nie.

Sy debatteer om verder te verken, maar wat kan sy moontlik nog meer in net vyf of tien minute ontdek? Om verder in te gaan verhoog net haar risiko om te verdwaal. Buitendien, noudat sy iets gevind het, kan sy maklik die hele groep oortuig om later terug te keer om die massiewe oopte te sien. Teen dan kan oom Harry se rug al beter wees en Gia mag dalk lus voel vir die uitstappie. Dit is meer pret om saam te verken.

Sonder 'n flitslig en behoorlike skoene is sy in elk geval nie toegerus om verder te gaan nie. Sy het ook nie enige ander ligte in die grot gesien nie. Haar pols versnel en sy wonder of die ander familie die grot binne gegaan het.

Sy staan op haar knieë en balanseer haarself. Haar oë het genoeg tot die donker aangepas om 'n vae buitelyn sewe voet weg uit te maak. Dit moet die grot muur wees. Sy tel haar treë soos sy na dit aanskuifel. Sy sug van verligting toe sy die klam rots voel.

Sy leun aan teen die muur en assesseer die skade. Haar

knie pyn. Saam met die vel wat af is, het sy waarskynlik ook 'n ligament seer gemaak. Voeg haar seer enkel by en dit gaan 'n lang, pynvolle reis terug na die strand toe wees. Sy kom stadig tot 'n staande posisie en stop om haar been uit te toets. Sy kan loop, solank as wat sy skielike draaie vermy.

Sy wil haarself om kalm te bly en gly haar palm langs die muur van die grot. Binne minute vind sy die opening, maar is dit dieselfde gang? Sy het nie oorweeg dat daar meer as een opening kan wees nie.

Sy draai om die hoek in 'n ander oopte in. Haar hart sink toe sy besef dit is nie dieselfde plek nie. Vir een ding, die grond sak afwaarts en die dak is veel laer, nie meer as 'n voet hoog nie. Dit moet die begin van die ondergrondse tonnel wees.

Sy loop verder binne en dit word onmiddellik donker. Sy wag weer vir haar oë om aan te pas en maak vinnig vae buitelyne van mure uit. Soos sy 'n paar treë vorentoe gee, sak die dak dramaties tot die punt waar dit amper haar kop raak.

Sy gaan met die klein afdraande voort, maar soos sy afgaan, word die dak stelselmatig hoër. 'n Paar minute later is die grond onder haar gelyk. Sy het geen idee of sy nog op die eiland of onder die see is nie. Dit is moeilik om seker te wees omdat sy soveel kinkels en swaaie gemaak het. Die enigste ding waarvan sy seker is, is dat sy nie haar treë landin nagespoor het nie.

Sy hou by die grot muur om seker te maak sy kan haar treë na die hoër oopte terug spoor. Dit is ongelooflik om te glo natuur het 'n tonnel onder die see geskep. Sy het iewers gelees dit is bykans onmoontlik om ondergrond te bou of selfs elektriese kabels in hierdie deel van die Stille Oseaan te lê. Die diep water en onstabiele seevloer in 'n area wat tot aardbewings neig, verbyster ingenieurs. Tog bestaan hierdie natuurlike tonnel vir duisende jare, of meer waarskynlik miljoene jare. Dit het aardbewings, storms en moontlik selfs die Ysperiode oorleef.

Sy raai sy is minder as dertig minute in die grot. Haar selfversekering terug, besluit sy nog vyf minute sal nie seer maak nie. Sy hou aan die klam grot muur vas, vir gerusstelling, en gaan voort. Nog 'n paar minute en dan sal sy terugkeer en haar treë na die ingang naspoor.

Die water word harder. Dit moet 'n relatief groot waterval wees, een wat Jace en Raphael heeltemal gemis het. Dit is nog 'n probleem met Jace se Raphael obsessie. In sy soektog na nog 'n storie, het hy 'n kans van 'n leeftyd gemis om 'n pragtige natuurlike wonder te sien. Dit is nog 'n groter teleurstelling aangesien Jace die natuur liefhet en hulle nie waarskynlik hierheen sal terugkeer nie. Die eiland is net toeganklik met 'n private boot en hulle het nie een nie. Jace het die helder, blink objek gejaag en die skatte voor sy oë gemis. Ter oordeel aan hoe vinnig die mans teruggekeer het, het hulle waarskynlik nie eens in die grot ingegaan nie.

Sy volg die klank van water en kom in 'n derde oopte uit. Dié een is die grootste nog en baie beter belig. Sy staan voor 'n poel van omtrent twintig voet wyd. Turkoois groen water val van tagtig voet bo haar in die poel in. Haar mond val oop toe sy die water opwaarts volg. Die water se pad het diep in die klip geëts en 'n nou canyon gekerf waar die water oor die rant gemors het. Van daar val dit in die poel voor haar.

Die blote grootte en gedreun van die ondergrondse waterval is asemrowend. Pete het duidelik nie van die bestaan daarvan geweet nie anders sou hy iets daarvan genoem het. Sy staar in bewondering en wonder of sy die eerste persoon is wat dit sien. Waarskynlik een van 'n gekose paar en hopelik nie die laaste nie.

Die waterval is nie die enigste aanloklikheid nie. Aan die regs van die water is 'n groot plat rots, waarskynlik tien voet oorkruis. Sy loop nader en vee haar hand oor die oppervlakte. Dit lyk soos 'n altaar, of ten minste een of ander seremoniële klip. Sy buk af om dit te bestudeer en trek haar hand oor die vae buitelyne van dierefigure in rooi en bruin pigmente.

Sy bewe en wonder hoe ver sy onder die seevloer is. Die helling was geleidelik so sy het nie die omvang van haar daling opgemerk nie.

Hierdie deel van die grot is dof, maar beter belig as die vorige ooptes, selfs al is dit dieper ondergrond. Sy kyk in die oopte rond om die bron van die lig op te spoor en let op 'n tikkie lig agter die poel, omtrent vyftig voet weg. Is die illuminasie 'n opening na Valdes-eiland in die teenoorgestelde kant van die tonnel, of 'n tweede uitgang na De Courcy-eiland?

De Courcy, besluit sy. Sy druk die lig op haar horlosie. Volgens die verligte wyser is sy al dertig minute in die grot. Nie lank genoeg om die drie-myl aftand van die kanaal te stap nie. Behalwe vir 'n paar stoppe, het sy ook 'n paar draaie en kinkels gevat. Dit sal 'n uur neem om 'n drie-myl afstand met 'n vinnige pas te loop, langer met haar hinkepink loop.

Dit is ten minste veertig minute vandat sy Pete gesien het en langer nog vandat sy van Jace en Raphael op die paadjie geskei is. Sy behoort regtig terug op die strand te kom. Dit sal egter nie seer maak om die ander kant van die poel te verken nie. Sy laat haarself nog vyf minute toe. Dan sal sy beslis terugdraai. Op daardie manier kan sy ten minste die poel beskryf en die ander vertel wat hulle gemis het. Wanneer sy saam met almal terugkeer sal sy 'n flitslig saambring.

Sy kyk 'n laaste keer na die waterval, onheilspellend pragtig in die dowwe lig. Sy draai na die bron van die lig en stap in die rigting van die nou gang. Het Brother XII dieselfde pad jare vroeër geneem? Gerigte is dat hy sy goud orals oor die eiland weggesteek het. Hoekom nie hier nie? Dit is die perfekte wegsteekplek.

Die lig word meer en minder soos sy by die gang af beweeg. Binne minute is dit heeltemal donker en sy loop weer blind deur die tonnel met haar hand op die klam muur. Mos en korsmos kielie haar palm. Sy gly haar palm langs die gladde oppervlak en probeer om nie te dink wat, anders as water, onder haar palm is nie.

"Eina!" Die grond onder haar val skielik weg. Sy val in water in en word paniekerig soos dit haar omvou. Die koue water gaan haar mond en neus binne soos sy onderwater sink. Sy skop in die water, paniekerig omdat sy nie kan bepaal water kant bo is nie.

Een plakkie gly van haar voet af en vee oor haar kop soos dit bo haar verbygaan. Haar paniek verminder toe sy besef dit het na die oppervlakte beweeg. Sy stoot haar liggaam in dieselfde rigting en breek die oppervlakte van die water. Sy sluk lug in terwyl sy haarself staande maak. Sy hoes van die water wat sy ingeasem het en is verbaas om te vind dat die water net tot by haar middel kom. Steeds 'n probleem, maar loop is baie beter as om blind te swem.

Sy moes 'n paar keer gedraai het in haar poging om haarself in die regte rigting te kry. Watter rigting het sy van gekom? Haar gedagtes tas rond soos sy die mure van die grot bestudeer. Sy sien nie meer die gang nie, of enige ander opening nie.

Alles lyk dieselfde in die swak lig.

Haar impromptu verkenning mag dalk 'n fatale fout gewees het.

11

<hr>

Slagoffers is paniekbevange, oorlewendes oorleef. Kat herhaal stilletjies die mantra en wil haarself om kalm te dink. Sy het iewers gelees dat baie brand slagoffers minute van veiligheid was toe hulle dood gaan. Hulle het gedisoriënteerd geraak en die verkeerde rigting gekies. Sy is nou in 'n soortgelyke situasie, behalwe dat sy genoeg suurstof het en nie in onmiddellike gevaar is nie.

Sy is verdwaal, maar sy het nie 'n groot afstand afgelê nie. Sy moet eenvoudig die rant vind en weer opklim. Sy moet haar koers stelselmatig omdraai of die risiko neem om verder te verdwaal.

Sy vloek binnensmonds. Sy het minute terug haarself uit die moeilikheid gekry, net om haarself in 'n erger situasie te kry. Maak nie saak hoeveel natuurlike wonders sy moontlik kan sien nie, dié maal keer sy terug. Om die grot sonder 'n flitslig te verken, is 'n resep vir 'n ramp.

Geen meer solo verkenningstogte nie, belowe sy haarself.

Die oomblik wat sy weer op koers is.

Sy dra haar plakkies in haar regterhand en beweeg na regs. Sy tel 'n dosyn treë en is steeds in die water. Sy draai om en tel veertien treë toe haar regter kuit teen 'n rotslys stamp. Sy glimlag. Dit voel soos die selfde rant waarvan sy afgegly het.

Sy trek haarself op en oorweeg dat daar meer as een rotslys kan wees. Sy beter seker wees sy beweeg in die regte rigting voor sy verder gaan.

Sy glip weer in die water in en keer terug na die rigting wat sy vandaan gekom het. Sy tel veertien treë. Van daar tel sy 'n addisionele agt treë vir 'n totaal van twee-en-twintig treë voor sy 'n soortgelyke rotslys vind, die keer is dit knie-hoogte. Sy laat 'n plakkie op die rotslys as 'n merker. Dan klim sy op die rotslys.

Sy kom na minder as twintig voet op 'n blinde gang af. Die gang se bron van lig is 'n opening in die grot se dak. Dit is te klein en ver weg om regtig iets te sien. Dit maak haar onrustig, aangesien sy verder ondergrond is as wat sy besef het.

Haar vrae is ten minste beantwoord. Toe sy draai, protesteer haar knieg met 'n skerp pyn. Sy buk af en vind dat dit geswel is. Hoe vinniger sy die boot bereik, hoe beter, maar dit gaan stadig gaan. Jace se irritasie behoort teen nou in kommer verander het.

Sy spoor haar treë nog een keer en beweeg na die kranslys terug. Sy voel vir haar plakkie rond.

Niks.

Nes sy gevrees het. Omdat sy nie in 'n reguit lyn geloop het nie, het sy by 'n ander deel van de rotslys uitgekom. Die vermiste plakkie is bewys daarvan. Sy bevraagteken al haar vorige besluite. As sy ver van die spoor af is, sal sy dit nie eens weet nie. Nog erger, sy het nou net een plakkie.

Sy sug en glip weer in die water in. Dit is nou bors-hoogte, baie hoër as wat dit was toe sy die plakkie gelos het.

Sy beweeg langs die rant, voel vir die skoen. Haar hartklop versnel toe sy niks kry nie.

Oorlewendes oorleef.

Sy bots skielik teen 'n muur wat haar pad vorentoe blok.

'n Muur wat nie daar was nie.

Sy het iewers verkeerd gegaan, maar waar? Tot by die waterval was sy versigtig om haar hand teen die muur te hou, so sy moet in die regte rigting terugbeweeg.

Dit is, tot sy van die kranslys afgeval het en haar been seergemaak het. Dit is waar sy omgekeer geraak het. In haar opwinding om die waterval te verken, het sy vergeet om haar treë langs die muur te spoor. Sy besef met afgryse dat sy verdwaal is.

En alleen. Die familie het duidelik nooit die grot binnegegaan nie, of sy sou hulle teen nou al teëgekom het. Jace en die ander sal terugkeer om vir haar te soek, maar sal hulle so ver in die grot ingaan? Sal hulle ooit die grot bekyk? So ver as wat hulle weet, het sy nie naby aan die grot gegaan nie. Dan is daar die verkeerde draai wat sy gemaak het. Hulle mag haar dalk nooit vind nie.

Haar enigste hoop is Pete. As hulle eers besef sy is vermis, sal hy hulle sê om in die grot te soek. Sy voel beter by die gedagte daarvan.

"Hallo?" Haar stem eggo onbeantwoord deur die oopte.

Wat as Pete egter niks sê nie? Hy hou nie van haar ondersoekende vrae nie en as hy iets het om weg te steek, mag hy dalk bekommerd wees dat sy dit gaan ontbloot. Sy is veilig uit die pad uit. Pete sal sekerlik nie so wreed wees om haar vasgevang en alleen in 'n grot te los nie.

Of sal hy?

Wat as hy doen? Hoe op aarde kan sy enige iemand bereik? Haar selfoon werk nie in die grot nie. Dan tref dit haar.

Natuurlik. Terwyl haar selfoon nie sein het nie, het dit

lig. Hoekom het sy nie vroeër daaraan gedink nie? Beter laat as nooit. Sy trek dit uit haar sak uit, dankbaar dat sy gedink het om dit in 'n plastiese sak vir die kort rit op die rubberboot te sit. Sy trek dit uit die sak uit, druk 'n knoppie en haar foon spring aan die lewe. Sekondes later illumineer die flitslig 'n paar voet om haar.

Die opening na die klein grot is net drie voet weg. Sy het omgekeer geraak. Sy loop na die ingang en trek haarself by die rotslys op. Sy kniel en tel haar plakkie op. Dié maal vat dit 'n bietjie langer om weer op te kom. Haar knieg is styf en geswel, en so ook haar enkel. Sy vloek toe sy opstaan. Sy hinkepink na die opening en loop deur die tonnel.

Sy voel hoopvol toe sy diere-geluide, en dalk voëls hoor. Dit beteken sy is naby aan 'n uitgang. Vreemd dat sy nog nie vroeër die klanke gehoor het nie.

Die lig is 'n lewensredder, maar op baie maniere is dit beter in die donker. Die illuminasie vererger haar kloustrofobie. Vir die eerste keer sien sy duidelik haar omgewing. 'n Bries vloei oor haar arm soos iets 'n paar duim oor haar kop vlieg. Sy grimas toe sy besef dit is 'n vlermuis. Dit blyk haar pad te volg en land in 'n alkoof direk voor haar.

Soos sy na die vlermuis staar, besef sy die hele dak beweeg. Honderde vlermuise hang onderstebo bo haar kop. Sy sidder, wonder hoe sy die klank vir diere misgis het. Die verfrissende koelte van oomblikke terug is skielik versmorend. Sy wil haarself om kalm, sonnige gedagtes te hê. Binne minute sal sy in sonlig wees, of op die paadjie. Dit is ten minste wat sy vir haarself sê.

Ontspan.

Haar verkenning binne het amper 'n uur geneem, maar haar uitkoms behoort minder as tien minute te neem.

Of dalk 'n bietjie langer, aangesien dit toenemend moeilik word met op haar beseerde been te loop.

Hoe lank dit ook al neem, sy gee nie om nie. Sy is terug

in 'n bekende omgewing en sy moet net die pad terug volg. Haar gemoed verhelder toe die waterval in sig kom. Sy loop verby die poel na die opening van die volgende kamer waar die bekende mis terugkeer.

Sy is vinnig terug in die uiterste kamer. Sy moet net die rotsrif met die ingekeepte klip vind om haar om die hoek te lei. Sy het die inkeep net vroeër gevoel, nie gesien nie, so sy trek haar hand by die muur af om dit te vind. Sy sal binne minute buite en terug op die paadjie wees. Dit was ten minste haar laaste gedagte toe sy val.

12

Kat snak toe pyn deur haar been skiet.

Sy het op die onewe vloer gestruikel en van die pad af neergeval. Sy was so gefokus om die ingekeepte klip te vind dat sy nie die skerp val langs die pad gesien het nie. Haar geswolle knieg en verswikte enkel maak dit toenemend moeilik om te loop en haar balans te hou. Deur haar goeie been voorkeur te gee, het sy op haar enkel oorgegaan en in die groot gat getrap.

Dit is egter die minste van haar kommer. Sy is vasgevang tussen 'n klip en 'n harde plek.

Letterlik.

Kat se val het 'n paar klippe losgemaak en haar arm is onder van dit vasgepen. Sy vloek binnensmonds toe sy die kans oorweeg om drie keer in minder as 'n uur seer te kry. Is sy regtig so lomp?

Nee, net plein onnoselheid.

Wat het sy gedink, om plakkies te dra en alleen hierheen gestap? Sy het egter nie alleen begin nie.

Sy trek haar foon uit en illumineer haar omgewing. Sy is net 'n paar voet van die grot opening af, so naby sy kan amper die vars lug ruik. Die reuk is waarskynlik net haar brein wat speletjies met haar speel, maar haar selfoon se verbeterde sein is verseker nie haar verbeelding nie. Ongelooflik, sy het weer selfoon sein. Sy tik Jace se nommer in en bel hom.

"Kat, waar is jy?" Sy stem sny in en uit. "Ons het orals oor vir jou gesoek."

"In die grot vasgekeer." Pete het geweet sy het grot toe gekom. Hy sou sekerlik 'n oproerigheid op die seiljag gehoor het soos hulle probeer het om te verstaan waar sy kan wees. Of dalk het hulle nie eens agtergekom sy is weg nie, maar sy wil regtig nie daaraan dink nie.

"Hoe is dit moontlik? Die grot is net 'n paar voet diep."

"Nee, dit is groter as dit. Ek het 'n geheime opening gevind. Ek het dit per ongeluk gevind, maar genoeg daaroor. Jy moet my uitkry. Ek is vasgevang."

"Hoe vasgevang?"

Sy beskryf kortliks haar situasie. "Die besonderhede is nie belangrik nie en ek wil nie my selfoon battery mors nie. Ek het 'n paar keer geval. Dalk kan jy vir my 'n wandelstok of iets bring. En skoene."

Daar is 'n lang pouse aan die ander kant. "Oukei."

"Vra Pete oor die grot. Hy is vertroud daarmee."

"Wie is Pete?"

"Een van Raphael se bemanningslede. Jy moes hom op die paadjie gesien het. Hy was dieselfde tyd as ons daar."

"Ek het niemand op die paadjie gesien nie. Daar was egter 'n ou op die strand." Jace beskryf hom. "Nou dat jy dit noem, Raphael het gelyk of hy hom ken. Hy het vir 'n paar minute gepraat voor ons na die seiljag gegaan het."

"Dis hy. Lyk soort van rof." Sy is verbaas Jace het hom nie aan boort die seiljag gesien nie. Dan weer, Jace het by die kroeg gesit, omtrent aan Raphael se sy vasgegom, vir die meeste van die reis.

"Hy het vir Raphael gesê jy gaan saam met hom terug. Dit is hoekom ek en Raphael terug seiljag toe gegaan het."

"Dit is belaglik, Jace. Pete het na die eiland toe geswem." Dit is ten minste wat Pete haar vertel het.

"Hoekom sal hy daarheen swem as hy saam met ons in die rubberbootjie kon kom?"

"Ek het geen idee nie, maar dit is nie die punt nie. Jy wonder nie eens of ek oukei is nie en nou glo jy Raphael se woord bo myne?" Haar gesig word rooi en sy probeer kalm bly. "Wat as hy 'n krimineel of iets is?"

"Ek het seker nie reg gedink nie. Aangesien Raphael hom ken, het ek gedink alles is oukei." Die eerste teken van twyfel blyk in sy stem.

"Raphael is van Italië en ons besoek 'n eiland wat hy nog nooit gesien het nie en hy ken een of ander slordige strand leeglêer?" As dit nie bewys van Raphael se inkonsekwente storie is nie, weet sy nie wat is nie.

"Moenie vir my kwaad wees nie. Jy het pas bevestig dat hy een van die bemanningslede is, so dit het alles uiteindelik uitgewerk, reg?"

"Dit is nie die punt nie, Jace." Om te argumenteer gaan haar nie uit die grot uitkry nie, maar sy moet weet wat Pete te betrokkenheid is. "Het Pete jou self gesê of het Raphael dit oorgedra?"

"Raphael," erken Jace.

"Pete het geweet ek het met julle probeer opvang. Hoekom sal hy lieg?" Pete het nie gelieg nie, maar Raphael het. Jace sal dit egter nie glo nie. Hy is so ingenome met Raphael dat hy niks negatief oor hom sal glo nie. Raphael het gelieg om van haar ontslae te raak. Woede borrel in haar op. "Hoe was ek veronderstel om terug op die seiljag te kom sonder julle en die rubberbootjie?"

"Pete het gesê hy sal jou op sy bootjie terug bring."

"Raphael dit ook vir jou gesê?"

Stilte.

"Raphael weet daar was net een rubberbootjie." Pete sou sekerlik geoffer het om haar te help vind. Het Raphael dit ook stopgesit?

"O."

"Dit is al wat jy kan sê?"

Jace sug. "Ek is jammer, oukei. Ek het net aangeneem jy is oukei saam met Pete. Met dit wat so 'n klein eiland en als is..."

"Kom kry my net uit hierdie grot uit."

"Ek sal. So vinnig as wat ek Raphael kan vind. Ek weet nie waar die rubberbootjie is nie."

Haar selfoon klink die lae battery boodskap. "My foon is besig om dood te gaan. Maak net gou." Sy sal met Pete praat wanneer sy terug op die boot is en sy kant van die storie hoor, maar sy weet reeds wat dit is. "Kry Pete om saam met jou te kom. Hy is al voorheen in die grot gewees."

"Moenie bekommer nie," sê Jace. "Ons sal jou uitkry. Ek is seker Raphael het baie gereedskap op die boot."

"Kom net so vinnig as wat jy kan." Kat besef dit is amper etenstyd. Aand is nie ver weg nie en redding sal moeilik wees as dit eers donker is. Die laaste ding wat sy wil hê, is om die aand in 'n klam, donker grot deur te bring. Hoekom land sy altyd in hierdie situasies? Omdat haar nuuskierigheid die beter van haar kry, elke keer.

Haar gedagtes keer terug na Brother XII en sy nedersetting. Die nedersetters het in sy droom ingekoop sonder 'n tweede gedagte. Meer as 'n paar van hulle het spoorloos verdwyn. Sy bewe by die gedagte daarvan en wonder of van hulle in die grot tot ruste gekom het, soos sy.

Brother XII se dissipels het hulle geld oorhandig, die land bewerk vir niks, net om te laat te besef dat hulle bedrieg is. Party het dalk in hierdie grot ingekom, met die hoop om te ontsnap, of dalk op soek na Brother XII se gerugte skatte.

Natuurlik was Brother XII se skatte regtig hulle sin, aangesien dit saamgestel is van die geld wat hulle oorhandig het toe hulle by die groep aangesluit het. Dalk het hulle berou dat hulle hulle geld aan Brother XII oorhandig het en gekom om dit terug te kry. Hulle het 'n manier van die eiland af gesoek, maar toe hulle eers geldloos is, het hulle geen huis gehad om na te vlug nie.

Die verlore siele in Brother XII se era moes hulle eie ontsnapping gevind het. Niemand het hulle gesoek of die owerhede in kennis gestel nie. Hulle was vergete mense wat ophou bestaan het vir die buitewêreld. Toe hulle aan die Aquarian Foundation oorgegee het, het hulle deur die tyd verdwyn.

Sy sider by die gedagte daarvan. Sy mag dalk in die grot verdwyn het, as dit nie was vir die moderne gerief van 'n selfoon nie.

Sy is uit haar gedagtes gepluk deur 'n man se stem.

"Kat, kan jy my hoor?" Raphael se stem kom van die rigting van die ingang. Sy stem is gedemp, waarskynlik as gevolg van die grot se akoestiek, of tekort daaraan.

"Hier. Reguit in by die muur, dan links. Waar is Jace?"

"Wat? Ek kan jou nie hoor nie." Sy stem word dowwer.

"Loop reguit by die swart muur in," skree Kat. "Volg dan die muur na die linkerkant." Hoekom kan hy haar nie hoor nie? Terwyl sy stem gedemp is, kan sy hom heeltemal oukei hoor sonder dat hy skree.

Skielik is daar 'n verdowende slag van klip, steen en rots.

Die sagte lig verdwyn, vervang met donker. Die klein opening is nou heeltemal geseël.

Iets het haar uitgang geblok.

Iets, of iemand.

13

Die rots slaan teen die klein opening, sny Kat se enigste uitgang af. Die enigste stem wat sy buite hoor, is Raphael sin. Sy het Jace glad nie gehoor nie.

"Jace? Jy daar?" Hoekom doen Raphael al die praatwerk en nie Jace nie?

Stilte.

"Raphael, waar is Jace?" Sy flits terug na Jace se kommentaar oor die rubberbootjie. Hy het gesê hy weet nie waar dit is nie, tog is Raphael hier. Het hy alleen na die eiland teruggekeer? "Raphael, wie is saam met jou?"

Geen antwoord.

"Laat my uit!" Raphael hou duidelik nie van haar nie, maar om haar in 'n grot vas te keer, is so goed soos moord. Haar hart jaag soos sy oor Jace, Harry en Gia se ligging wonder. Almal van hulle sal alles los om haar te soek. Jace weet sy is vasgekeer, so hoekom is hy nie reeds hier nie.

Dalk het iets met hulle ook gebeur.

Sy is seker net besig om paranoïes te wees, maar as dit

die geval is, hoekom het Raphael haar nie geantwoord nie? Sy is seker oor net twee dinge: sy het Raphael se stem buite die grot herken en die klip wat nou die uitgang blok, het nie self daarheen beweeg nie. Raphael het haar in 'n grot vasgekeer in plaas daarvan om haar te red.

Dit is mal, tensy Raphael 'n geheim het wat baie meer sinister is as om Gia te beroof. Terwyl sy seker is Raphael bedrieg Gia uit haar geld uit, is haar vriendin nie juis 'n miljoenêr nie. Raphael kan maklik sy spore uitvee, die geld vat en hardloop. Hy hoef nie moord te pleeg om daarmee weg te kom nie.

Daar is iets meer, maar sy het net vermoedens en geen feite om sy ekstreme gedrag te verduidelik nie. Wat kan moontlik genoeg wees om haar te vermoor?

Jace is baie verkeerd oor Raphael, maar tensy hy tot sy sinne kom, sal hy nie aanneem dat Raphael bedekte beweegredes het nie. En hy sal Raphael vertrou om haar te red. Sy keer terug na hulle telefoonoproep. Jace dink steeds nie iets is verkeerd nie.

Voetstappe klink buite.

"Wat gebeur?"

Kat se uitroep word met stilte geantwoord. Haar hart jaag en sy is skielik kloustrofobies. Die grot voel donkerder en die lug skimmelriger.

Gees bo die stof.

Jace sal haar uit kry. Hy sal vinnig hier wees.

As hy kan.

Haar bors trek toe soos paniek haar omvou. Het iets met hom ook gebeur? Wat Raphael ook al wegsteek, hy het dit die risiko werd beskou om haar in die grot vas te keer. Hy sal haar los om hier dood te gaan as hy kan.

Stop dit.

Oorlewendes oorleef.

'n Dosyn stadiger asemhalings later, kom sy tot een onmiskenbare gevolgtrekking. Sy sal nie ontsnap deur passief op redding te wag nie. Om mee te begin, moet sy haar arm bevry. Sy krimp van pyn ineen soos sy haar arm vorentoe en agtertoe beweeg. Na 'n paar minute se vorentoe en agtertoe bewegings, bevry sy uiteindelik haar arm. Sy sug van verligting oor haar noue ontkoming. Nou moet sy weer op die paadjie kom. Sy klim tot by gelyke grond en hobbel na die grotopening.

Sy stoot teen die rots, wetend selfs vóór sy probeer, dat dit tevergeefs is. Dit beweeg nie.

Sy leun verslaan teen die rots. Haar keel is droog van dors. Sy het nie eens gedink om 'n waterbottel te bring nie, aangesien hulle net 'n baie kort stappie beplan het. Asof op nét die regte oomblik, grom haar maag, honger.

Sy het meeste van haar selfoon se battery met die flitslig opgebruik. Sal dit nou enigsins werk met die grot wat heeltemal geseël is?

Dit is al wat sy het. Sy tik Jace te nommer in. Haar gemoed lig toe die oproep deurgaan. Sy sal binne minute hier uit wees, of in die ergste geval, 'n uur.

Haar hart sink toe die oproep reguit na stempos oorgaan. Dit bekommer haar. Jace sit nooit sy selfoon af nie.

Haar battery aanduider piep, so sy los 'n boodskap. Sy praat vinnig en gee instruksies oor die rots se ligging wat die geheime ingang afblok en hoe om in die grot te kom. Sy is versigtig om Raphael nie te betrek nie, ingeval hy Jace se selfoon het.

Oom Harry is haar laaste hoop. Sy hoop sy het genoeg batterykrag om hom in die hande te kry. Daar is egter 'n goeie kans dat hy nie eens sy selfoon saamgebring het nie. Selfs al het hy sy selfoon in sy sak, is hy geneig om dit nie te hoor nie. Sy tik sy nommer in en wag.

Een, twee, drie luie, geen antwoord.

Oom Harry antwoord op die vierde lui. "Kat, waar de hel is jy?" Ons wag vir jou."

"Ek is in 'n grot op die eiland."

"Jy is wat? Ek kan jou skaars hoor. Dalk moet jy terug bel..."

"Nee, moenie die foon neersit nie. Luister mooi, oom Harry." Sy beweeg nader aan die rots-bedekte ingang in 'n poging om haar sein te versterk. "Vind Pete en sê vir hom ek is in die grot vasgekeer."

"Watter grot? Wat het Pete met dit te doen?"

"Dit is nie nou belangrik nie. Kry hom net en kom."

"Maar Raphael het die rubberbootjie..." Harry se stem verdof en sny skielik uit toe haar foon dood gaan.

Sy staar na haar foon, afgehaal. Ten minste het sy die oproep gemaak, en oom Harry weet sy is in die grot. 'n Klein konsolasie, maar hulp sal uiteindelik aankom. Daarvoor kan sy op haar oom staatmaak. Wat sy nie op staat kan maak nie, is sy diskresie. Hy sal Raphael verseker vóór Pete betrek.

Dit is 'n probleem. Dit maak uiteindelik nie saak nie, besluit sy. Maak nie saak hoe ongemaklik nie, haar oom sal aanhou om haar te probeer vind. Sy kan Raphael hanteer as sy eers uit is.

Sy sak teen die muur in 'n sittende posisie af en slaan in 'n koue sweet uit. Baie min mense weet die grotte bestaan, en van wat Pete haar vertel het, weet nog minder van die gange en draaie in hierdie spesifieke grot. Met die rots wat die opening afblok, is die ingang onsigbaar vir enige iemand wat nie met die grot vertroud is nie. Sy kan hier doodgaan, stadig sterwend, terwyl die karige besoekers die ander grot se gange verken. Sy bewe en vou haar arms om haar knieë.

Sy besef ook dat sy, oom Harry, Jace en, sover sy weet, Gia niemand van hulle impromptu wegbreek vertel het nie.

Niemand weet waar hulle is nie. Raphael kan van hulle almal ontslae raak. Daar is nie 'n siel wat weet waar hulle nou is nie. Dit gaan die verstand te bowe, maar dan ook om haar blatant in 'n grot vas te keer.

Sal sy ook net 'n artefak wees, ás of wannéér sy ontdek word?

14

Kat skrik wakker. Iemand of iets anders is in die grot. Sy hou haar asem op en luister. Die krapgeluid is naby, net 'n paar voet weg, naby die ingang. Sy sidder en onthou die vlermuise. Sy is beswaarlik die enigste lewende wese in die grot.

Sy hou haar asem op om te bepaal hoe naby dit is. Dit is nie 'n dier nie. Haar hoop neem toe met die geskal van metaal teen rots. Iemand is buite.

"Help my!" Sy spring op en krimp van pyn ineen. In haar opwinding het sy van haar geswelde enkel en beseerde knieg vergeet. Sy struikel agteroor. "Ek is in die grot vasgekeer."

Geen antwoord.

Sy moes aan die slaap geraak het. Sy het haar horlosie se battery pap gemaak en dit is nou te donker om die armpies sonder hulp te sien. Haar selfoon is ook pap, so sy het geen idee hoeveel tyd verby gegaan het nie. Dit kan nie so lank wees nie. Sy is honger, maar nie baie honger nie. Haar laaste maaltyd was etenstyd op die boot.

"Hier binne!"

Stilte.

Haar opwinding van oomblikke gelede, is met teleurstelling vervang. Haar brein speel speletjies met haar. Daar is niemand anders hier nie, soveel soos sy andersins mag wens. Dalk het sy die hele ding gedroom.

"Enige iemand daar buite?"

Stilte.

Dit is veel donkerder in die grot vandat die rots die ingang afblok. Dit is ook nader aan sononder.

Die gekrap begin weer.

Haar hoop vervaag. 'n Dier is seker besig om buite te grawe. Geen kans op hulp daar nie.

Die klank neem egter toe, en sy hoor weer metaal teen rots. Tensy daar diere in die grot is wat gereedskap gebruik, is die klank van metaal 'n goeie teken.

Beter as goed. Dit is soos musiek in haar ore. Soos 'n simfonie.

Sy fokus op die klank en probeer dit identifiseer.

"Jy daar?" Jace se stem is helder. Hy kan nie meer as tien voet weg wees nie.

"Ja! Kry my hier uit, Jace." Sy beter nie sy stem verbeel het nie. "Kan jy my hoor?"

"Ja. Is jy oukei?"

"Soort van." Verligting vloei deur haar. Sy gaan uiteindelik bevry word.

"Dankie tog!" voeg oom Harry by. "Ons sal jou uitkry, Kat. Byt vas."

Sy het nog nooit so gelukkig in haar lewe gevoel nie. "Dit is goed om julle stemme te hoor. Ek is so bly julle het my gevind. Hoe laat is dit?"

"Net na sewe. Ons was bekommerd toe jy nie terug gekom het nie," sê Jace. Te oordeel aan sy stem is hy besig om iets fisies te doen. Dit verduidelik die metaal klanke.

"Maar ek was saam met jou en Raphael. Hoekom het julle sonder my gegaan?" Sy het nie 'n idee of Raphael saam met hulle is nie, maar sy wil nóú 'n antwoord hê. Sy kan nie langer wag nie.

"Jy het ons gesê om dit te doen."

"Ek het nié," sê Kat.

"Natuurlik het jy. Jy het vir Raphael gesê jy sal saam met Pete terug kom. Ek het self seker gemaak."

"Ek het nooit so iets gesê nie." Haar woord teen Raphael sin, maar behoort haar woord nie meer te tel nie? "Ek het nie eens met Raphael gepraat nie."

"Hy het duidelik misverstaan." Jace kreun. "Hierdie rots is baie stewig vas. Ek het nie die regte gereedskap nie."

"'n Woelyster sal werk," sê oom Harry. "Daar is egter nie sulke gereedskap op die seiljag nie."

Kat se hart sink. Sy het verwag om binne minute gered te word, maar dinge klink nie baie belowend nie.

"Ek het bedoel om te sê dat Pete jou boodskap aan Raphael oorgedra het. So dit is hoekom ons gegaan het."

"Het jy dit met Pete bevestig?"

"Nee, ek raai ek moes." Jace se woorde kom in kort, kragtige inspanning soos hy grawe. "Raphael het dit duidelik verkeerd gekry, maar jy is gedeeltelik te blameer omdat jy so op jou eie afgewandel het. Ons kon nie uitpluis waar jy is nie."

Of agterkom ek is weg nie, dink Kat. Haar opwinding word met woede verduister soos sy onthou hoe Jace eenvoudig vergeet het sy is daar.

"Dit is toe dat ons besef het jy is steeds hier," sê oom Harry. "Pete het gesê jy het nie saam met hom teruggekom nie. Hy lyk 'n bietjie vergeetagtig as jy my vra."

Haar indruk van Pete is heeltemal anders as haar oom sin, maar nou is nie die tyd of plek om meer te vra nie. Sy sal wag tot sy weer veilig op die boot is. Dit is natuurlik 'n ander storie of sy wel veilig op die boot is. "Hoe lank tot ek uit is?"

"Hang af," sê Jace. "Ons moet improviseer, aangesien ons

net grawe het. En boonop nie baie stewiges nie, maar ons plan is stadig besig om te werk."

"Ons doen wat die antieke Egiptenare gedoen het, ons grawe stof en stand onder 'n klip uit," sê oom Harry. "Ons hoop die klip sal net vorentoe rol."

"Dit is slim." Sy onthou vaagweg 'n dokumentêr wat sy saam met Jace gekyk het. Terwyl dit sin maak, klink dit ook gevaarlik. Een verkeerde beweging en die rots kan reg oor hulle rol. "Waarsku my wanneer die rots begin rol."

"O, dit sal nie vir 'n wyle wees nie," sê Oom Harry.

Sy hoor net een graaf en vermoed Jace doen die meeste van die graafwerk.

"Wat ek nie kan uitpluis nie, is hoe jy in die eerste plek agter hierdie ding vasgekeer is. Dit is massief." Jace klink uitasem nie.

"Dit was nie daar toe ek ingegaan het nie." Kat kan ook nie enige nabye rotse onthou nie. Sy het egter nie daarvoor gesoek nie. Sy was gefokus op al die skatte wat voor haar mag lê. Hoe het Raphael dit alleen voor die grot beweeg? "Hoe lank dink julle sal dit vat?"

"Waarskynlik nog twintig minute as dinge volgens plan verloop," sê Jace.

"Whoa!" roep oom Harry.

Die rots skuif en 'n dun skrefie lig skyn bo haar. Sy was nog nooit so bly om die lug te sien nie. Die driehoekige opening is die grootste aan die verste kant van haar. Ter oordeel aan die hoek, rus die rots op onewe grond.

"Dit was amper, Jace," sê oom Harry. "Ons beter versigtig wees."

"Reg," sê Jace. "Harry, gaan vind 'n paar lang stukke hout. Ons sal dit onder die rots insteek soos ons grawe, dan trek ons hulle uit wanneer ons gereed is. Die rots behoort net uit te rol met die afwaartse momentum."

"Het dit," sê oom Harry.

Jace grawe terwyl Harry balke en hout in plek trek. Ter oordeel aan al die kreune en vloeke is dit swaar, sweterige werk. Kat wens sy kon help, maar luister eerder skuldig.

Na wat soos 'n ewigheid voel, is hulle uiteindelik reg. Wat 'n goeie ding is, aangesien die klein strokie lig bo die rots in 'n diep blou verander het. Dit is amper donker, hulle plan beter die eerste keer werk.

"Kom ons doen dit," sê Jace. "Kat, staan net terug ingeval iets anders beweeg. Harry staan aan die ander kant. Trek die eerste stomp uit wanneer ek *nou* sê. Ek sal dieselfde aan die kant doen."

"Het jou."

"Nou," skree Jace. Die rots spring vorentoe en ontbloot 'n groter opening, maar die kant van die rots is steeds stewig teen die grot muur vas.

"Kat, kan jy op en oor klim?" vra Jace.

"Ek dink nie so nie. Daar is nie vastrapplek nie. Ek weet nie hoe om myself op te stoot nie." Kat se hart sink. So naby, tog so ver. Sy het gehoop om voor sononder uit te wees, maar dinge lyk nie belowend nie. In die tussentyd is Raphael waarskynlik besig om Gia kaal te steel en haar te oortuig om selfs méér te belê.

"Ek het 'n idee. Wat as ons 'n tou het?"

"Dit kan werk." Sy het een keer binnemuurse rotsklim probeer. Sy kan waarskynlik regkom. Sy het 'n greintjie hoop dat sy vanaand dalk in 'n bed kan slaap.

"Oukei. Nou het ons net 'n tou nodig." Hy is vir 'n oomblik stil. "Harry, kan jy die rubberbootjie vat en terug seiljag toe gaan? Daar moet tou op die boot wees."

"Ons het nie tyd daarvoor nie, Jace." Raphael sal hulle doelbewus vertraag. Hy het haar immers doelbewus laat vassit. "Dra julle ouens gordels?"

"Jip," sê oom Harry.

"Ja, hoekom?" vra Jace.

"Een gordel is nie lank genoeg nie, maar twee is dalk."

"Die moeite werd om te probeer, maar is hulle sterk genoeg om saam te hou?"

"Net een manier om uit te vind," sê Kat. Sal dit werk? Al wat sy kan doen is hoop.

'n Leer gordel gly by die rots af. Sy reik op en gryp dit. Sy trek en voel spanning soos Jace die ander kant vashou. Sy leun terug en klim die rots, maar kan haarself nie optrek nie. Die ent van die gordel is te hoog bo haar kop en sy het nie die krag in haar bolyf om haarself op te trek nie.

Die gordels moet langer wees, of sy moet hoër wees. Sy soek 'n rots wat klein genoeg is om te beweeg. Sy moet op iets staan wat 'n voet of so hoog is. Dit sal haar genoeg lig om haarself by die rots op te trek.

Al die rotse om haar is egter klein. Sy maak wat sy kan bymekaar en pak hulle in 'n tydelike platform. Sy toets die stabiliteit met een voet. Dit is onveilig selfs sonder haar beserings, maar dit hou. Dit is ook haar enigste opsie.

Hier is sy wéér in haar plakkies, nog 'n ongeluk wat wag om te gebeur. Sy vloek binnensmonds. Daar is nie 'n ander manier nie, dink sy soos sy met haar ander voet opklim.

"Oukei, ek is reg." Kat trek aan die gordels tot sy die spanning aan die ander kant voel.

"Oukei. Het jy dit, Harry? vra Jace.

"Jip. Gaan daarvoor, Kat," sê oom Harry.

"Goed dan, hier kom ek." Sy visualiseer haar een en enigste rotsklim ervaring by die binnemuurse klimsentrum. Sy sit een voet teen die rots en leun omtrent vyf-en-veertig grade terug. Die gordels hou. Sy haal diep asem en klim met haar ander voet van die rotshoop af. Sy fokus om een voet voor die ander te sit.

"So ver, so goed." Skree Jace. "Hou aan."

Sy is bitter naby aan die opening, maar haar spiere brand.

Kat weet nie of die mans die gordels vashou en of hulle dit aan iets anders vasgemaak het nie. Sy begin sweet. As dit so moeilik is, is sy seker besig om dit verkeerd te doen. Haar sweterige palms gly op die leer en haar vel brand soos sy sukkel om vas te hou.

Sy maak haar hand stywer om die leer, maar dit is nutteloos. Dit gly uit haar greep en sy val agteroor, land op die grond met die hoop rotse in die klein van haar rug. Sy roep in pyn uit.

"Wat het gebeur?" vra Jace.

"Ek het my houvas verloor." Kat rol op haar sy en kreun van pyn soos spasmas deur haar rug, knieg en enkel beweeg. "Gee my 'n oomblik, dan probeer ek weer."

"Skree net wanneer jy reg is," sê Harry.

Pyn of geen pyn, sy gaan uit hierdie grot kom.

Tien minute later bereik sy die bokant van die rots. Sy stop en haal diep asem. Die vars lug bedwelm haar soos sy oor die bokant van die rots skarrel. Sy glimlag vir Jace en Harry wat omtrent tien voet onder staan.

"Is ons bly om jou te sien," sê Harry.

"Julle ook." Sy glimlag en gooi haar bene oor die rant. Sy spring amper voor sy van haar knieg en enkel onthou.

"Wat is fout?" vra Harry.

"Niks," antwoord sy. Alles is verkeerd, maar daar is min wat sy daaraan kan doen. Ten minste nog nie. Sy maak haarself gereed en spring. Sy skree toe sy die grond tref, op haar sy. Sy rol op haar boud oor en hou haar hand op vir hulp.

Jace trek haar op. "Ek gaan jou nooit weer uit my sig laat nie."

Sy kan daarmee saamleef.

15

Kat sit op die bed, haar rug teen die kopstuk. Haar been is gelig, met yssakke strategies om haar geswolle knieg en verswikte enkel geplaas. Teen die tyd wat hulle terug op die seiljag is, het haar been in 'n massiewe, geswolle massa verander. Sy is uitgeput van beide haar amper doodgegaan grot ervaring en die uur-lange hobbel terug na die rubberbootjie toe.

"Jy lyk soos 'n oorlog slagoffer." Jace sit by die lessenaar en tik op sy sleutelbord. "Hoe kry jy dit reg om altyd moeilikheid te vind? Ons het net vir 'n kort stap in die woud gegaan."

Meer soos moeilikheid het háár gevind. Hoe kan sy die onderwerp van Raphael se oëverblindery opbring sonder om soos 'n waansinnige te klink? Jace dink reeds sy het dit in vir die ou. Sy het Pete se bevestiging van haar weergawe van gebeure nodig, maar sy gaan geen bewyse kry deur in die bed te sit nie.

Sy swaai haar bene oor die kant van die bed en kreun toe sy staan. Sy weet nie eens waar om Pete aan boord te vind nie. Hopelik sluit haar soektog nie baie loop in nie.

Jace kyk van sy skootrekenaar af op. "Jy gaan nêrens heen nie. Sê vir my wat jy wil hê en ek sal dit vir jou kry."

Sy skud haar kop. "Ek wou net my been uittoets, sien hoe dit gaan."

"Ons is vir minder as 'n uur terug." Jace skud sy kop. "Dit is nie genoeg tyd om 'n verskil te maak nie. Dit gaan méér swel as jy dit nie hoog hou nie. Wat het jy nodig?"

"'n Bietjie vars lug. Ek sal my been hoog hou as ek buite is."

"Nee jy gaan nie."

"Natuurlik sal ek, belowe." Sy demonstreer wat sy hoop 'n normale loop is. "Dit gaan styf word as ek nie 'n bietjie beweeg nie."

Jace lig sy wenkbroue en skud sy kop. "Ek kan jou nie help as jy nie jouself wil help nie."

"Loop is goed vir my." Sy kan nie juis vir hom vra om na Pete toe te gaan nie.

"Jy gaan nie vir my luister nie, nè?" Hy loop na haar toe en sit haar arm om sy skouer. "Jy behoort glad nie te loop nie, beslis nie sonder krukke nie. Ek twyfel of daar enige krukke aan boord is. Kan jou stappie tot môre wag?"

Haar kop jaag om aan 'n verskoning te dink. "Ek het bietjie lug nodig. Ek voel seesiek."

"Dit is vreemd. Ons beweeg nie eens nie." Jace twyfel.

"Ek voel steeds kloustrofobies van die grot." Sy glip in haar plakkies in. "Luuks of nie, hierdie kamer is steeds bietjie klein."

"Wag 'n oomblik, ek gryp jou ys." Jace kry haar yspak van die bed af en volg haar na die deur toe.

Hy is reg oor een ding. Sy kan nie goed genoeg loop om Pete op te spoor nie. As sy egter op die dek sit is daar 'n klein moontlikheid dat hy verby sal loop. Die kanse is net so goed dat sy eerder Raphael sal sien. Sy sidder by die gedagte. Sy sal die kans vat.

Sy hobbel by die gang af en deur na die sloep. Haar geswolle knieg pyn soos sy by die trappe na die dek afgaan. Soos sy haar gewig na die reling vir ondersteuning skuif, onderdruk sy 'n kreun. Sy kan nie toelaat dat Jace sien hoe seer dit maak nie, of hy gaan aandring dat sy bed toe gaan.

Jace gaan verby haar en trek die deur oop. 'n Stewige wind waai in. Verfrissend, dink sy terwyl sy uitgaan.

Jace loop voor haar en trek vinnig 'n lêstoel uit en rangskik haar yssakke. "Enige iets anders van die dek onder nodig?"

Dit is die geleentheid waarvoor sy gewag het. "O, dalk 'n boek om te lees?"

"Sê my waar jou boek is en ek sal dit kry."

"Ek is klaar met die boek wat ek gebring het, maar daar moet ander boeke aan boord wees. Dalk in die sitkamer? Kry net 'n goeie misterie of iets." Dit sal hom 'n paar minute neem, genoeg om te sien of Pete naby is.

Jace frons. "Ek is seker Raphael het boeke, maar waarskynlik nie jou smaak nie. Jy gaan dalk nie hou van wat ek kies nie."

"Ek sal die kans vat." Sy voel skuldig om Jace op 'n opgemaakte taak te stuur, maar dit koop 'n bietjie tyd. Dalk kan sy net om die hoek loop en sien of Pete in die rondte is. Sy het regtig nodig om haar feite bymekaar te hê vóór enige aantygings gemaak word.

"Goed so." Hy verdwyn na onder en Kat oorweeg haar strategie. Sy het op die beste tien minute, so waar om eerste te kyk? Sy besluit op die brug. Selfs al is Pete nie daar nie, sal 'n ander bemanningslid waarskynlik weet waar om hom te vind.

Dit is 'n goeie besluit.

Pete is binne, sit by die kontrole saam met 'n ander bemanningslid. Sy sien net die ander man se rug, maar dit is genoeg om te weet hy is uit dieselfde werkerspoel as Pete gekies. Hy lyk soos 'n kaai rot wat loswerkies vir kos, skuiling en van-die-boeke-af-kontant doen. Raphael se alleman bemanning blyk baie tydelik te wees. Hulle is die verslonsde bondel professionele seevaarders wat sy al ooit gesien het.

Pete stop in die middel van sy sin en ondersoek haar noukeurig. "Lyk of jy 'n ongeluk gehad het."

"Jy kan dit so noem. Kan ek privaat met jou praat?"

Hy knik vir die man, wat opstaan en die kamer verlaat.

'n Klein bietjie te gretig, dink Kat. Daar is een ding waarin Raphael se bemanningslede uitstaan en dit is om 'n lae profiel te hou.

"Ek het geval, maar dit is nie hoekom ek hier is nie. Hoekom het jy Raphael vertel dat ek saam met jou terug boot toe gekom het?"

"Ek het dit nooit gesê nie." Hy struikel bietjie toe hy opstaan. "Waarvan praat jy?"

"Jy het hom en Jace toegelaat om my op die eiland te los. Iemand het my in die grot vasgekeer."

"So jy het die grot gevind." Hy glimlag, ontbloot sy geel tande.

Hy stink van alkohol. Kat se opgemaakte naarheid word vinnig werklikheid. "Dit is waaroor ek met jou moet praat."

Pete skree iets vir sy kollega wat skielik in die stuurhuis herverskyn.

"Terug in vyf," sê hy vir sy kollega voor hy na Kat terug draai. "Kom ons gaan dek toe."

Sy volg hom, let op dat sy dronk strompel nie veel beter as haar hinkepink is nie. Sy het geen probleem om by hom te bly nie. Sy het gedink die bemanning moet ten minste nugter wees terwyl hulle op diens is, selfs al is hulle geanker.

Hulle gaan na die hoofdek toe. Pete beduie om die hoek na 'n klein alkoof wat Kat nie voorheen opgemerk het nie. Hy trek 'n smerige stoel uit en beduie vir haar om te sit.

Hy sit oorkant haar op 'n stoel. "As jy beplan om moeilikheid te maak, wil ek nie deel daarvan hê nie."

Dronk Pete is nie naastenby so vriendelik soos die nugter weergawe nie. "Ek is nie besig om enige iets te maak nie, maar iemand het my in die grot vasgekeer. Ek dink dit was Raphael."

"Dit is tussen julle." Hy wieg bietjie toe hy staan. "Niks met my te doen nie."

Kat staan en blokkeer sy uitgang. "Raphael het gesê jy het hom gesê dat ek op die eiland saam met jou bly."

"Dit is 'n leun. Ek het dit nooit gesê nie." Hy kruis sy arms en sy gesig word rooi. "Ons het skaars gepraat. Hy het net vir my gesê om terug aan boort te kom."

"Hoe presies het jy op die eiland gekom? Ek het nie nog 'n rubberbootjie gesien nie."

Hy bly 'n oomblik stil." Dieselfde manier wat ek terug gekom het, geswem."

"Jy het geswem?" Sy lig haar wenkbroue. "Hoekom het jy nie net saam met ons gekom nie?"

"Dalk hou ek van oefening inkry." Hy trek sy skouers op. "Ek moet gaan."

"Nie so vinnig nie. Hoekom sal Raphael jok? Hy het geweet jy het nie 'n boot nie." Daar is net een rubberbootjie. Jace het duidelik nie die gesprek gehoor nie, of hy sou dit bevraagteken het. Behalwe vir haar tekort aan swemklere, is sy 'n swak swemmer. Om presies te wees, sy kan skaars dryf.

"Ek weet nie. Hoekom vra jy hom nie? Jy ken hom beter as wat ek doen."

"Nee ek doen nie. Ek het hom vandag eers ontmoet."

"O." Pete lyk skielik onseker en sy uitdrukking versag bietjie. "Wel, ek ken hom nie veel langer as jy nie, en ek het hierdie werk nodig. Ek kan jou nie help nie." Hy draai kant toe om verby haar te skuur.

"Dit laat my met geen ander keuse nie." Kat staan en

kreun toe sy gewig op haar seer been sit. Haar beweging stop Pete in sy spore.

Hy draai terug en frons. "Geen ander keuse oor wat?"

"Ek sal die polisie moet bel." Kat kry die gevoel Pete wil nie die polisie naby hê nie, so sy bluf. Hy steek beslis iets weg en sy wil weet wat dit is. Kennis van die ooreenkoms tussen Pete en Raphael is belangrik, aangesien dit haar 'n idee gee oor wat Raphael beplan. Sy het geen idee of daar polisie naby is nie, maar hulle selfone werk.

"Bel hulle oor wát presies?"

"Dat iemand my doelbewus in 'n grot vasgekeer het en probeer het om my dood te maak. Daar was drie mans op die eiland. Enige een kon dit gedoen het. Ek sal die polisie toelaat om dit uit te pluis." Jace het dit natuurlik nie gedoen nie, maar geen punt om die saak deurmekaar te maak nie. Ook geen rede om die familie te noem nie. Terwyl sy weet Raphael het haar vasgekeer, weet Pete dit nie. Sy besluit om hom bietjie te laat kook. Dit is die enigste manier om inligting uit hom uit te kry.

Pete skud stadig sy kop. "Slegte idee."

"Jy dink dit is beter om aan boort te bly saam met iemand wat my wil doodmaak?"

"Ek het dit nooit gesê nie. Jy gaan dinge net erger maak."

Kat gooi haar hande in die lug op. "Erger hoe, presies?"

"Moet dit net nie doen nie."

Sy haal haar foon uit. "Tensy jy my vertel hoekom ek nie moet nie..."

"Oukei, ek sal jou vertel." Hy bly 'n oomblik stil en gaan dan voort. "Hierdie is 'n Amerikaanse boot. Ons het van Friday-hawe opgekom, maar ons het nooit deur die Kanadese doeane gegaan nie."

Friday-hawe is 'n klein poort in die San Juan-eilande, noord van Seattle. "Julle het oor die grens gesluip?"

"Dit is nie so 'n groot ding soos jy dit uitmaak nie, maar

ja, ons het. Ons moes in Vancouver deur doeane gegaan het, maar aangesien ons nie het nie, is ons onwettig hier."

"Dit is nie jou skuld nie." Sy druk 'n paar nommers in en sit die foon teen haar oor. "Dit lui."

Pete gryp haar foon en gooi dit oor die dek. "Ek werk net hier, ek maak nie besluite nie. Raphael doen, maar ek is op die boot, so ek gaan ook in die moeilikheid kom."

"Nee jy sal nie. Soos jy gesê het, dit was nie jou besluit nie." Pete het rede om die polisie te vermy, maar sy is onder die indruk dat dit onverwant aan Raphael is. Dalk 'n uitstaande lasbrief of iets, maar haar kropgevoel is dat hý nie die probleem is nie.

Sy draai, van plan om haar foon te haal.

Pete sien waar sy kyk. "Ek sal dit vir jou kry." Hy loop daartoe en tel dit op. "Jammer, ek moes dit nie gedoen het nie. Moet net nie die polisie bel nie. Ons sal oor 'n paar dae weg wees dan sal dit nie meer saak maak nie." Hy gee haar foon terug.

Presies die inligting waarvoor sy soek. "Waar presies gaan jy?"

Hy trek sy skouers op. "Nêrens waarvan jy hoef te weet nie."

"Hoekom dit nie hier verkoop nie?"

"Wat verkoop?"

"Die seiljag."

Stilte.

"*The Financier* is nie regtig Raphael se boot nie, nè?" Dit is 'n raaiskoot, gegee dat Raphael nie blyk belang te stel in kruisvaart nie.

Pete trek sy skouers op, maar sy voorkop glinster van 'n dun laag sweet. "Natuurlik is dit. Raphael was reeds op die boot toe ek by Friday-hawe aan boort gekom het. Hy het my en die ander ouens aangestel om te beman."

"Jy het nie gedink dit is vreemd dat hy nie reeds bemanning gehad het nie?"

"Hy het gesê dat hy vir 'n paar maande weg was en sy bemanning laat gaan het. Ons was veronderstel om Vancouver toe te vaar om met hulle te ontmoet."

"Wat het gebeur?"

"Die bemanning het nooit opgedaag nie. Raphael het gesê daar is 'n deurmekaarspul met die datums of iets en dat ons in plaas daarvan in Costa Rica sal verhandel. Ons was veronderstel om vandag te vaar, maar toe kom hierdie reis op, met jou en jou vriende."

"Wat gebeur in Costa Rica?" Sy krap haar voorkop. "Laat ek raai. Julle sal die boot daar los." 'n Seiljag van dié grootte is moeilik om in daardie dele te vermom, maar niemand in Sentraal-Amerika sal vrae vra nie. *The Financier* sal net nóg een van vele uitlandse seiljagte wees wat by die Costa Ricaanse poorte langs die kus stilhou. Die seiljag kan heeltemal getransformeer word by 'n maritieme motorslaghuis en daar verkoop word.

Pete trek sy skouers op. "Hy vertel my nie, en ek vra nie."

"Hoe lank gaan julle hier bly?" Daar is meer aan Costa Rica as strande en 'n ontspanne leefstyl. Kanada het nie 'n uitleweringsverdrag met Costa Rica nie. Iemand wat daar wegkruip is veilig van die Kanadese owerhede.

Nou is Kat sekerder as ooit van Raphael se oëverblindery, maar dit is baie moeite net vir Gia se geld. Hy het iets anders in die mou. Wie ook al hy is, hy is verseker nie 'n Italiaanse biljoenêr nie. As hy eers die Costa Ricaanse kus bereik, sal hy verewig verdwyn.

"Hoe gaan jy hierheen terug kom?"

Pete antwoord nie.

"Jy gaan nie terug kom nie, nè?" Watter geraamtes ook al in Pete se kas is, hy is nie gaande om dit te bespreek nie.

"Moet weer aan die werk kom." Pete skud sy kop en wyf haar weg. Dan verdwyn hy om die hoek sonder 'n verdere woord.

16

Kat keer na haar lêstoel terug en vind Jace reeds daar. Hy sit op die stoel langsaan met 'n hand vol boeke. Hy hou 'n Agatha Christie-roman op soos sy nader stap en lyk ongelukkig met haar verdwyning.

Sy kan Raphael nie indink Agatha Christie lees nie, al weet sy nie watter tipe boeke hy van hou nie, of hy eens lees nie.

Jace skud sy kop. "Ek moes jou nie alleen gelos het nie. Hoekom bly jy rondloop? Die swelling gaan nie sak tensy jy jou been oplig nie."

"Jy is reg." Hy het ten minste nie gevra waarheen sy gegaan het nie. Sy sal nie waag om Raphael aan te kla van haar in die grot vaskeer sonder soliede bewyse vir Jace nie. Raphael is 'n slinkse en charismatiese manipuleerder en hy sal haar woorde verdraai.

Jace se professionele skeptisisme as 'n joernalis is vervang met bewondering tot die mate dat hy haar bewering sonder bewyse buitensporig sal vind. In plaas daarvan om Raphael se elke stelling te bevraagteken, is hy ingenome met sy leuens. Tog, met Raphael se komende vertrek, moet sy hom ontbloot vóór dit te laat is. Sy weet nie eens waar om te begin nie.

"Dit kon baie erger gewees het. Jy is gelukkig om te kon ontsnap. Moet nooit 'n grot alleen verken nie. Niemand het geweet jy is daar binne nie."

Nie waar nie, aangesien Raphael geweet het waar sy is. Nie net het hy geweet sy is in die grot nie, hy het haar uitkoms ook voorkom.

"Ek weet, simpel fout." Toe Jace en Harry die rots voor die ingang verwyder het, het hulle 'n paar minute spandeer om die kamer te verken met 'n flitslig. Wat Kat nie geweet het nie, is dat sy minder as vyftien voet van 'n vertikale as gestaan het, wat 'n honderd voet of meer val. Sy sidder om daaraan te dink.

"Sê my volgende keer waarheen jy gaan." Nalatige foute pla Jace aangesien hulle maklik is om te vermy. As 'n soek-en-reddings vrywilliger het hy baie tragedies gesien as gevolg van swak beplanning. Dit irriteer hom dat sy op haar eie na 'n onbekende terrein gegaan het.

"Ek sal, ek belowe." Net jammer Jace kan nie deur Raphael se sluier van charisma sien nie. Sy het bewyse van sy karakter en heimlike beweegredes nodig. Sy kan nie bewys Raphael het haar in die grot vasgekeer nie. Dit is haar woord teen Raphael sin.

Sy het 'n meer onmiddellike bekommernis gegrond op wat Pete haar pas gesê het. As Raphael oorspronklik beplan het om vandag vir Costa Rica te vertrek, hoekom het hy dinge uitgestel? Hy het reeds Gia se geld. Het hy 'n ander geld-maak geleentheid gevind? En hoekom het hy in die eerste plek geoffer om hulle na De Courcy te bring?

Jace lees haar gedagtes. "Weet jy, Raphael is 'n slim ou. Hy doen ons 'n massiewe guns om ons op sy beleggingsge-leentheid in te laat. Is jy seker jy wil nie van plan verander nie?"

"Vriende en geld meng nie goed nie, Jace." Vyande en geld nog erger.

"Dit is anders. Dit is 'n eenkeer in 'n leeftyd geleentheid wat dalk nooit weer gaan gebeur nie. As ons dit oorstaan, mis ons die volgende groot ding."

"As dit so wonderlik is, sal ons steeds more kan belê. Die maatskappy sal meer geld nodig hê om uit te brei."

Jace lyk twyfelagtig. "Dalk, dalk nie. Ons moet dit beter bekyk. Gia is slim en sý het belê."

"Nee, Jace." Raphael is duidelik 'n swendelaar en sy het al haar fokus nodig om Gia te help. "Hy kan ons nie eens een produk wys nie, nie te min verkope en finansiële inligting nie."

"Dit is goed genoeg vir Gia om in te belê. Sy weet wat sy doen."

"Soos dit vir my klink, het Gia belê sonder om na enige van daai dinge te kyk." Gia is verblind deur die liefde. Jace is verblind deur die belofte van rykdom.

Jace sug. "Teen die tyd wat jy alles tot die dood toe geanaliseer het, het ons op die geleentheid uitgemis."

"Dalk, maar hy is kort op besonderhede oor hoe die produk eintlik werk. Ek kan nie in iets belê wat ek nie verstaan nie."

"Jy kan hom oor aandete vra." Jace hou sy hand uit. "Kom ons gaan."

"Jy bedoel julle het nog nie geëet nie?"

"Natuurlik nie. Almal het vir jou gesoek. Kom aan. Ek is honger." Jace is teleurgesteld.

"Ek is 'n bietjie naar." Haar aptyt is met 'n siek gevoel vervang. Dit maak haar bang dat Gia verlief is op 'n man wat niks dink om iemand in 'n grot te los om dood te gaan nie. Wat beplan hy vir Gia? Sy kan Raphael nie sien sonder 'n aanvalsplan nie. "My been is steeds seer."

Jace gee haar 'n *ek het jou gesê* kyk. "Ek sal iets vir jou terug bring."

Hy gaan binne voor sy kan antwoord.

Wonderlik. Jace is weer kwaad vir haar. So ook is almal aan boort en sy het geen bewyse om hulle andersins te oortuig nie. Sy het werk om te doen as sy Raphael se ware motiewe wil ontbloot. Gegrond op Pete se kommentaar, is Raphael van plan om die geld te vat en te hardloop. Hy is op pad om sy plan in aksie te sit en sy moet hom keer vóór dit te laat is.

17

Kat sit regop in haar luuksekajuit bed, skootrekenaar oop langs haar. Sy is gelukkig om 'n internetverbinding te kry, maar haar aanlynsoektog na beide Raphael en *The Financier* loop op niks uit nie. 'n Seiljag soos dié kom sekerlik iewers aanlyn op, óf in 'n foto óf 'n vervaardiger se webtuiste. Haar gesprek met Pete het haar 'n idee gegee.

Net 'n handvol maatskappye bou groot luukse seiljagte soos Raphael sin, en sy het gou 'n lys van 'n half-dosyn maatskappye. Die seiljagte is meestal met die hand gebou en neem dikwels 'n jaar of meer om te voltooi. As sy die skeepsbouer kan vind, kan sy dalk die seiljag se eienaarskap spoor. Op een of ander manier gaan sy Raphael as 'n swendelaar ontbloot.

Wie sal Kanada onwettig binnekom en die risiko neem om hulle multimiljoen dollar seiljag gekonfiskeer te kry? Nie eens 'n biljoenêr sal dit doen nie. 'n Dief sal egter.

Sy kyk na die lys en kliek op die eerste naam, Prima Yachts.

Niks.

Haar hoop reeds verpletter, kyk sy na die tweede naam op die lys. Majestic Yachts, 'n maatskappy in Seattle, Washington, het 'n lys van nuwe en tweedehandse seiljagte te koop. Sy glimlag toe sy dink aan biljoenêrs wat hulle ou seiljagte vir nuwe modelle inruil, soort van wat sy met haar kar gedoen het. Hulle het waarskynlik nie 12 jaar gewag nie.

'n Stukkie geluk. 'n Boot identies aan *The Financier* is gelys, behalwe dit het 'n ander naam. *Catalyst* is vier jaar oud, met 'n prys van $6,9 miljoen US dollars.

Die 150-voet seiljag het vier dubbelkajuite en verblyf vir ses bemanningslede. Daar is net vier bemanning aan boort, insluitend Pete, so hulle het waarskynlik hulle hande vol in die bewerking van 'n boort bedoel vir 'n groter bemanning. Raphael blyk onbetrokke in die seiljag se bestuur te wees, en sy het nie 'n kok of ander personeel aan boort gesien nie.

'n Kaderpersoneel mag voldoende vir kort reise in beskutte water wees, maar niemand sal op bemanning skimp en 'n sewe-miljoen dollar skipbreuk waag nie.

Sy rol deur *Catalyst* se foto's, trek haar oë op skrefies om die besonderhede uit te maak. Die boot blyk identies aan *The Financier* te wees, tot en met die kleurskema en die meubels. Sy vind dit vreemd dat 'n op bestelling vervaardigde boot 'n identiese tweeling het.

Sy sit die seiljag soektog op ys vir die oomblik en oorweeg wat sy van Raphael weet.

Die feit dat sy niks op Raphael kan kry nie, oortuig haar dat hy 'n bedrieër is. Sy het egter niks konkrete bewyse wat sy vir die ander kan wys nie, veral Gia. Gia sal nooit glo dat die man wat sy liefhet, en in wie se besigheid sy belê het, haar gekul het nie.

Dalk is Jace reg. Haar lyn van werk maak haar natuurlik agterdogtig van mense. Reg of verkeerd, sy meng by Gia se lewe in. Wat sal Gia sê as sy weet Kat vors Raphael se agtergrond na om redes te vind vir Gia om hom te los? Gia sal haar sê om haar neus uit ander se besigheid te hou.

Om haar besware egter vir haarself te hou sal Gia uiteindelik net seermaak. Somtyds weet vriende wat die beste is.

Ten spyte van haar bedenkinge, het haar aanlyn soektog niks oor Raphael ontbloot nie. Sy moes ten minste 'n bietjie publieke inligting, op iemand wat beweer om 'n biljoenêr te wees, gevind het. Tog is daar niks oor hom en sy maatskappy nie. Dit self is 'n rooi vlag.

Sy blaai deur al die skoonheidveskaffingjoernale en maatskappy-webtuistes en kry niks nie. Dan is daar die seiljag. Pete het nie bevestig dat *The Financier* gesteel is nie, maar hy het dit ook nie ontken nie. *The Financier* is of *Catalyst* se baie onwaarskynlike tweeling, of dit is *Catalyst* in vermomming.

Nog 'n vreemde ding oor Raphael is die aantal vrye tyd wat hy geniet. Kat het baie biljoenêrs en miljoenêrs in haar lewe as 'n finansiële konsultant ontmoet. Sy het nog nie daarin geslaag om 'n enkele magnaat te vind, wat nie hulle skedule weke voor die tyd tot die naaste millisekonde beplan nie. Hulle vrye tyd is net so beplan. Hulle het selde tyd vir spontane reise soos Raphael se onbeplande De Courcy-eiland ekskursie. Raphael is of uniek of is nie wie hy voorgee om te wees nie.

Wie ook al Raphael regtig is, hy is baie goed met sy spore uitvee. En hy is op pad om verewig te verdwyn.

Sy sit haar skootrekenaar af. Raphael is die laaste persoon wat sy wil sien, maar sy moet boontoe gaan. Dit is 'n fout om in die luukse kajuit weg van die ander af te bly. Behalwe vir Raphael self, is Gia haar enigste bron van inligting om tot die hart van Raphael se plan te kom. Sy moet elke wakende oomblik om die paartjie spandeer om beide sy leuens bloot te stel en Gia te keer om meer te belê.

Sy kyk op haar horlosie. Jace is net twintig minute of so

weg, so dit is nie te laat vir aandete nie. Sy trek haar skoene aan. Sy kan vriendelik vir 'n uur of twee wees.

Kat gaan by die kajuit uit en let dat die hoof luuksekajuit deur oopstaan. Gia moes terug gekeer het om haarself te verfris. Nou is net so goed soos later om privaat met Gia te praat en vas te stel presies hoeveel Raphael met haar oor sy verlede gedeel het.

Sy klop saggies.

Geen antwoord.

"Gia?"

Sy loer binne en sien geen beweging nie.

Moet sy ingaan?

Sy oorweeg om harder te klop, maar wil nie hê iemand anders moet hoor nie.

Dit is dalk haar enigste geleentheid om Gia alleen te kry, besluit sy. Sy maak die deur groter oop en gaan binne.

Die luuksekajuit is leeg. Sy draai om te gaan, maar huiwer. Sy het nie doelbewus oortree nie, maar dit is die perfekte geleentheid om vinnig rond te kyk. Sy mag dalk 'n leidraad vind om Raphael se motiewe te ontbloot.

Wat as sy Raphael raakloop? Hoe op aarde kan sy verduidelik hoekom sy hier is?

Sy sal die verskoning gebruik dat Gia haar gevra het om iets vir haar te kry.

Sy kyk in die kamer rond en gaan na die badkamer toe, wat ook leeg is. Die kajuit is twee keer so groot soos hare en selfs luukser. Gia se teenwoordigheid is orals, van die oorvloeiende kas tot die parfuum en juwele wat oor die spieëltafel versprei is. Sy het omtrent saam met Raphael ingetrek.

Kat hobbel na die spieëltafel toe en val amper oor 'n vrou se beursie op die vloer. Sy buk om dit op te tel; dit het vermoedelik uit Gia se handsak geval. Sy is op pad om dit op die spieëltafel neer te sit, toe sy die voorletters *MB* op die verweerde leer raaksien. Baie ontwerper beursies het monogramme, maar hierdie beursie is beslis nie 'n ontwerperstuk nie. Behalwe dat dit oud is, is die beursie basies en utilitaristies, die teenoorgestelde van Gia se glinsterende smaak in mode. As dit nie Gia se beursie is nie, wie sin is dit?

Een manier om uit te vind. Haar pols jaag toe sy die beursie oopmaak. Sy het absoluut geen rede om in Raphael en Gia se kajuit te wees nie, nog minder om deur 'n vreemdeling se beursie te krap.

Sy haal 'n bestuurslisensie uit. Dit behoort aan 'n vrou met die naam Anne Bukowski. Volgens haar identifikasie, is sy 30 jaar oud en bly in Vancouver. Dalk het Gia of Raphael die beursie gevind en beplan om dit terug te besorg.

Of dalk het Raphael 'n nog 'n meisie. Sy raai die tweede een.

"Wat doen jy hier?" Raphael staan in die deur.

Kat skrik en druk die beursie in haar gatsak in. "O, soek net vir Gia. Ek was veronderstel om haar hier te ontmoet."

"Sy is bo, soos almal anders." Raphael beduie na die deur. "Na jou."

"Dankie." Sy voel hoe haar gesig rooi word, onseker of hy haar die beursie sien vat het. As hy het, sou hy sekerlik iets gesê het.

Die groter vraag is, wat doen 'n ander vrou se beursie in Raphael se kamer?

Daar is 'n hele aantal onskuldige verduidelikings. Dalk het hy dit gevind, of dalk is dit agtergelaat deur 'n voormalige gas. Die meer waarskynlike antwoord is dat Anne 'n huidige of vorige meisie is. Sy twyfel of Gia die beursie gesien het, want sy sou haar kop verloor het en Kat sou daarvan gehoor het.

Gia sal nooit weet nie, noudat Kat die beursie uit hulle kajuit verwyder het. Sy sal dit later terug bring. Dit sal beter wees as Gia dit self vind en Raphael direk daaroor uitvra. Dit het niks met haar te doen nie, so sy sal haar neus daaruit hou.

Wat ook al Raphael se verduideliking, dit sal waarskynlik nie met Gia gly nie. Gia mag dalk tydelik hartgebroke wees, maar sy sal Raphael ook los en dalk haar geld terug kry. Dit mag net dalk 'n goeie ding wees. Kat het egter nie baie hoop vir die vorige nie.

Sy gaan by die trappe op, diep in gedagte. Sy is nie meer honger nie en met die beursie se ontdekking, wil sy net terugkeer na die privaatheid van haar kajuit. Wie is Anne Bukowski en hoe pas sy in Raphael se plan in?

18

Kat stoot verby Raphael en gaan by die trappe op, een pynlike trap op 'n slag. Raphael volg naby. Soos sy by die trappe op hobbel, beweeg die beursie in haar sak op. Sy druk dit verder af. As Raphael dit sien, sê hy niks nie.

Hoe lank het hy haar van die deur bekyk? Haar pols versnel toe sy die sekuriteitskameras onthou. Hy kon sien hoe sy die kajuit binne gaan op die kringtelevisie. As hy het, sou hy haar daaroor konfronteer. Dit beteken nie hy kan nie later die beeldmateriaal nagaan nie. Sy kan steeds gevang word.

Wat gedoen is, is gedoen en sy kan nie veel daaromtrent doen nie. Sy sal volgende keer versigtiger wees.

Uiteindelik bereik sy die dek met haar geswolle been en gaan by die sloep in. Of eerder, die aparte eetkamer net by die sloep af, waar die ander reeds sit.

"Omtrent tyd." Harry waai en staan. Hy trek 'n stoel vir Kat uit, wat Kat dankbaar aanvaar. Jace sit aan haar regs en Harry aan haar linkerkant, met Raphael en Gia teenoor hulle.

"Lyk of jy jou aptyt terug het," Harry glimlag. "Minder vir my."

"Daar is genoeg vir almal," sê Gia. "Bly jy voel beter, Kat."

Kat glimlag terug. Gia blyk haar vergewe het, ten minste vir nou. Sy stoot weer die vet beursie terug in haar sak in. Haar gatsak is te vlak om die beursie se massa te versteek terwyl sy sit. Sy kan skaars wag om terug in haar kajuit te kom om die inhoud te ondersoek.

"Ek wil so graag van jou avontuur hoor," sê Gia. "Enige goud in die grot gevind?"

"Nee, maar ek het 'n interessante gang gevind." Sy noem Pete se bewerings van aboriginale artefakte. "Volgens legende, is daar 'n tonnel van De Courcy-eiland na Valdes-eiland. Dit gaan 'n paar honderd voet ondergrond. Onder die see, om presies te wees. Ek dink ek was in dit."

"Koel!" Harry stamp amper sy glas in sy opwinding om. "Het jy by die ander kant uitgekom?"

Sy skud haar kop. "Ek het nie ver genoeg in die gang gegaan nie. Dit was donker en ek het nie 'n flitslig gebring nie. Of die regte skoene nie."

"Dalk is die goud daar, sê Jace. "Kom ons gaan môre terug en verken."

Gia draai na Raphael toe, wie ongewoon stil is. "Is Kat die enigste een wat iets gesien het?"

"Ek raai Jace en ek het dit gemis." Hy staan en loop in die sloep in. Hy maak die yskas oop en haal 'n bottel slaaisous uit. Hy bring dit tafel toe. "Ons slegte geluk."

Gia frons. Sy draai na Kat toe. "Vertel ons oor die legende."

Sy herhaal wat Pete haar vertel het. "Die Coast Salish en ander stamme het die tonnel as 'n deurgangsrite vir jong mans gebruik. Hulle het hulle hout stawwe langs 'n drie-myl tonnel onder die see gedra en dit in die ander kant van die tonnel geplant as bewys van hulle reis."

"Jy moes in dieselfde tonnel gewees het!" roep Gia uit. "Het jy enige artefakte gesien?"

"Ek is nie seker nie," Kat wil nie graag die steen altaar beskryf nie, as dit is wat dit was. As dit 'n gewyde plek is, wil sy nie die afsondering steur deur die ander daarheen te bring nie. Sy het geen bewyse van die gebruik daarvan gesien nie; dit is eerder 'n gevoel wat sy gehad toe sy voor dit staan.

"Ek het geen hout stawwe of maskers gesien nie. Ek het egter 'n waterval gesien." Sy beskryf dit en die poel. "Dit was pragtig. Dit was baie donker, so ek kon nie regtig baie sien nie. Ek het bietjie graffiti gesien, so ek kan nie die enigste een wees wat van die plek weet nie."

"Hoe ver het jy in die tonnel ingegaan?" vra Raphael.

"Omtrent 'n myl of so," sê Kat. "Ek sal graag terug wil gaan. Hierdie keer met 'n flitslig. Ek dink ek was halfpad na Valdes-eiland toe, maar dit is onmoontlik om te weet. Ek het dit nooit na die ander kant gemaak nie."

Raphael skimp. "Dit is net 'n ou legende, soos Brother XII en die goud. Dit is waarskynlik net 'n tonnel wat nêrens heen gaan nie. Daar is baie van hulle in die rondte."

Kat word kwaad, maar toe besef sy Raphael is in 'n leuen betrap. "Ek het nie geweet jy is voorheen op die eiland gewees nie."

"Hé?"

"Jy ken die tonnels en grotte."

"Net van wat Pete my vertel het." Hy lag senuweeagtig. "Waarskynlik net 'n klomp opgemaakte stories."

"Ek sal steeds die grot wil sien," sê Jace. "Ek weet nie hoe ons dit gemis het nie. Dalk kan ons vroeg môre gaan verken."

Harry hou sy arm op. "Ek is in. Jy moet dit uitsit, Kat. Rus eerder jou been."

"Dit voel reeds beter. 'n Goeie nagrus en ek sal so goed as

nuut wees." Die waarheid is, dit voel aaklig, maar sy gaan dit nie voor Raphael erken nie.

"Ek sal dit ook graag self wil sien. En met Pete praat," Jace draai na Raphael. "Kan hy saam met ons kom? Dit lyk of hy baie van die eiland af weet."

Raphael trek sy skouers op. "Waarskynlik, maar kom ons besluit môre."

Jace knik. "Dit sal 'n wonderlike aanvulling tot my storie maak. Dié is 'n fantastiese wegbreek."

Raphael knik en lig sy wynglas. "Ek wil graag 'n heil-dronk instel. Op Gia, die liefde van my lewe."

Gia bloos. "Sal ons vir hulle die nuus vertel, Raphael?"

Kat draai na Gia. "Watter nuus?"

"As jy reg is, bellissima," Raphael sit sy hand op Gia sin.

Kat maak haarself gereed. Dinge kan veel erger raak as Gia selfs méér belê het.

"Ons gaan trou." Gia giggel. "Is dit nie wonderlik nie?"

"Julle wat?" Blaker Kat uit. Selfs al is haar instinkte oor Raphael verkeerd, wat dit nie is nie, ken Gia hom skaars en is so verblind deur die liefde dat sy nie deur sy leuens kan sien nie.

"Jy het reg gehoor. Ons gaan trou." Gia lig haar linker-hand, wat met 'n mega-karaat diamant solitêrsteen versier is. Dit lyk massief op haar mollige klein hand.

"Dis is fantasties," roep Jace uit. "Ons is so bly vir jou." Hy stamp Kat. "Is ons nie, Kat?"

Gal stoot in Kat se keel op. "Dit is opwindende nuus. Het julle 'n datum vasgemaak?"

"Nee, maar hoe gouer hoe beter." Raphael druk Gia se hand. "Ek kan haar nie laat wegkom nie."

Kat se pols versnel. Die enigste ding wat Raphael nie wil verloor nie, is Gia se geld.

"O, Raphael, moenie simpel wees nie. Ek gaan nêrens

heen nie." Gia vryf sy arm. "Julle is almal na die troue genooi, natuurlik. Ek sal môre met hom trou as ek kan."

"Hoekom nie?" sê Harry. "Ek kan julle trou. Ek is 'n gekwalifiseerde huweliksbevestiger, en Jace en Kat kan julle twee getuies wees. Wat sê julle?"

Kat skop Harry onder die tafel. Om mense te trou is 'n deeltydse werk wat sy wens haar oom nie voor opgeteken het nie.

"Wat de hel...?" Harry frons soos hy sy knieg vryf. "Dit was seer."

Gia gil. "Regtig? Ek het geen idee gehad dat jy mense trou nie! Dit sal fantasties wees!"

Kat loer vir Raphael. Vir die eerste keer sien sy 'n greintjie vrees in sy gesig. Sal 'n regte troue hom maak hardloop? Hy kan nie ver gaan terwyl hy aan boort is nie. Dit gaan egter nie hou nie.

Kat frons. "Ons gaan môre na die grot toe, onthou?"

"Ons kan die grot in die oggend stap en die troue in die middag hou." Harry draai na Gia. "So lank as wat dit vir jou werk."

"Natuurlik doen dit!" Gia klap haar hande saam.

"Maar jy het nie 'n rok of enige iets nie." Almal ignoreer Kat soos hulle op oom Harry fokus wat die stappe van 'n skeepsdek troue beskryf.

Hulle spandeer die volgende uur in bespreking oor die troue terwyl hulle op vars gevange salm en slaaie smul met nageregskinkborde gelaai met tertjies en koekies. Die seiljag is verbasend goed voorsien vir hulle impromptu reis.

Kat staan. "Ek is regtig moeg. Ek is jammer, maar ek gaan ondertoe om te slaap."

Gia pruil. "Kan jy nie nog 'n bietjie bly nie?"

Sy glimlag vir Gia. "Nie as ek vir jou troue uitgerus wil wees nie."

"Ek sal ook amper afkom," sê Jace.

"Vat jou tyd," Kat het tyd alleen nodig om die beursie se inhoud na te gaan en meer oor die misterieuse Anne Bukowski te wete te kom. Sy gaan op die dek uit. Dit is nou donker, die somer hitte verdryf. 'n Sagte bries waai haar hare en herinner haar hoe dankbaar sy is om uit die grot te wees.

As sy net Gia uit Raphael se greep kan loskry.

19

Kat het pas haar skootrekenaar aangeskakel toe die kajuit se handvatsel wikkel. Sy het die deur as 'n veiligheidsmaatreël gesluit, wou nie enige onderbrekings hê terwyl sy die beursie bestudeer nie. Sy het Jace nie so vinnig terug verwag nie. Sy maak die inhoud van die beursie bymekaar en druk dit onder haar kussing in en loop deur toe.

Sy maak die deur oop om Gia, en nie Jace, te vind.

Kat vries. Terwyl die beursie identifikasie weggesteek is, lê die verweerde beursie steeds op die bed vir almal om te sien. Sy hobbel bed toe en gryp dit.

"Jammer om jou te maak opstaan. Ek het net gekom om te sien hoe dit gaan." Gia se blik val op die beursie in Kat se hand. "Waar het jy daai ou ding gekry? Is jou beursie nie rooi nie?"

Sy knik. "Die een is nie myne nie. Ek het dit gevind." Kat draai die beursie om.

"Op De Courcy-eiland?" Gia val langs Kat op die bed neer. "Jy is so gelukkig, Kat. Jy moet 'n valkoog hê. Ek vind nooit soveel as vyf sent nie."

Kat doen nie die moeite om haar te korrigeer nie. Sy kan 'n nie juis verduidelik dat sy die beurse in Gia se kajuit gevind het nie. Ten minste nie voor sy meer inligting het nie. "Ek moet die beursie se eienaar opspoor." Sy tik Anne Bukowski in die soekenjin in en druk enter.

"Ek voel nou baie beter," lieg sy. Sy loer na haar rekenaarskerm. Sy het tyd alleen nodig om deur die dosyne bladsye uitslae te gaan en die veld te verklein. "Jy moet regtig weer boontoe gaan saam met die ander. Ek wil nie jou pret bederf nie."

"Jy doen nie," sê Gia. "Ek voel sleg oor hoe ons dinge gelos het. Ek weet jy dink nie Raphael is reg vir my nie, en jy is net besig om 'n goeie vriendin te wees. Maar hy is die regte ding en ek het nog nooit so oor enige iemand gevoel nie. Ek is lief vir hom en ek gaan met hom trou, maak nie saak wat jy dink nie. Kan jy dit nie net laat gaan nie?"

"Ek sal probeer." Kat klink nie eens vir haarself oortuigend nie, maar wat anders kan sy sê? Sy loer na die soek uitslae. Sy soeklees die eerste bladsy en sien niks plaaslik nie, so sy kies die tweede bladsy.

"Ek is seker jy is uitgeput na wat vandag gebeur het," Gia loer na Kat se rekenaarskerm. "Dalk is wie ook al dit verloor het steeds op die eiland. Ek en Raphael kan môre die persoon opspoor en die beursie terug besorg."

"Dalk. Laat ek eers sien wat ek kan vind." Daar is nie 'n manier wat Raphael sy hande op die beursie gaan kry nie. Dit maak haar net op 'n ander probleem bedag. "Doen my 'n guns. Moenie vir iemand vertel ek het die beursie gekry nie, oukei? Nie tot ek die eienaar gevind het nie."

"Maar hoekom? Wat is so watwonders?"

"Ek het 'n deel van my storie uitgelaat," lieg sy. "Die grot is nie die enigste plek waar ek verdwaal het nie. Ek het 'n ander afdraaipaadjie gevat. Jace sal my dood maak as hy uitvind. Belowe my jy sal niemand vertel nie, nie eens Raphael nie?"

"Seker, Kat. Wat anders kan ek doen?" Gia sit op die bed en sug toe sy teen die kopstuk leun. Sy hou haar hand op en bewonder nog 'n keer haar ring.

Los net jou swendelaar kêrel. "Niks, ek is oukei. Ek gaan net bietjie rus sodat ek môre reg vir jou troue is."

"Ek kan nie wag nie! Dit voel vir my soos 'n droom. Ek moet myself bly knyp."

Die enigste manier om die troue te keer is om oom Harry te oortuig om dit op een of ander manier môre uit te stel. "Dalk sal ek self môre na die eiland toe kan gaan. Ek sal jou die grot wys."

"Klink soos 'n plan!" Gia gee haar 'n drukkie. "Moet net nie weer vassit nie, oukei?"

Kat lag. "Moenie bekommer nie, ek sal nie. Ek is net verlig om terug te wees."

Gia staan op. "Ek is bly jy voel beter. En dankie dat jy probeer om dinge met Raphael te maak werk. Ek weet julle twee kom nie juis oor die weg nie, maar julle sal. Julle is baie dieselfde."

"Ons is glad nie dieselfde nie."

"Ja, julle is. Jy sien dit net nog nie. Julle is beide in finansies. Jy is 'n rekeningkundige en Raphael is 'n besigheidsekspert. Hy het soveel geld gemaak dat hy sukkel om op hoogte van alles te bly."

Kat twyfel of Raphael enige iets anders doen as op hoogte van geld te bly, en sy kennis lê meer in ander mense uitbuit as besigheidsgeleenthede. "Ek dink net jy beweeg te vinnig, Gia. Jy het hom pas ontmoet. Dit is te gou om te trou."

"Ek gáán trou, Kat. Net omdat jy trou-fobies is, is nie 'n rede vir my om nie my hart te volg nie."

"Ek is nie trou-fobies nie. Ons is net nie haastig nie."

"Jy en Jace is al lank saam. Maak dit amptelik." Gia vou haar hande saam. "Hoekom nie môre nie. Ons kan 'n dubbele troue hê!"

"Nee, Gia." Sy en Jace sal trou, maar op hulle eie tyd. Sy wil verseker nie hê haar eie trou herinneringe moet met Gia se berou bevlek word nie. "Om jou hart te volg beteken nie om alles anders te ignoreer nie."

Gia frons toe sy staan. "Sê jy dat Raphael nie vertrou kan word nie? Net omdat jy nie van hom hou nie, beteken nie dat ek hom nie kan vertrou nie."

"Of ek van hom hou of nie, is nie die punt nie." Kat kreun van pyn soos sy Gia na die deur toe volg. Haar knieg is nie besig om beter te word nie. "As hy lief is vir jou, sal hy steeds volgende week hier wees, volgende maand, of volgende jaar. Al wat ek sê is dat jy brieke moet aanslaan en dinge deurdink."

Gia se spontaniteit is een van haar mees beminlike eienskappe, maar ook een van die gevaarlikstes.

"Hy is die een vir my. Ek is nog nooit so seker van iets in my lewe gewees nie."

"Dit is goed. Het hy jou 'n huwelikskontrak maak teken?" Gia het nie een genoem nie, maar enige biljoenêr se prokureur sou daarop aandring. Die keersy is dat Gia self nie juis platsak is nie. Met haar salon en spaargeld, doen sy goed. Raphael kan op die helfte van Gia se bates aanspraak maak. Gia het waarskynlik nie daaraan gedink nie.

Gia bars uit van die lag. "Natuurlik nie! Raphael sal my nooit vra om dit te doen nie. Hy weet ek is nie agter sy geld aan nie. Wat myne is, is syne en omgekeerd."

"In daardie geval, hoekom het hy in die eerste plek jou belegging nodig? Ek bedoel, hy is 'n biljoenêr en als."

Gia rol haar oë. "Hy het dit glad nie nodig nie. Hy doen

my 'n guns deur my op dit in te laat. Nes hy vir Jace en Harry doen."

Kat vries. "Jace en Harry het niks belê nie."

"Hulle het nou," sê Gia. "Hulle het pas die papiere geteken."

"Jace sal nie belê sonder om dit eers met my te bespreek nie." Gia is verkeerd. Sy en Jace bespreek alles as 'n paartjie.

"Wel hy het, en Harry ook. Hoekom is dit so watwonders? Hulle kan vir hulself dink."

Kat byt op haar lip. Sy berou nou dat sy die tafel verlaat het. Terwyl die geld 'n groot kwessie is, is die groter kwessie dat Jace weet hoe sy oor Raphael voel, tog het hy in elk geval belê sonder om haar te sê. "Hoeveel het hulle vir hom gegee?"

Gia waai haar hand. "Net die minimum, 'n honderd duisend."

'n Klein fortuin, 'n aantal wat nie een van hulle kan bekostig om te verloor nie. Nie dat enige iemand kan nie. Kat se hart hamer. Het Jace en Harry elk 'n honderd duisend belê? Of dalk het hulle saam met vyftig duisend elk ingegaan. Beide moontlikhede maak haar siek voel.

"Ek het hulle gesê om meer te belê, maar hulle het nie. Jace het jou waarskynlik nie vertel nie omdat hy geweet het hoe jy gaan reageer."

Kat se gesig word rooi. Sy wil nie hierdie met Gia bespreek nie. "Hy mag dalk iets genoem het." Jace het dit vir haar weggesteek omdat hy weet sy keer dit nie goed nie.

Die enigste lig in die tonnel is dat daar geen banke naby is nie. Oom Harry is van die ou garde en doen sy banksake in persoon, nie aanlyn nie. Jace is meer tegnologies aangelê. Het hy lank genoeg 'n internet konneksie gekry om sy geld oor te plaas?

"Jy sal sien, Kat," sê Gia. "Bellissima gaan groot geld

uitbetaal. Maar in die tussentyd het ek jou hulp nodig. Sal jy my help om vir môre reg te maak?"

"Hé?"

"Jy kan my met my hare en grimering help. Ek weet nog nie eens wat ek gaan dra nie. Sal jy my help?"

"Natuurlik sal ek help." Dit is die laaste ding wat sy wil doen. Sy moet die troue op een of ander manier uitstel. "Maar hoekom nie wag tot ons terug in Vancouver is om die troue te hou nie?"

"Waarvoor is daar om te wag? Ons wil 'n klein troue hê, geen ophef. Aan boort is absoluut perfek."

Dit is nie wat sy van Gia verwag nie, wie uitspattinge vieringe geniet. "As jy seker is dat dit is wat jy wil hê." Gia het nie die beursie herken nie, maar die misterieuse Anne Bukowski pas iewers in Raphael se planne in. As sy uitvind hoe, mag dit dalk genoeg wees om Gia te keer om 'n verskriklike fout te maak.

"Hoe laat is die seremonie môre?" Kan sy Raphael betyds ontbloot?

"Vier uur. Ons sal die grot in die oggend verken, terugkeer vir middagete en die middag hê om reg te maak. Ek kan nie wag nie!" Gia staan. "Ek beter weer bo kom voor Raphael vir my kom soek."

Kat wag tot Gia gaan. Die oomblik wat die deur toemaak, klik sy op die eerste inskrywing en kan nie glo wat sy sien nie.

Die plaaslike nuusopskrif lees *Bukowksi Familie verdwyn spoorloos*. Sy klik op die inskrywing net om te vind dat sy haar internetverbinding verloor het. Sy verfris haar verbinding, maar tevergeefs.

Sonder die volledige artikel, is dit onmoontlik om verdere besonderhede oor die ligging, datum of selfs waar die familie verdwyn het, te kry. Bukowski is 'n relatief algemene van, maar sonder die besonderhede kan sy nie die familie se voorname verifieer nie. Is Anne Bukowski en haar beursie op een of ander manier deel van die storie?

Sy haal haar foon uit, maar die skerm is donker. Die battery is steeds pap van die grot en sy het vergeet om dit te laai. Sy sug en prop dit in. Watter geheime die storie inhou, sal moet wag.

20

Kat staan op die agterdek en skyn haar flitslig op *The Financier* se spieël. Dit is hoogs onwaarskynlik dat *The Financier* en *Catalyst* identiese tweelinge is. Raphael se seiljag is meer waarskynlik as nie, gesteel, en sy is van plan om dit te bewys.

Die flitslig gooi 'n onewe lig in die donker. Sy steek haar nek uit om die seiljag se letterwerk onder die flitslig se dowwe ligstraal van nader te bekyk. Die *Catalyst* beelde op die Majestic- Yachts webtuiste spook by haar. Die boot blyk identies aan Raphael sin te wees, tog beskryf die skeepsbouer se webtuiste dit as "een van sy soort". Daar is of twee identiese seiljagte, of *The Financier* is hernoem. Haar gevoel is dat Majestic Yachts net een so 'n seiljag gebou het, *Catalyst,* en dat sy op hierdie oomblik aan boort daarvan is.

Sy herfokus op *The Financier* se letterwerk. Dit lyk goed van 'n afstand af, maar van nader beskou, selfs in die dowwe aandlig, is die wit verf wat die letters omring 'n bietjie van 'n ligter skakering as die res van die skip te spieël. Is dit onlangs oorgeverf? Sy leun oor die reling om dit van nader te bekyk.

Daar is geen teken van letterwerk onderaan nie, maar een ding laat haar stop. Sy het dit nie tot nou agtergekom nie, maar die tweede laaste letter, die *e*, is klein bietjie skeef. Sy twyfel ernstig dat 'n op bestelling gemaakte, multimiljoen dollar seiljag, skewe letterwerk sal hê.

Sy buk oor die reling en strek na die letters af. Sy kan skaars die letter *F* bykom. Sy krap die letterwerk met haar nael om te sien of daar enige iets onderaan is. Die emalje is dik en rubberig, nie hard genoeg om met haar nael af te krap nie. Die verf se nuutheid is verdag en dit is verreweg te vars vir 'n ses-jaar oue boot. Dit kon natuurlik onlangs oorgeverf wees, so die verf se toestand beteken nie noodwendig self iets nie.

Die onewe skakering van die wit verf en die skewe letter *e* beteken verseker iets.

Volgende bestudeer sy *The Financier* se registrasienommers en skryf hulle neer. Sy steek die notaboek in haar sak net soos 'n diep stem agter haar skel.

"Wat doen jy?" Raphael staan net 'n paar voet weg. Sy arms is gekruis en hy lyk kwaad.

Kat skrik so groot dat sy amper oorboord val. Sy slaag daarin om die reling te gryp en haarself te balanseer. Soos sy draai om na hom te kyk, besef sy hy is alleen. "Niks. Kyk net na die agterdek." Die notaboek is nou veilig weggesteek, maar sy kan nie die flitslig wegsteek nie.

"Met 'n flitslig? Jou nuuskierigheid het geen perke nie, het dit?" Alle voorgee van hoflikheid is weg.

Sy weet nie wat om te sê nie. "Seker nie." Raphael is so naby, sy ruik die alkohol op sy asem.

"Ek en Gia waardeer nie jou negatiwiteit nie. As jy weet wat vir jou goed is, sal jy ophou in ons besigheid rondsnuffel."

"Gia is haar eie persoon. Sy is ook my vriendin en dit maak haar my besigheid. Ek kyk vir my vriende uit." Van wanneer af het Gia iemand nodig om vir haar te praat? Raphael maak sy beheer by die uur stywer, en Kat hou niks daarvan nie.

"Jy beter vir jouself uitkyk, as jy weet wat ek bedoel."

Kat ignoreer die dreigement. "Ek beskerm my vriende, maak nie saak wat nie. As jy weet wat ek bedoel."

Raphael proes. "Die enigste persoon van wie sy beskerming nodig het, is jy. Moet ek dit vir jou uitspel? Gia is myne, nie joune nie. Ek kan haar teen jou draai met net 'n paar woorde."

"Moet my nie dreig nie." Kat trek haar rug reguit. Sy is eintlik sewe duim langer as Raphael, die enigste voordeel wat sy tans het. "Gia kan vir haarself dink."

Hy giggel. "Nie meer nie. Sy is gelukkig met my wat nou al die besluite neem."

"Dit sal vinnig genoeg afweer, as sy eers die ware jy sien. Jy kul my nie vir 'n oomblik nie, en Gia sal ook vinnig deur jou sien." Hy hét haar aspris in die grot vasgekeer. Sy sal nie wat sy weet weggee nie, maar sy hoef ook nie hoflik te wees nie.

"Beskou jouself gewaarsku. Laat dit gaan." Raphael gluur haar aan en blokkeer haar uitgang, arms gevou. "Kyk net na jouself."

Kat stamp sy skouer en stoot verby hom. Raphael kan haar nie intimideer nie, selfs al het hy almal aan boord teen haar gedraai. Daar is niks wat sy kan doen totdat hulle nie self die waarheid sien nie. Sy hoop net dit is nie te laat nie.

Tien minute later, terug in haar kajuit, is Kat se vermoedens bevestig. Sy tik *The Financier* se oproepsein, of registrasienommers in die Kanadese regering se voertuigregistrasiedatabasis in. Die databasis hou al die wettige rekords op alle geregistreerde vaartuie in, insluitend die poort waar dit geregistreer is en die wettige eienaar.

Ongeldige uitslag.

Dit bewys of weerlê nie Raphael se bewering nie, aange-sien hy beweer die seiljag Italiaans is. Maar gegee wat sy op die Majestic Yachts webtuiste gesien het, blyk die boot Noord-Amerikaans te wees.

Dan onthou sy Pete se stelling. Hy is by Friday-hawe in Washington State aangestel, so die seiljag is waarskynlik Amerikaans. Sy navigeer na die VSA registrasie webtuiste en tik weer die nommers in. Dié maal kry sy iets wat pas.

Die uitslag is nie vir *The Financier* nie, maar eerder vir *Catalyst*. Sy het uiteindelik bewyse dat die boot herbenaam is. Aangesien die boot se registrasiebesonderhede tans onder *Catalyst* val, blyk dit gesteel of herbenaam te wees. Raphael se storie oor sy leef-aan boord Italiaanse seiljag om die wêreld heen, is nonsens. Sy kan hom uiteindelik vir een leuen blootlê.

Sy gaan na die Majestic Yachts webtuiste en kyk dat *Catalyst* se registrasienommer steeds dieselfde is. Dit is. Aangesien dit ook as te koop op die Majestic Yachts webtuiste geadverteer word, is dit amper verseker gesteel. Dit is maklik om te bewys met 'n foonoproep wanneer die seiljag maatskappy môre oopmaak.

Sy staan en sit haar skootrekenaar op die lessenaar neer nes Jace in die kajuit inbars.

"Wat het jy vir Raphael gesê? Ek het hom pas raakgeloop en hy is woedend. Hy wil onmiddellik huis toe gaan."

"Uiteindelik, 'n bietjie goeie nuus vir 'n verandering." Sy sit haar hande op haar heupe. "Gia het my gesê jy het belê. Hoe kon jy met daai swendelaar belê en my nie eens vertel nie?"

Jace vermy oogkontak. "Ek sou jou gesê het."

"Wanneer presies?"

"Sien, dít is hoekom ek niks gesê het nie. Hy is nie 'n

swendelaar nie, Kat. Hy is die ware ding. Maar ek het geweet jy gaan my kruisondervra."

"Natuurlik gaan ek. Ek is die enigste ding wat tussen jou en al jou geld verloor staan."

"Ek het geweet jy vang iets aan."

"Jace, die enigste een wat iets aanvang, is Raphael. As jy en almal anders nie so verblind deur die belofte van rykdom is nie, sal jy in sekondes deur hom sien."

"Ek is nie gister gebore nie. Ek herken 'n goeie geleentheid wanneer ek dit sien, en ek gaan dié een nie my verby laat gaan nie."

"Wel, jy het pas jou geld vir 'n dief gegee." Sy draai haar rekenaarskerm na hom toe. "Raphael se seiljag is gesteel, hier is die bewys. Die registrasienommer is vir 'n seiljag met die naam *Catalyst*, nie *The Financier* nie."

Jace bestudeer dit 'n oomblik. "Daar moet 'n logiese verduideliking wees. Dalk het hy dit pas gekoop en die papierwerk is nog nie deur nie."

"Dit is in Washington State geregistreer, nie Italië nie. Hoe kon hy dit nou eers gekoop het as hy beweer dat hy van Italië hierheen geseil het?"

"Dalk registreer hy dit in 'n ander land. Baie skepe is elders geregistreer, soos toeristeskepe wat in Liberië en goed geregistreer is."

Washington State is nie juis 'n belastingtoevlug nie. "Niemand sal dit doen nie."

"Waar." Jace krap sy ken. "Ek is egter seker hy het 'n goeie rede. Kom ons vra hom."

"Nee, Jace. Jy mis heeltemal die punt. Hy het gejok oor die sogenaamde Italiaanse boot en sy reis halfpad oor die wêreld. Daar is net een rede om die seiljag se naam te verander."

'n Flikker van twyfel gaan oor Jace se gesig.

"Dit bewys dat die seiljag gesteel is."

"Dit is mal."

"Nee, om jou geld vir hom te gee is wat mal is." Iets is vrot aan boord *The Financier*, en hoe gouer sy die waarheid ontbloot, hoe beter. Dit gaan egter nie mooi wees nie.

21

Kat en Jace het reeds ontbyt gehad teen die tyd wat oom Harry op die dek verskyn. Hy kom uit die sloep uit, sy bord opgehoop met roereier, roosterbrood en wors. 'n Tweede bord is met pannekoeke gelaai.

Dit is 'n selfbediening affêre. Kat en Jace het saam gekook, al het hulle skaars gepraat. Kat is woedend oor Jace se geheime belegging terwyl Jace Kat beskuldig van op 'n heksejag wees.

"Gaan jy al daai eet?" Jace staan en vee sy hare terug. "Soveel vir jou fiksheid regime."

"Ek het my energie nodig. Groot dag vandag." Oom Harry sit oorkant hulle en steek 'n vadoek by sy hemp in. Sy bord is met kos gestapel, 'n hartaanval wat wag om te gebeur.

Kat lig haar wenkbroue. "Jy bedoel die grot verkenning?" Ten spyte van haar vorige ervaring en haar steeds seer knieg, sien sy eintlik uit om terug te gaan.

"Dit ook, maar ek praat van Gia se troue. Ek het nog nooit vantevore 'n biljoenêr getrou nie."

Kat frons. "Jy kan hulle nie trou nie, oom Harry."

"Natuurlik kan ek. Ek is 'n gelisensieerde huweliksbevestiger." Harry stop met sy vurk vol eier halfpad in die lug. "Dis sal my eerste troue op see wees! Of moet ek sê, my eerste nautical nuptials?"

Hy sluk sy eiers en botter sy roosterbrood.

"Dit is nie wat ek bedoel het nie. Ek is seker jy sal dit goed doen, oom Harry. Dit is Gia waaroor ek bekommer."

"Gia is oukei. Ek is al lank genoeg in die rondte om 'n verliefde paartjie te sien, en hierdie twee is verseker. Jy oorreageer, Kat. As ek nie van beter geweet het nie, sou ek gesê het jy is bietjie jaloers." Harry steek sy vurk in 'n worsie in.

Kat loer vir Jace, wie sy wenkbroue vir haar lig.

"Dit is belaglik. Ek is nie jaloers nie." Net die enigste een wat die waarheid sien. "Ek wil hê Gia moet gelukkig wees, maar met die regte man." Raphael voldoen nie aan die doel nie. Haar instinkte laat haar dink hy is veel meer as net die verkeerde romantiese maat, hy is ook platweg 'n gevaarlike man.

"Hy is die perfekte maat. Hy is ryk en hy is so lief vir haar soos sy vir hom is." Oom Harry gryp die stroop karaf en dompel dit oor sy pannekoeke.

"Jy seker daaroor, oom Harry?"

"Natuurlik. Enige aap kan sien hulle is verlief. Ek het haar nog nooit gelukkiger gesien nie."

Jace maak sy keel skoon. "Harry is reg. Laat Gia toe om haar eie foute te maak. Ás dit uiteindelik 'n fout is."

Sy gluur hom aan. "Gia is dalk verlief, maar ek is nie oortuig Raphael is nie."

"Sy sal nooit beter as hy doen nie. Hy is jonk, ryk en suksesvol. 'n Regte vangs vir Gia." Oom Harry se generasie hou steeds by tradisionele idees en sy moet op haar tong byt om nie te antwoord nie. Gia het nie nodig om enige iemand te vang nie.

"Het jy ooit oorweeg dat Gia dalk vir Raphael 'n vangs

is?" Kat sluk 'n mond vol koffie. "Sy is eiegemaak. Sy het haar eie besigheid en is baie suksesvol."

"Sy het baie goed vir haarself gedoen." Harry sit sy vurk neer en leun agteroor in sy stoel. "Maar hy is tien duisend keer ryker as wat sy is. Waar gaan sy nog 'n biljoenêr vind?"

"Mens weet nooit nie." Almal beskou Raphael se seiljag, ontwerper klere en besittings as bewys van sy rykdom, maar die manier wat hy dit vertoon is so voor-die-hand-liggend, dat dit vals is. "Buitendien, as hulle so wonderlik saam is, hoekom so haastig wees? Hulle het al die tyd in die wêreld."

"Omdat ek die een is wat hulle wil trou, Kat. As hulle iewers anders trou, sal ek nie die seremonie kan doen nie. Hulle is reg, ek is reg. Wat is die groot ophef?" Harry skud sy kop. "Om mense te trou is wat ek vir 'n lewe doen."

"Jy het net één ander huweliksbevestiging gedoen. Onthou, dit gaan nie oor jou nie, oom Harry." Nou verstaan sy: Harry sien dit as sy enigste kans om die seremonie te behartig.

"Oukei, so dalk is dit 'n deeltydse werk." Hy byt in sy roosterbrood in. "Maar dit is die beste werk wat ek nog gehad het. Om 'n paartjie se uitdrukking te sien wanneer hulle trou, en om te weet ek het dit laat gebeur... kosbaar."

"Jou werk is baie belangrik, maar daar is 'n regte tyd vir alles. Met Gia so opgesweep in haar warrelwind romanse, dink sy dalk nie helder nie."

"Dit is seker moontlik." Hy speel met sy kos, afgehaal.

Sy het verdere bewyse nodig om beide Jace en Harry te oortuig. Sonder dit, is al wat sy op die oomblik kan doen om die troue te vertraag. "Wat weet ons werklik oor Raphael? Ons ken hom maar vir 'n dag, hy het uit nêrens uitgekom en hy het Gia oortuig om geld by hom te belê."

"As jy dit so stel, klink dit sleg. Maar kyk na al hierdie." Harry beduie na die seiljag. "Bewys hy is suksesvol."

"Dalk, maar sukses maak nie 'n gelukkige huwelik nie.

Gia het hom net 'n paar weke gelede ontmoet. Is dit genoeg tyd om iemand te leer ken?"

Harry lyk afgehaal. "Seker nie."

"Jy kan julle steeds later trou, oom Harry. Ek weet Gia wil hê jy moet die huwelik waarneem, maar kom ons oortuig hulle om dit bietjie uit te stel. As hulle vir mekaar bedoel is, kan dit nie seer maak nie."

"Maar wat as hulle reis of iets? Dit kan my enigste kans wees."

"Ek is seker Gia sal wil hê jy moet die huwelik waarneem, maak nie saak wat nie. Sy sal jou invlieg as dit nodig is. Kan jy 'n verskoning uitdink om dit vir 'n dag of twee uit te stel?"

Harry hou op kou. "Oukei. Ek kan seker met haar gesels."

"Nee, moet dit nie doen nie." Kat se gedagtes keer terug na die beursie in haar sak. Dit is op een of ander manier aan Raphael verbind, aangesien sy dit in hulle kajuit gevind het. Wat ook al die verbintenis, haar kropgevoel dui daarop dat dit nie goed is nie.

"Ek dink net nie Raphael is wie hy voorgee om te wees nie."

"Hemel, Kat. Jy het dit regtig in vir hierdie ou." Jace lig sy hande in protes. Hy is steeds kwaad omdat sy die beleggingsbesluit bevraagteken het. "Wat is fout met Raphael? Hy is 'n wonderlike ou wat my op sy besigheid inlaat."

Kat se hart hamer in haar bors. Jace weier steeds om te verklaar hoeveel hy belê het. Dit maak haar bang. "Ek dink jy maak 'n groot fout."

Harry tel sy leë bord op en staan van die tafel af op. "Nee. Die Bellissima-haarversteiler besigheid gaan ons almal ryk maak."

Kat gryp Harry se arm. "Onthou jy jou laaste groot belegging? Jy het amper alles wat jy besit verloor." Oom Harry het aandele in 'n diamantmyn maatskappy gekoop, terwyl Kat dieselfde besigheid ondersoek het. Dit het uitgedraai om een massiewe bedrog te wees en hy was besonder gelukkig om sy geld terug te kry.

"Gaan vind nóú vir Raphael en sê vir hom om alles te ontdoen wat reeds gedoen is. Jy sal nooit weer jou geld sien as jy dit nie nou terug kry nie." Raphael het daarin geslaag om drie van sy vier gaste te bedrieg.

"Nie 'n kans nie. Ek gaan nie die boot op die een mis nie."

"Jy gaan meer as die boot mis, oom Harry. Waar is die beleggingsinligting? Ek wil dit sien."

Jace gluur haar aan, maar bly stil.

Kat wil Jace graag dieselfde vrae vra, maar dit sal amper verseker 'n argument uitlok. Sy sal tot later wag wanneer hulle alleen is.

Harry kyk weg. "Dit is in Vancouver. Hy sal dit pos wanneer ons terug op die dorp is.

"Jy het belê sonder om die kleinskrif te lees?" Raphael het geen intensie om enige iets vir oom Harry te pos nie.

Oom Harry hou sy hande in speelse oorgawe op. "Ek het geweet jy gaan dit sê."

"Ek het gedink hierdie seiljag is sy kantoor," sê Kat. "Hoekom is sy papierwerk nie aan boord nie?"

"Weet nie. Hy het seker sy prokureur se kantoor bedoel."

"Het jy enige iets geteken?" Kat frons.

"Nee."

"Jy het niks geld oorhandig nie?"

"Nog nie. Ek kan eers Maandag by die bank uitkom."

Kat sug van verligting. Dankie tog Harry is van die ou garde en bank nie aanlyn nie. "Moet jou nie aan enige iets anders verbind nie. Nie tot ek 'n paar dinge nagegaan het nie."

"Maak dit gou. Ek gaan nie my kans mis om die boerpot

te wen nie. Oom Harry beduie na die seiljag. "Dalk kry ek ook 'n seiljag."

"Jy het reeds die boerpot gewen. Jy het 'n goeie pensioen en geld in die bank. Jy sê altyd jy het alles wat jy nodig het. Hoekom dit alles op die spel plaas?"

"Ek wil net een keer in op die aksie hê. Moenie my kans vernietig nie, Kat."

Die kans op 'n oorgeslane geleentheid is klein, maar finansiële vernietiging is 'n sekerheid. Die kanse is sleg vir almal behalwe Raphael, maar sy beplan om dit te verander.

22

___

Kat is reeds op haar derde koppie koffie teen die tyd wat Gia en Raphael op die dek verskyn. Raphael grom goeie môre vir Jace en Harry, maar gluur Kat eenvoudig net aan. Gia kyk vir Kat, dan kyk sy weg. Gia se oë is bloedbelope en geswel. Sy het duidelik gehuil en blyk weer om naby aan trane te wees.

Harry spring van sy stoel af op en gaan na die koffiemasjien by die kroeg. Hy skink twee stomende koppies koffie en gee een vir elk van hulle aan. "Môre. Lekker geslaap?"

Raphael mompel iets binnensmonds en sit sy koffie op die tafel neer.

"Hmmph." Harry draai om en verdwyn in die sloep in. Hy keer 'n paar sekondes later met 'n paar sjokolade croissants terug. Hy offer een aan Gia, wat haar kop skud.

Jace se laatnag erkenning bekommer Kat. Nie net het Jace al sy spaargeld belê nie, hy het ook geld van 'n bron van krediet bygevoeg. Hy skuld nou geld op 'n belegging wat in die eerste plek nie bestaan nie. Terwyl dit sy geld is, voel sy verraai deur sy aksies. Dit beïnvloed hulle albei noembaar, tog het hy haar nie eens beraadslaag nie.

Kat kyk na Gia. Haar verfomfaaide voorkoms is nie eie aan haar nie. Sy lyk moeg en in stede van haar gewone kruiperigheid oor Raphael, sit hulle ietwat uitmekaar. Iets is fout, aangesien Gia skaars vir Raphael kyk. Het sy uiteindelik agtergekom dat Raphael misbruik van haar maak?

"Eet. Ek kan nie wag om land toe te gaan en die grot te vind nie." Harry kou aan 'n tweede croissant, onbewus van wat om hom aangaan.

"Planne het verander, Harry," sê Raphael. "Ons gaan eers trou en dan vanmiddag na die eiland toe gaan."

Gia bly stil, maar haar onderlip bewe 'n bietjie.

Slegte nuus, dink Kat. Sy het nóg minder tyd om die troue te keer.

"Selfs beter," sê Harry. "Ek gaan trek ander klere aan. Ek wens ek het my pak saamgebring."

"Hou aan," Jace draai na Gia toe. "Ons het baie tyd vir die seremonie. Sal dit nie beter in die middag wees nie?"

Gia trek haar skouers op. "Wat ook al Raphael wil hê, is oukei met my."

As Gia nie oor die troue van plan gaan verander nie, moet Kat haar ten minste oortuig om dit uit te stel. Sy sal aan een of ander verskoning dink wanneer sy privaat met Gia praat. "In daai geval, kom ons gaan na julle kajuit om reg te maak."

Tien minute later sit Kat op die bed in Gia se kajuit, niks nader om haar te oortuig om van plan te verander nie. Haar gesellige, selfversekerde vriendin het in 'n gedwee, onsekere skadu van haarself in verander. Sy doen eenvoudig wat ook al Raphael beveel. "Wat is 'n paar ure meer? Die middag is baie beter vir 'n troue."

"Dit is nie ideaal nie, maar Raphael wil so gou as moontlik met my trou." Gia trek haar hare terug en bestudeer haarself in die spieël.

Kat bekyk die vloer, hoop om addisionele leidrade wat

aan die beursie verbind is, te vind. Sy sien niks anders as Gia se skoene wat sy uit die kas vir oorweging gehaal het nie. Sy staan van die bed af op en loop rond en maak asof sy strek. Niks op beide bedkassies sigbaar nie.

Gia trek 'n half dosyn rokke uit die kas uit en lê dit op die bed neer. Meeste is helderkleurige, kortmou rokke soortgelyk aan die een wat sy aan het. "Dit is al wat ek het om te dra. Ek het altyd van 'n groot troue gedroom en myself in 'n klasieke trourok verbeel. Die rokke is net nie spesiaal genoeg nie. Die hele ding voel so gejaagd."

Kat knik, maar sê niks nie.

Gia hou 'n swart skederok, met blinkertjies versier, teen haar liggaam. "Wat van die een?"

"Moenie swart vir jou troue dra nie." Kat skud haar kop. Al is trou met Raphael 'n rede vir rou. "Hoekom kan jy nie wag tot ons terug in Vancouver is nie? Ek sal jou help om 'n rok te soek."

"Ons kan nie so lank wag nie." Gia sug. "Ons gaan more Costa Rica toe."

Pete het ook Costa Ria genoem.

"Costa Rica? Hoekom? Vir hoe lank?" As Raphael die land verlaat, gaan hy nooit weer terug kom nie. Sy twyfel sterk dat hy Gia saam met hom gaan vat, maak nie saak wat hy sê nie. Gia het waarskynlik nie eens haar paspoort by haar nie.

"Ek weet nie. Dit hang van Raphael se vergaderings af. Ek wens ek het tyd gehad om beter te beplan. Dit is alles net soort van op die laaste nippertjie."

"Jy kan nee sê, Gia. Jy hoef nie te gaan nie."

Gia huiwer 'n oomblik, skud dan haar kop. "Natuurlik gaan ek. Ek kan hom nie verloor nie. Ek sal nooit weer 'n ou soos hy vind nie."

Kat kan skaars wag vir Raphael om weg te gaan, maar sy moet eers almal se geld terug kry. "Moet net nie die troue haas nie. Jy kan San Jose toe vlieg en enige tyd vir hom kuier. Of hy kan hierheen kom."

"Hy gaan nie in San Jose bly nie. Hy gaan iewers afgeleë bly, op die weskus. Dit is net toeganklik per boot."

'n Vreemde plek om besigheid te doen, dink Kat. "As hý daar kan kom, kan jý ook. Dit is nie 'n groot ophef nie." Sy is al 'n paar keer in Costa Rica gewees. Terwyl die paaie nie wonderlik is nie, kon jy steeds omtrent orals heen reis. Dit vat net bietjie tyd.

"Nee, dit is belangrik. As ek Raphael wil help, moet ek hom ondersteun." Gia vee 'n traan van haar wang af. "Ek weet hy verdien meer as wat ek doen, maar hoekom is dit alles of niks? Ek moet my salon los, my huis en vriende, net so." Sy klap met haar vingers. "Dit is nie regverdig nie."

"Jy is heeltemal reg. Jy moet dit nie hoef te doen nie." Dit is heeltemal buite karakter vir Gia om haar lewensbestaan en haar kliënte met net 'n oomblik se kennisgewing te verlaat. "Hoekom Costa Rica? Dit is so 'n onwaarskynlike plek om 'n produk bekend te stel."

"Dit maak vir my ook nie sin nie." Gia sug. "Maar hy weet altyd wat hy doen. Ek wens net dat ek 'n reguit antwoord uit hom kan kry."

Kat sit 'n arm om haar vriendin se skouer. "Gee jouself ten minste genoeg tyd om jou sake af te handel. Jy moet jou winkel toemaak en reëlings tref vir jou afwesigheid. Daar is geen rede om dinge te haas nie."

"Ek wil niks sê ingeval hy van plan verander oor my. Hy is die beste ding wat nog ooit met my gebeur het."

Meer soos die slegste ding wat ooit met haar gebeur het. "As Raphael nie jou wense wil oorweeg nie, is hy dalk nie die regte ou vir jou nie."

Vir eens protesteer Gia nie. "Ek wens ons kan ten minste somtyds doen wat ek wil."

"Vertel hom. Begin by die troue. Ons sal eers vir 'n paar uur Valdes-eiland verken. Dan sal ons reg wees om te vier."

"Jy is reg." Gia haal diep asem. "Dit is tyd dat ek my voet neersit. Ons sal die troue die middag hou, soos beplan."

Terwyl Gia steeds vasbeslote is om met Raphael te trou, koop dit Kat ten minste 'n bietjie tyd. Sy gaan na haar kajuit, angstig om haar navorsing op die *Catalyst* te voltooi en vas te stel hoe presies dit opgeëindig het om *The Financier* genoem te word.

Kat het net 'n paar minute voor hulle vir Valdes-eiland vertrek, maar dit is lank genoeg om haar skootrekenaar aan te sit en vir 'n herstelde inter-netverbinding te hoop. Sy tik Anne Bukowski se naam in haar blaaier in en klik op die boonste inskrywing.

Die maal is haar verbinding goed en sy kan 'n paar inskrywings soek. Daar is niks op Anne Bukowski nie, maar daar is 'n tragiese storie oor 'n familie genaamd Bukowski 'n paar maande gelede. Hulle fatale bootongeluk is voorbladnuus gewees en sy onthou vaagweg dat sy daarvan gehoor het. Sy lees die artikel om haar geheue te verfris.

Die storie is 1 Julie gedateer, amper twee maande gelede. Die Bukowski familie se gedeeltelik gebrande boot is by 'n treilvisser gevind, verlate en stuurloos in die Georgia-straat, halfpad tussen Vancouver en Victoria. Daar is geen teken van die familie van drie aan boort die gedeeltelik gebrande boot nie en hulle is vermoedelik verlore te see. Frank, Melinda, en vier-jaar oue dogter Emily was op pad na 'n nuwe huis in Victoria. 'n Hartseer storie, maar onverwant aan Anne Bukowski. Die familie tragedie kry haar nie nader aan die beursie se eienaar nie.

Die Bukowski naam is niks meer as 'n toevalligheid nie.

Of is dit? Wat is die kanse van 'n vermiste familie en 'n vermiste beursie met dieselfde van? Daardie beursie behoort aan iemand en Anne en Melinda kan moontlik verwant wees. Sy klik deur die oorblywende artikels op die marine ongeluk en vries toe sy die derde artikel lees.

Anne Bukowski se volle naam is Anne Melinda Bukowski, maar sy verkies haar middel naam, Melinda. Hoe het die vermiste vrou se beursie op Raphael se seiljag opgeëindig? Wat ook al die rede, dit kan nie goed wees nie. Op die minste, is die beursie 'n belangrike bewysstuk. Raphael moes dit aan die owerhede oorhandig het. Dit kan die ligging van die vermiste familie bepaal.

Anne Melinda se beursie het herverskyn, tog het sy en haar familie spoorloos verdwyn. Wat is die kans dat sy sonder haar beursie was toe sy verdwyn het? Minder as nul, aangesien hulle besig was om van Vancouver na hulle nuwe huis in Victoria te trek. 'n Rilling hardloop by Kat se rug af.

Sy trek die verweerde leer beursie van haar bedkassie af en bestudeer dit. Die beursie is oud, maar die buitekant en inhoud blyk onbeskadig deur water of vuur te wees. Hoe het dit op Raphael se seiljag gekom?

Sy maak die volgende artikel oop en word met 'n foto beloon. Die foto wys 'n aantreklike dertig-iets brunette met skouer-lengte hare en bruin oë. Sy het 'n baba dogtertjie in haar arms, waarskynlik Emily van 'n paar jaar vroeër. Die vrou glimlag in die kamera in, maar haar berustende oë gee haar weg. Sy probeer duidelik gelukkig wees, maar is nie.

Sy moet iets omtrent die beursie doen. Sy kan dit nie in Raphael en Gia se kajuit terugsit nie, selfs al wil sy. Gia het haar reeds met die beursie in haar kajuit gesien en sy het gelieg oor waar sy dit gevind het. Gia sal woedend wees as sy erken dat sy in haar kajuit rondgekrap het. Kat het Raphael van diefstal beskuldig; nou blyk sy self oneerlik te wees.

Sy moet vir die oomblik haar ontdekking van Gia wegsteek, aangesien haar belydenis waarskynlik met Raphael gedeel sal word. Daar is nie 'n goeie rede vir die beursie om in Raphael se besit te wees nie, maar 'n klomp sinister redes. Sy sal die beursie aan die polisie oorhandig wanneer hulle môre na Vancouver terugkeer.

Sy verander ratte en soek meer inligting op die seiljag. Sy kyk op haar horlosie en besef sy moes die tyd gebruik het om Majestic Yachts te bel. Sy maak 'n nota om te bel as hulle van die eiland terug keer, wanneer sy seker kan wees van 'n paar oomblikke alleen. Jace kan op enige oomblik instap en hy sal kwaad oor haar feitkontrolering wees. In die tussentyd sal sy soveel leer as wat sy kan. Sy klik op die eerste uitslag en vind haar vermoedens is reg.

Die *Catalyst* is twee maande gelede gesteel van die Friday-hawe marina in die San Juan-eilande, Washington State. Die San Juan-eilande is minder as 'n uur weg te see. Al wat sy moet doen is bewys dat *Catalyst* regtig die *The Financier* is. Sy kan Raphael uiteindelik in 'n leuen betrap.

Haar pols versnel soos sy die artikel oor die *Catalyst* lees. Die seiljag was in Friday-hawe deur 'n ryk familie geanker, wat dit nie gebruik het vandat hulle na die ooskus sewe maande vantevore verhuis het nie. Aangesien *Catalyst* as te koop gelys is, was daar nie bemanning aan boort nie. Enige iemand wat 'n paar dae in die Friday-hawe marina rondge-hang het, sal vinnig agterkom dat dit nie bewoon word nie. Dit maak dit maklik om te steel sonder om baie aandag te trek.

Met Pete se inligting en haar soekuitslae, is dit veilig om aan te neem dat die *Catalyst* en *The Financier* een en dieselfde is. Dit verduidelik ook die seiljag se saamgeraapte

en yl bemanning en Pete se onbereidwilligheid om persoon-
like vrae te antwoord.

Raphael sal nie waag om professionele seevaarders aan
te stel nie. Hulle sal moeilik wees om op kort kennisgewing
te vind, en hulle sal waarskynlik die gesteelde seiljag
aanmeld. Hulle sal verseker weier om aan boort te werk.

Die deur gaan oop en Jace stap in.

"Kom ons gaan," sê hy. "Hulle wag op die dek vir ons."
Jace se donker gemoed van vroeër is verby. Hy loop oor en
soen haar.

Gia staan haar man en hou by die middagtroue. Uitein-
delik 'n bietjie goeie nuus.

"Kom sien eerste die." Sy gee haar skootrekenaar aan
Jace sodat hy die skerm kan sien. Sy het die seiljag vervaar-
diger se webtuiste oop. Twee dosyn foto's van die seiljag is
daarop, wat alle oogpunte van die seiljag se buitekant en
meeste van die kamers vertoon.

"Dit is oulik." Hy loer na die skerm en sit die skootrekenaar
op die skryftafel neer. "Kry jou goed of ons gaan laat wees."

"Nee, Jace. Kyk mooi." Sy klik op hulle luuksekajuit.
"Herken jy die kamer? Dit het dieselfde meubels en bedsprei
as ons luuksekajuit."

"Daar behoort identiese skepe in die rondte te wees."

"Nee, daar is nie. Die seiljag is per bestelling gebou." Sy
tik op die beskrywing. "Alles van die hout tot die konfigu-
rasie van elke luuksekajuit, is op bestelling gemaak."

"So wat?"

"Hierdie seiljag is gesteel, en ek dink ek kan dit bewys."
Sy gaan na die Kanadese regering se registrasiewebtuiste.
"Sien jy al daai nommers? Wanneer ek die registrasie-
nommer op die webtuiste invul, kom niks op nie. Dit is
omdat die seiljag nie Kanadees is nie."

Hy kyk uitdrukkingloos na haar.

"Ek weet wat jy dink, maar die seiljag is ook nie Italiaans nie. Raphael ook nie. Ek kan nog nie bewys dat hy oor sy identiteit lieg nie, maar daar is een ding wat ek kán bewys." Sy tik die registrasienommers in die Washington State webtuiste in en wys dit vir Jace. "Hierdie seiljag is Amerikaans. *The Financier* se nommers behoort aan 'n ander seiljag, die *Catalyst*."

Jace frons soos hy die skerm bestudeer. "Jy is seker jy het die nommers reg ingevul?"

Sy knik. "Ek het dubbel en tripel seker gemaak." Sy beskryf die spook skadu's onder die seiljag se naam en die skewe *e*. "As ek reg is, is hierdie seiljag gesteel."

"En Raphael is nie die biljoenêr magnaat wat by beweer om te wees nie." Jace is skepties. "Daar moet 'n logiese verduideliking wees. Jy lees te veel in dinge in."

"Oor 'n gesteelde seiljag. Ek dink nie so nie."

'n Flikker van twyfel gaan oor Jace se gesig soos hy na die skerm kyk. "Is jy seker hulle bou nie twee seiljagte dieselfde nie?"

Kat knik. "Selfs al het hulle, sal die binnekant anders wees, aangesien dit gekies word om die eienaar te pas. Kyk na die kunswerke teen die mure." Sy klik op die foto van die eetkamer en zoem op die kunswerk bo die buffet in. "Dit is identies aan die afdruk op hierdie boot. Die skilderye in ons kajuit is ook presies dieselfde."

Jace loop oor na die skildery bokant die bed en vee sy vinger oor die kwashale. "Hierdie is 'n oorspronklike skildery. Een van sy soort. Daar moet 'n logiese verduideliking wees."

"Die logika toon dat dit gesteel is. Kyk." Sy vergroot die foto van hulle suite en fokus op die beperkte oplaag Salvador Dali-afdruk wat bo die skryftafel hang. "Die Dali-afdruk is nommer drie van 120. Wat sê ons sin?"

"Drie van 120. Dalk is dit nagemaak. Wie sal 'n seiljag steel? Dit is dit nie soort van voor-die-hand-liggend nie?"

"Nie regtig nie. So lank as wat hy wegbly van waar die seiljag gesteel is, wie gaan dit herken? Niemand gaan die boot se registrasie nagaan nie. Daar is meer." Sy vertel hom van die beursie en die Bukowski-familie se verdwyning. "Ons moet hom stop, Jace. Vóór dit te laat is."

24

___

Raphael gaan sy kajuit binne en stop dood toe hy Gia se uitdrukking sien. Een kyk en hy weet hy is in die moeilikheid.

Gia se oë vernou en sy waai 'n koevert. "Vertel my hoekom jy vliegtuigkaartjies na Costa Rica het. Hulle is vir môre en een is in 'n ander vrou se naam."

Raphael waai haar weg. "Ontspan, bellissima. Dit is nie wat jy dink nie."

"Moenie daai nonsens vir my gee nie. Wie de hel is Maria en hoekom vlieg julle eerste-klas na Costa Rica toe?" Gia kruis haar arms en gluur hom aan. "Ek dog ons gaan daarheen vaar."

Raphael lug net sy skouers op en glimlag. "My assistent het jou naam verkeerd gekry. Ek sal haar vra om dit reg te stel."

"Goeie probeerslag. Hoe de hel kry jy Maria van Gia?"

"Statika oor die foon, seker. Ons het 'n swak verbinding gehad." Raphael vroetel met sy vingernaels en vermy haar blik. Iemand of iets het tot Gia se antwoorde aanleiding gegee, hy is seker daarvan. Vir die eerste keer is daar twyfel in haar stem. Hy moet sy plan versnel.

"Hoe kon jy nie agterkom nie? Daardie kaartjies is vir 'n vlug môre, tog het jy gesê ons gaan daarheen seil."

"Planne verander, bellissima. My besigheidskontakte het 'n paar vergaderings uitgestel, so ek het meer tyd. Nou kan ons op die seiljag vaar in stede van vlieg." Hy vryf oor haar hare.

Sy stoot hom weg. "Jy pas by hulle planne aan, maar nie myne nie. Hoekom moet ek my besigheid toemaak en my hele lewe agterlaat met net 'n paar dae se kennisgewing?"

Raphael lug sy skouers op. "Dit het vinnig gebeur. Ons kan nie besigheidsgeleenthede ignoreer nie."

"Ons blyk myne te ignoreer." Gia frons soos sy die kaartjie bestudeer. "Hierdie kaartjie is 'n maand gelede bespreek. Dit is voor ons nog ontmoet het. Moenie vir my lieg nie, Raphael. Jy het beplan om iemand anders saam te vat, nie waar nie?"

"Natuurlik nie."

"Vertel my dan hoekom jy eerste-klas met 'n vrou genaamd Maria vlieg." Gia se oë vernou. "Jy bly jou storie verander. Ek hou nie daarvan om voor gejok te word nie, so moet my nie verantwoordelik hou vir wat volgende gaan gebeur as ek uitvind jy lieg vir my nie."

Brother XII het dit reg gehad, dink Raphael soos hy 'n geïrriteerde Gia in die gesig staar. Die man het duisende volgelinge gehad om na die simpel klein eiland te trek en al hulle aardse besittings te oorhandig en hy het steeds skotvry daarvan af gekom. Die Brother kan hom waarskynlik 'n les of twee leer oor hoe om 'n swendelary reg te kry.

Ongelukkig is dit te laat daarvoor.

Brother XII het sy verliese beperk en gehardloop toe mense te veel vrae begin vra het. Maar anders as Brother XII, kan Raphael nie net geboue afbrand en spoorloos verdwyn nie. Die mense van wie hy wil hardloop is op hierdie boot.

Gia se skielike wantroue kon van iets of iemand.

Kat.

Hy het Gia se vriende uitgenooi as potensiële beleggers, maar dit het geboemerang toe Kat te veel vrae begin vra het. As Gia agterdogtig is, is daar geen twyfel dat hulle almal agterdogtig is. Hy moet van hulle ontslae raak, en vinnig. Dinge is besig om buite beheer te raak. As hy nie vinnig optree nie, kan hy alles verloor.

Sy pols versnel. Was sy paspoort in die koevert saam met die kaartjies? 'n Eenvoudige fout wat hom alles kan kos. Hy kan nie onthou nie.

"Bellissima, ek..." Sy stem vang in sy keel.

"Moenie speletjies met my speel nie, Raphael." Gia tik die koevert. "Wie is sy?"

"Maria is 'n gewese werknemer, die verkoopsbestuurder vir Latyns-Amerika. Sy het 'n week terug bedank. Dit is nog 'n rede hoekom ek besluit het om te vaar en nie te vlieg nie. Ek het net vergeet om die kaartjies te kanselleer." Hy steek sy hand vir die koevert uit. "Gee dit vir my. Ek sal alles uitsorteer."

Gia huiwer voor sy dit oorhandig. "Jy beter nie vir my lieg nie."

"Natuurlik nie, bellissima." Hy vou sy arms om haar en soen haar. "Nou, kry jou goed gereed vir ons stappie."

Gia tree uit hulle omhelsing uit en druk goed gehoorsaam in haar sak in.

As Gia net nie die kaartjies gevind het nie. Hy haat morsige eindes.

25

Kat sit op die dek by die buitekroeg saam met Jace en oom Harry. Gia en Raphael is weer laat. Oom Harry is kriewelrig, angstig om na die eiland toe te gaan. Hy peuter met die afstandbeheerder en flits deur die kanale tot die tv bo die kroeg 'n alleen-nuus kanaal vertoon.

Hulle wag vir die paartjie en hoop hulle planne het nie weer verander nie. Die Valdes-eiland tonnel stap is al wat Kat oor het om na uit te sien. Vir ten minste 'n paar uur kan sy Raphael onder oë hou en hom verhoed om nóg by haar skeepsmaats te steel. En die troue wat seker is om Gia se lewe te verwoes, uit te stel.

Sy luister half na die nuusleser soos sy die inhoud in haar sak oorpak. Hierdie keer het sy al die benodighede gepak, insluitend 'n flitslig en 'n eerstehulpkissie. Haar knieg en enkel voel baie beter na die aand se rus. Die swelling het selfs 'n bietjie af gegaan.

Sy maak haar veters vas toe die nuus weer deur die siklus van die oggend se top stories hardloop. Sy spits haar ore toe die nuusleser nuwe verwikkelinge in die Bukowski-verdwyning noem. Die name vang haar onkant aangesien die familie se ongeluk ou nuus is.

Sy kyk vinnig op na die tv-skerm. Die kamera pan oor die water na 'n marina, waar die oorblyfsels van 'n gebrande boot gesleep word.

Die skerm flits terug na die nuusleser wat kommentaar lewer op die ou beeldmateriaal voor hy na die nuwe verwikkelinge keer. Die skerm flits na 'n verslaggewer op die toneel. Hy staan op dieselfde dek as in die vroeëre beeldmateriaal. Dié maal is daar nie 'n skeepswrak agter hom nie. Hy beduie na die water agter hom soos hy die brekende nuus in die Bukowski-verdwyning beskryf.

Emily Bukowski se gedeeltelik ontbinde liggaam is vandag aan die kus van Vancouver-eiland gevind. Die 4 jaar oue meisie se liggaam is deur 'n kommersiële vissersboot ontdek. Die klein dogtertjie is vir amper twee maande vermis, saam met haar ouers, Melinda en Frank Bukowski. Geen spoor van die ouers is op datum gevind nie. Die kuswag soek steeds in die area waar die gebrande skeepswrak gevind is.

Die polisie beskou die dood as suspisieus. Volgens Melinda Bukowski se kollegas, het sy onlangs haar werk bedank nadat haar man, Frank Bukowski, 'n onderwyspos in Victoria aanvaar het. Polisie het al Victoria se skole gekontak, maar was nie daartoe in staat om die skool te spoor wat Mr. Bukowski aangestel het nie.

Kat sidder by die gedagte van die klein dogtertjie se liggaam wat in 'n visnet opgeduik het. Die televisieskerm sirkel deur foto's van die Bukowski familie. Haar mond val in skok oop. "Jace, kom hier!"

Jace is besig om sy gereedskap in die rubberbootjie te laai. "Net 'n oomblik. Ek is besig."

"Maar dit is hy! Hy is op die tv." Kat spring van haar stoel af op.

"Wie is op tv?" Jace se geïrriteerde uitdrukking verander

na een van herkenning toe. "Wat de hel is…" Oom Harry sien dit ook. "Wow, daardie ou lyk presies soos Raphael."

"Nee, oom Harry. Dit is hy. Frank Bukowski en Raphael is een in dieselfde."

Oom Harry skud sy kop. "Nee, dit is nie moontlik nie."

"Ek wens dit was nie." Sy is seker Raphael is 'n dief, maar die besef dat hy dalk ook 'n moordenaar is, laat haar bloed koud hardloop. "Wat ook al gebeur, moenie uitlap dat jy weet nie, oukei?"

Oom Harry knik, al is hy nie oortuig nie. Dit moet 'n fout wees. Die ou op die tv is sy tweeling broer of iets. Wat word dit weer genoem?" Hy antwoord sy eie vraag. "'n Dubbelganger."

"Ek twyfel, oom Harry." Haar oom weet nie van die beursie nie, maar dit is nie nou die tyd om hom te vertel nie. Melinda Anne se beursie het nou selfs groter draagwydte. Wat ook al met klein Emily gebeur het, blyk net meer sinister te wees met die vermiste vrou se beursie aan boort.

Kat se hantering van die beursie mag dalk vingerafdrukke en ander kritiese bewyse vernietig het. Sy sal dit iewers veiliger as haar bedkassie se laai wegsteek en die polisie kontak.

"Ek wonder hoe dit voel om iemand wat presies soos jy lyk, raak te loop. Dit is soos om 'n identiese tweeling te hê of iets."

"Ek twyfel of dit die geval is, oom Harry."

"Daar moet 'n verduideliking wees." Oom Harry krap sy kaal kop. "Kan ons Raphael nie net vra nie?"

Jace staan vasgenael voor die tv-skerm soos hy ook tot die besef kom. Hy begin praat nes Raphael skielik agter hom te voorskyn kom.

"Wat vra?" Raphael is alleen. Sy mond oop in 'n glimlag, maar sy oë koud.

Kat se hart klop hard in haar bors.

"Um… is jy gereed om te trou?" Oom Harry glimlag. "Dink voor jy spring."

Raphael lag. "Natuurlik is ek reg. Ek tel die ure af. Ons het, om eerlik te wees, weer van plan verander en besluit om die seremonie vanoggend te hou. Kan jy dit doen, Harry?"

"Ek weet nie." 'n Lagie sweet breek op oom Harry se voorkop uit soos hy 'n kykie na Kat steel.

"Natuurlik kan hy." Kat hou haar stem informeel, wil nie die alarm laat afgaan nie. Hulle kan die troue nie verder uitstel sonder om hom agterdogtig te maak nie.

"Goed. Jy kan ons trou sodra Gia hier is. Ons sal Valdes reg na die troue besoek. Ons sal dit later vier wanneer ons terugkeer."

"Ek sal Gia gaan help," sê Kat.

"Nie nodig nie. Sy sal in 'n paar minute hier wees." Raphael se oë vernou toe hy na die televisie kyk. "Sit daai ding af."

Kat begin sweet. Raphael het ten minste 'n gedeelte van hulle gesprek gehoor. Het hy die nuus gesien? As hy iets vermoed, is julle in ernstige gevaar.

Maar Raphael se uitdrukking bly leeg.

Harry skakel die tv af en hulle spandeer die volgende paar oomblikke in 'n ongemaklike stilte. Gia kom oomblikke later op die dek aan in 'n kortbroek en 'n oorgrote mans-hemp. "Kom ons gaan."

Gia begin of 'n morsige trou tendens of Raphael het haar nie van die planverandering ingelig nie. Sy raai dit is die tweede een.

Jace sien dit ook raak. "Gaan jy in daai trou?"

Gia lug haar skouers op. "Geen tyd om te mors nie. Harry, is jy reg?"

"Wag, ek het iets onder vergeet." Kat beduie vir oom Harry. "Kan jy my met iets help?"

"Seker." Hy trek sy skouers op en volg haar na die trappe toe. "Ons gaan teen hierdie pas nêrens kom nie."

"Ontspan, oom Harry. Ons moet praat." Sy kyk na die sekuriteitskamera bo die trappe. Sy moet versigtig wees tot hulle veilig in die kajuit is.

Vyf minute later het sy haar oom van alles wat sy weet ingelig, insluitend die gesteelde seiljag en Anne Melinda se beursie. Genoeg bewyse van Raphael se swendelary om almal te oortuig. En genoeg om haar baie bekommerd vir Gia te maak. Sy kan nog nie waag om haar vriendin te vertel nie, aangesien enige glip aan Raphael gevaarlik vir hulle almal kan wees.

"Jy dink hy het sy vrou en kind vermoor?"

"Ek weet nie wat om te dink nie, oom Harry, maar oorweeg die feite. Hy beweer die gesteelde seiljag is syne en sê hy is 'n biljoenêr. Hy lyk óf presies dieselfde as Frank Bukowski, óf hy ís Frank. Aangesien hy Melinda Bukowski se beursie gehad het, sou ek sê hy is die regte ding. Met sy dogter dood..." Die erns van hulle situasie tref haar. Geld beteken niks as hulle lewens in gevaar is nie. "Ons is in groot moeilikheid. Ons is saam met 'n moordenaar op 'n boot."

Oom Harry sê wat sy nie kan nie. "Jy dink regtig hy is 'n moordenaar, Kat?" Daai arme dogtertjie. Hoe kan enige iemand dit doen?"

"Ek weet nie wat om te dink nie, anders as dat ons in groot gevaar is. Ons kan die ergste aanneem, maar vir die beste hoop." Sy kan egter nie op die laaste staatmaak nie.

Oom Harry vee die sweet van sy wenkbrou af. "Het ek pas by 'n krimineel belê?"

Kat knik. "Ek is bevrees jy het."

"Wat is die kans om my geld terug te kry?"

"Nie goed nie, maar dit is nog nie verby nie. Ons het nou groter probleme op hande. Ons kan nie ons vermoedens uitlaat nie, selfs mét bewyse. Ons kan nie Raphael agterdogtig maak tot ons veilig van die boot af is nie. As hy 'n idee het van wat ons weet, mag hy dalk iets desperaat doen." Of dodelik. Haar gedagtes jaag. Is Pete net 'n onskuldige bystander of is hy Raphael se medepligtige? Wat van die res van die bemanning? Die risiko om hulle te vertrou, is net te groot.

Oom Harry krap sy bleskop. "Ons moet steeds bewýs dit is dieselfde ou. Hoe doen ons dit?"

"Jy het identifikasie nodig om hulle te trou, reg? Vra hom daarvoor." Hy mag dalk niks hê nie, of wat ook al hy het, kan vervals wees. Dit is al waaraan sy kan dink.

Gia gaan nou met 'n koudbloedige moordenaar trou en Kat is magteloos om dit te keer.

26

Die huweliksbevestiging is 'n sombere affêre, ten minste vir Kat. As die situasie nie so ernstig was nie, sou die seremonie dalk komieklik gewees het. Gia lyk soos 'n rondloper in haar sakkerige t-hemp en kortbroek. Raphael se Gap-kortbroek en tenktop is nie eens na aan Italiaanse klere nie. "Fran, ek bedoel, Raphael..." Oom Harry se wange word rooi soos hy oor sy woorde struikel.

Raphael se mond val oop, maar hy herstel vinnig.

Kat het dit met oom Harry meegedeel as 'n laaste uitweg, met die hoop dat hy nie met die troue voort sou gaan nie. Haar oom is nie veel van 'n bluffer nie en hy voel duidelik in twee geskeer. Geen wonder nie, hy is op pad om Gia aan die einste man wat hom blind beroof het, te trou.

"Raphael en Gia, ons het vandag hier saamgekom..." Die woord haak en oom Harry maak sy keel skoon. "Jammer."

Hy moet die seremonie behartig of agterdog uitlok. Kat en Jace moet ook as getuies teken. Hulle het nie 'n keuse nie. Hulle is almal uiteindelik gevangenes op die boot. Terwyl hulle fisies kan gaan, kan Kat nie haar oog van die man afhaal wat hulle geld gesteel het nie.

Of twee onskuldige mense vermoor het nie.

Raphael gluur hom aan. "Ek dog jy doen hierdie vir 'n lewe?"

"Ek doen. Dit is net dat, ek so baie seremonies onlangs gedoen het, ek het julle met 'n ander paartjie verwar." Sy gesig word rooi. "Kom ons begin weer."

"Kry dit net verby." Raphael is die prikkelbaarste bruidegom wat Kat nog ooit gesien het. En die swakste aangetrek.

Gia kyk vreemd na oom Harry. "Wat van die papierwerk? Jy het nie enige name daar verwar nie?"

Oom Harry wyf haar weg. "Natuurlik nie. Raphael het die troulisensie vir my gewys. Beide julle name is daarop gedruk. Wat my herinner, ek moet identifikasie sien."

"Maar jy ken my vandat ek agt jaar oud is," protesteer Gia.

"Prosedure," sê oom Harry. "Ek moet die reëls volg. Identifikasie asseblief. Beide joune en Raphael sin."

"Hierdie is die mees drooggemaakte seremonie wat ek nóg gesien het," sê Raphael. "Hoekom het jy nie vroeër vir ons ID gevra nie?"

Harry antwoord nie.

Gia krap deur haar handsak en gooi haar bestuurslisensie op die tafel neer.

Raphael gee 'n Italiaanse paspoort en bestuurslisensie vir oom Harry aan. "Hoekom het jy my identifikasie nodig? Ek het dit reeds ingedien toe ek die troulisensie gaan kry het."

"Kruis net my *t*'s en sit kolletjies op my *i*'s. Kan ek weer die troulisensie sien?" Harry lek sy vinger en blaai deur sy huweliksbeampte boek.

"Het jy dit saam gebring?" Kat is verbaas dat haar oom sy boek ingepak het. Of enige iets, aangesien hy nie in die eerste plek op 'n uitstappie beplan het nie.

"Moet my werk reg doen."

Raphael sug en trek 'n koevert uit die gatsak van sy kortbroek en haal die troulisensie uit. Hy gee dit aan oom Harry. "Kan ons nou begin?"

Dit is 'n briljante gelukskoot. Oom Harry is nie juis nougeset nie, maar hy neem sy huweliksbeampte verpligtinge baie ernstig op. Elke minuut wat hy uitstel gee hulle tyd om te staak.

Oom Harry bestudeer Raphael se paspoort en bring die inligting daarin op 'n klein blou notaboekie aan. Na 'n ewigheid gee hy die dokument aan Raphael terug en herhaal die proses met sy Italiaanse bestuurslisensie.

Raphael sug. "Ons het nie heeldag nie."

"Wat maak dit saak, Raphael?" Gia vryf sy arm. "Dit is nie eens tien uur nie. Ons het al die tyd in die wêreld."

Aangesien Raphael en Gia reeds 'n troulisensie het, het hulle duidelik die troue voor die reis beplan. Die lisensie is vir drie maande geldig. Die troulisensie alleen beteken natuurlik nie dat die paartjie beplan het op die seremonie op de reis te hê nie.

Kat is teleurgesteld dat Gia, wat haar alles vertel, vergeet het om haar trouplanne tot nou te noem. Sy ken Gia nie as iemand wat geheime van haar hou nie, nietemin so 'n groot een nie. Aan die ander kant, het sy skaars tyd alleen saam met haar vriendin gehad vandat hulle op die boot geklim het. Raphael het daarvan seker gemaak.

Gia sit haar bestuurslisensie weer in haar handsak. "Gereed, Harry?"

Harry gooi 'n senuweeagtige kyk vir Kat.

Kat trek haar skouers op. Raphael het reeds die troulisensie, so niemand anders as Gia kan die troue keer nie. Asof dit gaan gebeur.

"Oukei, neem julle plekke in." Harry beduie vir Gia en Raphael om na hom te kyk voor die kroeg. Kat en Jace sit op kroegstoele en kyk hoe Raphael Gia se hand vat.

"Kom ons doen dit." Raphael trek Gia nader en die paartjie kyk vir Harry.

Die seremonie is in 'n oogwink vir Kat verby. Hoekom het Raphael nodig om met Gia te trou as hy reeds haar geld het? As 'n bedrog ondersoeker, kom sy gereeld met swendelaars in kontak. Hulle hang nie rond as hulle eers die geld het nie en binne 'n baie kort tydperk verdwyn hulle verewig. Hy het Gia duidelik geteiken, maar hy het ook Jace en oom Harry se geld as 'n bonus gekry.

Raphael is, op die minste, 'n seiljag dief wat Gia, Jace en Harry beroof het. Op die ergste, 'n moordenaar. Die beursie bewys dit nie, maar dit is baie inkriminerend. Die nuusstorie laat geen twyfel by haar oor dat hy regtig Frank Bukowski is nie. Sy moet die polisie kontak sonder om enige agterdogtigheid in Raphael uit te lok.

"Kat?"

"Hê?" Oom Harry roep haar na die kroeg waar 'n lêer lê.

"Teken hier, reg op die lyntjie." Oom Harry tik met sy voorvinger op die papier. "Nou is dit amptelik."

Sy kyk in sy oë om te sien of daar enige iets is wat sy kan doen. Daar is nie, so sy krap haar handtekening langs Jace sin. "Gedoen."

"Ons is dan wettig?" Raphael gee Harry 'n ligte vuishou op die skouer.

"Jip. Ek sal al die papierwerk inhandig as ons weer op die dorp is. Julle het pas getrou. Geluk!"

Jace trek twee bottels sjampanje agter die kroeg uit. "Kom ons vier." Hy vul vier glase.

"'n Heildronk op die gelukkige paartjie." Harry se stem is ongewoon plat. "Op lank en gelukkig saam wees."

Meer soos *gelukkig nooit daarna*. Die paartjie is nou getroud en sonder 'n huwelikskontrak, is alles nou gemeenskap van goedere. Gia se eiendom is ook Raphael sin. Wat ook al hy nie reeds van haar gekry het nie, is die helfte van nou syne.

"Bellissima, my vrou." Raphael lig 'n lok van Gia se hare en fluister in haar oor.

Gia verseël haar eie lot met 'n soen op Raphael se wang. Sy draai om na hulle te kyk. "Ek kan nie wag vir Costa Rica en die volgende hoofstuk in my lewe nie!"

Kat hoop net dit is nie die laaste hoofstuk nie. Sy het geen twyfel dat Maandag oggend uur-zero is nie. Raphael sal homself van Gia losmaak en verdwyn, haar geld saam neem.

Kat het minder as vier en twintig uur om 'n saak teen Raphael te bou en die geld terug te kry.

En haar vriendin se hart in die proses te breek.

27

Die beste planne kan somtyds skeef loop, en die De Courcy-eiland stap is niks minder nie. Direk na die seremonie, kondig Raphael aan dat hulle wel eiland toe gaan. Hulle gaan in stede na Valdes-eiland seil waar hulle vir die grot en verbindende tonnel gaan soek.

Die Valdes-eiland grot is nie juis die beste gehoude geheim nie. Die mond van die grot is reg op die strand, sigbaar vir almal in die hawe. Die ingang is ten minste tien voet wyd en selfs van dertig meter weg, sien Kat dat dit met graffiti bevlek is. Ter oordeel aan die leë bottels en rommel wat oral om die ingang gestrooi is, is dit ook populêr met plaaslike partytjiegangers.

Hulle sny oor die klipperige strand na die ingang. Pete en Jace loop voor met oom Harry en Gia naby agter hulle. Kat loop agter almal en hou Raphael met 'n valkoog dop. Sy is beide verbaas en senuweeagtig dat hy Pete saamgenooi het. Pete beweer om 'n los werker te wees, maar dalk is dit deel van Raphael se groter plan. Sy vertrou nou eenvoudig niemand nie. Sy kan dit nie bekostig nie, veral aangesien Raphael amper verseker 'n moordenaar is.

"Is jy seker hierdie is die plek?" Jace loop stadig om die ingang. "Dit lyk beswaarlik soos 'n geheim." Stompe omring die verswarte oorblyfsels van 'n vuur wat die sand 'n paar voet weg seer gemaak het.

"Die ingang is welbekend vir almal," sê Pete. "Plaaslikes hou partytjies hier, maar hulle gaan nie veel verder as die eerste kamer nie. Die dieper kamers is geblokkeer, maar daar is 'n geheime gang."

Kat dink nie sy kan nog 'n geheime gang hanteer nie, veral met Raphael wat naby sluip nie. Sy beduie aan Pete en Raphael. "Gaan julle twee voort. Ons sal volg."

Jace knik terwyl oom Harry buk om sy skoen vas te maak.

"Nes jy wil." Pete draai weg en stap in die rigting van die ingang. "Ons sal vir julle aan die buitekant van die tweede kamer wag."

"Waarvoor wag ons?" Gia sit haar hande op haar heupe. "Hoekom kans ons nie almal saam gaan nie?"

Kat het nie 'n antwoord nie.

"Vir veiligheidsredes moet ons nie almal saam gaan nie," Jace beduie na die sirkel hout. "Twee groepe is beter as een."

Kat vee gedroogde seewier van een stomp af en gaan sit. Harry, Gia, en Jace doen dieselfde.

"Wat is die groot probleem? Ek het gedink die grot is veilig," Gia draai na Jace toe. "Hoekom gaan Raphael voor jou in? Aangesien jy die soek en reddings kenner is."

Jace frons. "Hierdie is nie 'n soek en redding nie; dit is net logika. Niemand weet ons is hier om die grotte te verken nie. Al wat die bemanning weet is dat ons die eiland verken. As ons verdwaal en niemand weet van die geheime kamer nie, is ons almal in die moeilikheid."

"Ons sal hulle voor laat gaan," voeg Kat by. "Geen punt aan ons almal wat in hardloop en in die moeilikheid kom nie." Jace is 'n genie om aan die ongeluk invalshoek te dink.

Raphael se ywerigheid om die grot te verken laat haar gril, veral na haar vorige noue ontkoming. Sy gaan nie naby die grot met hom in die rondte nie.

"Oukei." Gia sug toe sy op 'n groot rots sit. "Ek wou nooit in die eerste plek die simpel grot verken het nie. Dit is die laaste ding wat ek op my troudag verwag het."

"Ten minste het jy 'n lekker wittebrood om na uit te sien," sê Harry.

"Gelukkige ek." Gia sug en staar in 'n rigting in.

"Om langs die weskus na Costa Rica te seil is baie beter as wat daai Brother XII vrouens ervaar het," sê Harry. "Daai ou het 'n klomp lewens verwoes. Meer as een vrou ook gekul."

"Jy het dit reg," sê Jace. "Hy het Mary Connally se geld gebruik om 400 akker regte hier op Valdes-eiland te koop. Hy het ook drie eilande in die De Courcy-groep gekoop. Om iemand te benadeel en boonop te beledig, het hy haar geld gebruik om 'n enjin vir die sleepboot te koop waarop hy uiteindelik ontsnap het.

"Dan was daar Myrtle. Sy het nie geslaag om te doen wat van 'n sogenaamde godin van vrugbaarheid verwag word nie; kinders baar. Myrtle was toe glad nie vrugbaar nie."

As Jace die ironie van sy storie besef het, is dit nie duidelik deur sy uitdrukking nie. Twee vrouens is deur 'n man gekul. 'n Eeu later, speel dieselfde storie met Gia en Raphael uit. Liefde is so blind.

Hulle sit vir 'n paar oomblikke stil. Niemand sê dit nie, maar Brother XII se storie het sy geur verloor met hulle eie gemors om te hanteer.

Pete en Raphael het nie terug gekeer nie en selfs Jace en oom Harry is onwillig om in hulle spore te volg. Raphael het 'n verandering in die lug aangevoel en sy reaksie op oom Harry se blaps gedurende die seremonie, bekommer Kat.

"Brother XII het verseker baie lewens vernietig," sê oom

Harry. "Lyk of hy min of meer almal met wie hy kontak gehad het, geruïneer het."

"Hy was nie die enigste een nie," sê Jace. "Sy derde minnares was nie 'n slagoffer soos die ander nie. Mabel Skottowe was ook as Madame Z bekend. Sy was meer soos 'n sadis en Brother XII was gelukkig om haar toe te laat om dinge te bestuur. Sy was 'n wrede opsigter en sy het mense met haar ossweep geslaan met die geringste aanleiding. Die volgelinge was nie veel meer as slawe op daardie punt nie. Hulle het skaars kos gekry en die vrouens was gedwing om 100-pond sake aartappels te dra. Hulle het elke dag van 2 vm. na 10 nm. gewerk."

"Hulle moes net geweier het," sê Harry.

"Onmoontlik," sê Jace. "Hy het gedreig om die mans en vrouens na aparte eilande te stuur. Wat sou jy doen?"

"Ek sal nie vir enige van daardie val nie," sê Gia. "Ek haat om dit te sê, maar dit is hulle verdiende loon omdat hulle so liggelowig was. Wie laat dit toe om so gefop te word?" Sy skud haar kop.

"Jy sal verbaas wees. Die slimste mense was gefop. Brother XII was blykbaar baie charismaties. Hy het op een of ander manier nog volgelinge bly kry en die geld het bly invloei, selfs na hy as 'n krimineel blootgelê is."

"Nie baie slim nie," sê Gia.

"Nee, maar party kriminele is baie oortuigend," sê Kat. "Ek kan my nie indink om iemand toe te laat om my só te behandel nie."

Jace gee haar 'n waarskuwende kyk toe Raphael en Pete uit die grot kom. Hulle lyk ongelukkig.

"Hoekom het hulle nie net saamgespan en ontsnap nie?" Gia skud haar kop. "Ek kan nie glo hulle het jare so weg geslaaf nie."

"Moenie die hele mistisisme invalshoek vergeet nie.

Behalwe dat hulle geen manier gehad het om van die eiland af te kom nie, het hulle werklik geglo dat hulle siele vernietig sal word. Buitendien, waarheen sou hulle gaan? Hulle het niks behalwe die klere op hulle rûe gehad nie." Kat loer na die twee mans, wie net buite die grot gestop het. Raphael beduie woedend vir Pete, wie net sy kop skud. Hulle is steeds buite hoorafstand.

"Dit is verbysterend hoe soveel mense deur een man beheer kan word. Hulle was totaal gebreinspoel. Iemand het sekerlik dinge op die ou end uitgepluis?" Harry steek na die verbrande hout met 'n stok.

"Nie tot dit te laat was nie." Jace skuif sy posisie op die stomp. "Hulle wou nie glo dat hulle gekul is nie. Hulle was almal slim, suksesvolle besigheidsmense, so om aan hulself te erken dat hulle in 'n swendelary ingesleep is, was moeilik. Hulle het skaam gekry."

"Hulle het nie die omvang van sy bedrog besef nie, selfs ná hy alles van waarde by hulle gevat het. Dit was nie totdat hy al die geboue aan die brand gesteek het en op die sleepboot verdwyn het, wat hulle aanvaar het wat gebeur het nie."

"Kon hulle hom nie vang en hom voor die gereg bring nie?" vra Gia.

Jace skud sy kop. "Hy het alles in kontant gekoop, onthou? Geen papierwerk nie. Daar was ook nie foto's van hom nie. Kameras was nie juis algemeen in daardie dae nie, maar hy was 'n welbekende persoon. Hy het kwaad geword as iemand sy foto wou neem. Dis jammer. Ek sou 'n foto vir my storie wou hê.

"Daar is wel 'n paar tekeninge van hom. Hy het 'n duiwelagtige bokbaardjie gehad, nie juis 'n modegier van die tyd nie. Hy lyk bietjie belaglik, soos 'n bose towenaar. Het waarskynlik soos 'n mistikus of iets probeer lyk."

"Daardie arme mense," sê Gia. "As hulle net 'n kristal bal

gehad het om in die toekoms in te sien, sou hulle nooit met daardie ou betrokke geraak het nie."

"Wat doen julle ouens hier?" Raphael se gesig is rooi. "Ons het binne vir julle gewag."

"Ek gaan nie in 'n donker grot in nie, Raphael." Gia se onderlip bewe asof sy op die drumpel van trane is. "Dit is nie my idee van 'n trou viering nie."

"Ons sal later vier." Sy stem het 'n harde toon in. Dit klink meer soos 'n opdrag.

Oom Harry staan. "Ek wil terug boot toe gaan. Ek is moeg."

Raphael kyk agter hom, maar Pete kyk weg.

Wat ook al tussen die twee mans plaasgevind het, was nie 'n ligte gesprek nie. Ter oordeel aan Pete se liggaamshouding is hy nie heeltemal in geselskap met Raphael nie. Hy blyk kwaad te wees dat hulle nie die grot binnegegaan het nie. Ongeag aan wie se kant Pete is, is hulle gelukkig nie in die minderheid nie.

Kat se maag doen 'n bolmakiesie toe Raphael aan Gia se regterkant gaan sit. Pete rus op 'n stomp verder weg.

"Brother XII het met al die goud weggekom." Oom Harry probeer die atmosfeer verlig. "Daardie dief het op die ou end gewen."

"Slim ou," Raphael soen die bokant van Gia se kop.

"Ek weet nie," sê Jace. "'n Slim man sou nie soveel mense kwaad gemaak het nie. Hy het 'n goeie ding gehad tot hebsug die beter van hom gekry het. Party mense beweer dat hy die goud agtergelaat het."

"Ek raai mense het daarvoor gesoek?" vra oom Harry.

"Ja, oral oor die eiland, insluitend die terrein waar sy huis was. Niemand het dit gevind nie, maar wel 'n nota wat onder 'n vloerplank versteek was."

. . .

"WAT HET DIT GESÊ?" vra Gia.

"Vir swape en verraaiers, niks."

Raphael is nie die enigste een met 'n gawe vir manipulasie nie.

28

Hulle loop terug rubberbootjie toe. Kat is angstig om terug boot toe te keer. Raphael se seiljag is die enigste plek waar sy veilig voel, en die ironie daarvan ontgaan haar nie. Om een of ander rede stel die kringtelevisiekameras haar gerus, maar dit is belaglik. As die kameras werklik gemonitor word, sou die gesteelde seiljag teen nou waarskynlik teruggekry wees.

"Julle ouens mis uit, sê Pete. "Julle kom eiland toe, maar gaan kyk nie eens na die geheime gang nie. Omtrent niemand is al binne gewees nie. Wie weet, dalk is die skatte daar begrawe."

Jace staan stil. "Ek dog jy het gesê die gang is geblokkeer."

"Dit is, maar ek weet hoe om in te kom. Daar is genoeg van ons hier om die rots uit die pas uit te kry. Ons sal egter almal se hulp nodig hê."

Jace trek sy skouers op. "Seker, ek is in."

"Ek ook," sê oom Harry.

"Eks uit." Gia kyk na Kat vir ondersteuning.

Kat knik. Sy blameer Gia nie 'n bietjie nie. Dit is reeds

laatmiddag en grotverkenning is nie juis op die aktiwiteitslys vir meeste nuwe bruide op hulle troudag nie. Het Gia uiteindelik Raphael se selfsugtige aard opgemerk?

Gia tik op haar horlosie. "Ons sal 'n uur wag, niks langer nie. Daarna keer ons terug na die boot toe."

Kat voel 'n vlaag hoop toe die ou Gia die meer afgewaterde een vervang. Die tyd alleen gee haar 'n kans om met Gia te redeneer, alhoewel sy huiwer om veel van haar bevindinge bloot te lê. Gia se lojaliteite is nog nie getoets nie en jy kan nooit seker wees wanneer liefde betrokke is nie. "Ons sal op die strand wag."

Die mans draai om en stap in 'n ry na die grot toe. Pete en Jace is naby in lengte en grootte, maar Pete is waarskynlik twintig pond ligter en aan die maer kant. Raphael is ten minste ses duim korter, maar oortref oom Harry in grootte en jeug.

Gia skop die sand. "Hoe kan hy van my verwag om alles agter te laat?"

'n Gelaaide vraag wat Kat nie van plan is om te antwoord nie.

"Ek is lief vir Raphael, maar ek vind 'n paar dinge van hom regtig irriterend. Soos hoe hy die besluite vir beide van ons maak. Ek het aanvanklik van die idee gehou van iemand wat die leiding neem, maar hy oorweeg die helfte van die tyd nie eens wat ek wil hê nie."

"Dalk moet jy meer gereeld protesteer."

"Ek is bang om dit te doen. Getroud of nie, hy mag dalk moeg vir my raak. Hy kan my net só vervang." Sy klik haar vingers.

"Jy is nie juis hulpeloos nie, Gia. Jy doen jouself ook nie 'n guns met daardie kommentaar nie. Dink jy regtig hy sal jou vervang?"

"Ek doen soort van. Aan die begin het sy hele wêreld om my gedraai, maar nou voel ek net soos 'n nagedagte." Haar onderlip bewe." Ons is net 'n paar uur getroud. Hoe sal dit oor 'n paar jaar wees?"

Raphael sal nooit so lank rondhang nie. Dit is Gia se redding, al weet sy dit nog nie. "Het jy nie daaraan gedink vóór jy met hom getou het nie?"

"Dit het alles so vinnig gebeur. Dit is soos 'n sprokiesverhaal of droom waarvan ek nie wou wakker word nie. En hy het gesê hy sal my salon in 'n kettingwinkel verander, tog nou maak ek my salon toe. Ons planne verander by die minuut. Wat sou jy doen as jy in my skoene was?"

"Ek sal nie gaan nie. Ek sal nooit my drome so maklik prysgee nie. Die regte persoon sal ook nie van jou verwag om dit te doen nie." Kat haal diep asem. "Daar is iets wat ek jou moet vertel, Gia. Daar is vreemde dinge op die boot aan die gang."

"Ek weet jy hou nie van hom nie, Kat. Kom ons los dit daar."

"Hierdie is anders. Ek kan jou nie vertel tensy jy belowe om dit nie met Raphael te bespreek nie. Jy kan ons almal se lewens in gevaar stel."

Gia giggel. "Moenie so dramaties wees nie. Ons is almal heeltemal veilig."

"Ek is ernstig. Het ek jou belofte?"

"Sekerlik."

"Raphael se seiljag word nie regtig *The Financier* genoem nie. Die regte naam is *Catalyst*. Dit is onlangs van 'n marina gesteel. Dit is 'n Amerikaanse boot, nie Italiaans nie, en ek kan dit bewys." Sy beskryf die naam wat oorgeverf is en die registrasierekords. "Ek kan jou die *Catalyst* beskrywing wys wanneer ons weer aan boord is. Die seiljag se buite- en binnekant is identies, tot op identiese oorspronklike olieverfskilderye."

"Daar moet 'n fout wees. Raphael het van Italië op die *The Financier* geseil."

"Raphael wat so sê, maak dit nie waar nie, Gia. My bewyse toon andersins." Gia sal Raphael amper verseker oor Melinda se beursie konfronteer, so Kat sê niks daaroor nie. Die seiljag is genoeg bewyse dat Raphael 'n leuenaar is.

Gia sug. "Werklike bewyse? Is jy seker?"

Kat knik. "Hy het dit óf gesteel, óf weet dit is gesteel. Daar is eenvoudig nie 'n ander verduideliking nie."

"Hy het vir my gejok." Gia spring op haar voete en maak pyl op die grot af. "Ek gaan daai bliksem doodmaak."

Kat jaag agter haar aan en gryp haar arm. "Gia, wag. Ons het 'n plan nodig. Jy kan niks sê of doen om weg te gee dat jy weet nie. Wees net normaal en ons sal uitpluis wat om volgende te doen."

"Weet Jace en Harry?"

"Ja, ek het hulle gesê. Ek weet nie wat dit alles beteken nie, maar ons moet versigtig wees. Hy mag dalk oor ander dinge jok. Kom ons gaan kry die mans en keer terug boot toe."

Hulle loop oor die strand na die grot toe. Gia se vertroue is die sleutel tot hulle veilige terugkeer. Tussen al die mismoed sien Kat uiteindelik 'n greintjie hoop.

29

Ten spyte van Kat se voorneme, is sy weer in 'n grot sonder 'n flitslig. Sy het weens hulle aan/af planne vergeet. "Jace?"

Haar stem eggo deur die grot, maar daar is geen antwoord nie.

"Hy is seker te diep in om jou te hoor," sê Gia.

Presies wat Kat gevrees het. Noudat Raphael beide Jace en oom Harry se fondse het, is hulle van min waarde vir hom. As potensiële slagoffers, is hulle eerder 'n las. Ongelukke kan in 'n grot gebeur en sonder getuies, is dit nie waarskynlik dat iemand hulle in 'n onbekende grot sal vind nie.

"Jace?" Sy skree sy naam. As die grot verkenning 'n voorwendsel was om Jace en Harry te skei, het hulle nie baie tyd nie. Sy loop vinniger terwyl haar oë by die donker aanpas.

"Bietjie koel hierbinne," Gia sit haar foon se flitslig aan. Die dowwe lig is 'n groot verbetering. "Ek dink ek hoor Raphael se stem."

Hulle loop by die gang af en 'n manstem word harder.

Hulle volg die geboë mure en Raphael verskyn omtrent 'n minuut later. Hy hou 'n klip in sy regterhand.

Kat maak asof sy nie agterkom nie, maar haar hart jaag. Daar is twee van hulle teen Raphael. Of teen Raphael en Pete, wat pas uit die skaduwees gekom het. Is die klip in Raphael se hand 'n soewenier of 'n wapen? As dit die tweede is, kan hy hulle ernstig beseer. Het hy hulle doelbewus van Jace en Harry geskei?

Gia draai na Raphael. "Hoekom het jy Kat nie geantwoord toe sy geroep het nie?"

Raphael ignoreer haar. Hy draai die klip in sy hand om, diep ingedagte.

"Waar is Jace en Harry?" Kat kyk in die grot rond, maar sien geen teken van hulle nie. Raphael staan in die middel van die gang en blok die pad vorentoe.

"Hulle het vooruit gegaan," Pete staan voor Raphael, net tien voet van Kat af. "Ons het hulle vir ten minste vyftien minute nie gesien nie."

Vyftien minute is 'n lang tyd. Ten spyte van die koel grot, breek 'n dun lagie sweet op haar voorkop uit. Nie Jace of Harry sal hulself vrywilliglik van Pete en Raphael afsonder nie. Jace sal nooit op sy eie in 'n onbekende grot afgaan nie. Hy sal ook binne die beloofde uur terug gekeer het. Iets is fout met Jace en oom Harry; sy weet dit net.

"Wat is die klip in jou hand, Raphael?" Gia gryp sy arm en probeer die klip uit sy hand uittrek.

"Los dit." Hy hou dit stywer vas en trek sy hand weg. "Ek versamel klippe."

"'n Klip versamelaar," sê Gia. "Ek het dit nie van jou geweet nie."

"Daar is baie wat jy nie weet nie." Raphael draai terug na die ingang toe. "Kom ons kom hier uit."

Gia se oë vergroot, maar sy sê niks nie.

"Wag 'n oomblik. Ons kan Jace en oom Harry nie net hier

los nie." Kat onthou haar vorige grot ervaring. Die mans kon 'n verkeerde draai gevat het. Hulle afwesigheid beteken hulle is verdwaal, beseer of nie daartoe in staat om hulle treë terug te spoor nie.

"Daar is net een manier uit. Dit is nie so moeilik nie," sê Raphael.

"Maar dit is 'n ondergrondse tonnel," protesteer Kat. "Daar is ten minste twee verskillende gange. Wat as daar meer kamers is? Hulle kan enige plek wees."

"Ek sal vir hulle gaan soek." Pete skyn sy flitslig voor hom soos hy sy spore in die teenoorgestelde rigting spoor. "Wag hier. Ek is in 'n paar minute terug."

Kat asem van verligting uit. Pete blyk samewerkend te wees. Selfs al het hy met Raphael saamgespan, ten minste is gevaar nie dreigend nie. Sy leun teen die koel muur en probeer om ontspanne te lyk.

Sy bestudeer Raphael. Die are op sy arm bol soos hy die klip in sy greep hou. Sy beweeg bietjie nader en is verontrus om 'n rooi verkleuring op die klip te sien. Die rooi vlek is nie net op die klip nie, maar op sy palm ook. Sy vang Gia se oog en knik na Raphael se hand.

Raphael is verbluf deur Pete se besluit, maar dit beteken nie noodwendig iets nie.

Vir die tweede keer in vier-en-twintig uur, is sy saam met 'n moordenaar in 'n grot. Op die een of ander manier sal dit die laaste keer wees.

30

Die rooi gevlekte klip blyk niks meer as 'n soewenier te wees nie, 'n argeologiese artefak.

"Jy behoort die klip terug te sit waar jy dit gevind het," sê Kat. Die klip se rooi merke blyk gemaak te wees deur dieselfde primitiewe verf wat sy op die klip altaar op De Courcy-eiland gesien het. Dit is verf, nie bloed nie en dit is waarskynlik duisende jare oud.

"Watter verskil maak dit? Niemand besoek hierdie simpel grot nie, so niemand gaan dit mis nie." Raphael se oë vernou. "Buitendien, ek hou nie van mense wat my voorsê nie. Ek sal doen wat ek wil."

"Dit is nie die punt nie. Hierdie is 'n historiese argeologiese terrein. Jy kan nie net dinge vat nie." Die Coast Salish kunswerk op die grot mure en rotse het onverstoord vir duisende jare bestaan. Raphael sal die klip waarskynlik nie eens hou nie, maar hy sien niks verkeerd met die terrein versteur nie.

"Ek kan, en ek sal. Dalk sal ek nog kry." Hy trek sy knipmes uit en steek dit in 'n skeur in die muur in. Hy krap aan die rots en fragmente val na die vloer toe. Hy trek die klip met sy hand weg en kry 'n tweede, kleiner klip. Nog 'n rotstekening verwoes.

Kat bly stil, bewus dat haar kommentaar net sy aksies aanspoor. Sy voel 'n bietjie satisfaksie dat Raphael sy humeur verloor het. Steeds, sy is verlig toe Pete uit die donker kom, gevolg deur Jace en oom Harry.

"Hoe het jy in die eerste plek van hierdie gang geweet?" vra Jace. "Jy hierrond groot geword?"

Pete knik. "My oupa was Edward Arthur Wilson, beter bekend as Brother XII."

Pete is omtrent vyftig of so, so dit is moontlik, dink Kat. Dit verduidelik ook sy plaaslike kennis.

Jace fluit. "Ek het geen idee gehad nie. Hoekom het jy dit nie vroeër genoem nie?"

Pete trek sy skouers op. "Ek wou nie 'n negatiewe draai op dinge sit nie."

Harry tik aan Pete se skouer. "Hy moes omtrent 'n persoon gewees het. Ek bedoel, om al daai mense te oortuig om hom te volg en als. Daar is twee kante aan elke storie, reg?"

"Ek sal nie weet nie, aangesien ek hom nooit ontmoet het nie. Hy het die nedersetting verlaat toe my ma net vyf was. Sy het ook nie haar pa baie goed geken nie. My ouma het egter ons baie stories vertel oor lewe in die nedersetting."

"Watter een is jou ouma? Mabel Skottowe?"

Pete skud sy kop. "My ouma se naam is Sarah. Sy was net een van vele vrouens wat hy misbruik het. Hy en my ouma was nooit getroud nie, wat baie skandalig in die tyd was. Sy is sonder geld en behoeftig gelaat soos die res van sy volgelinge. Hy was duidelik nie 'n baie goeie ou nie, maar hy was steeds my oupa."

"Ek begryp dit," sê Jace. "My storie is nie so gefokus op die persoonlike kant soos dit op die Aquarian Foundation en die gerugte versteekte skatte is nie. Mense is mal daaroor om goed soos dit te lees. Ek sal graag wil hoor wat ook al jy van hom weet."

"Daar is nie veel om te vertel wat nie reeds bekend is nie. My oupa het geglo dat hy die reïnkarnasie van die god Osiris was. Saam met 'n geïnkarneerde Isis sou hy die New World Teacher verwek wat die Aquarian Foundation in die nuwe era sou lei. My ouma was net een van vele vrouens wat vir sy belaglike storie geval het."

"Dit is 'n ongelooflike storie," sê Jace.

"Of hy dit regtig geglo het of nie, weet ek nie. Maar dit is wat hy vir almal vertel het."

"Dalk kan ons meer op die boot praat." Jace glimlag. "Hy moes regtig 'n karakter gewees het."

Pete trek sy skouers op. "Ek weet net wat my ma my vertel het. Waarskynlik nie waarvoor jy soek nie, aangesien ek hom nie persoonlik geken het nie."

"Steeds, ek raai dit is goeie storie," sê Jace. "Wat ek nie sou gee om daar te kon wees nie."

Kat lig haar wenkbroue vir Harry, maar bly stil.

"Waarskynlik beter om nie daar te wees nie." Pete skud sy kop. "My ma was op De Courcy gebore en het op die eiland gebly tot sy vyftien was. Sy is nou weg, maar sy het altyd stories vir my vertel van haar kinderdae. Sy het nie baie van die okkult onthou nie, maar as jy in 'n okkult groot word, is dit al wat jy ken. Vir haar was dit normaal. Daar was een ding waaroor sy altyd gepraat het. My ouma het twaalf ure 'n dag gewerk, met geen tyd vir my ma nie. Dit was moeilike, rugbrekende arbeid. My ma het gedink dit is 'n normale lewe tot sy die plek verlaat het. Maar selfs as 'n kind, het sy Madame Z verafsku."

"Wow," sê Kat. "Hoekom het jy nie vroeër enige van hierdie genoem nie?" Raphael weet waarskynlik van Pete se plaaslike verbintenis aangesien hy amper sekerlik sy rede vir die reis met Pete gedeel het, sy bemanningslid. Ten spyte van die relevansie, het Pete dit nie gister op die paadjie genoem nie.

"Ek wil nie my familie se geskiedenis in 'n koerant opgeskryf hê nie. Brother XII was nie juis eerlik nie, maar hy was my oupa. Dit het 'n lang tyd terug gebeur en daar is niemand behalwe ek nou oor nie. Steeds, ek wil nie die familienaam deur modder gesleep hê nie."

"Ek sal dit nie doen nie," sê Jace. "Ek sal alles eers vir jou wys. Baie mense sal gefassineerd wees met jou familiegeskiedenis. Die plaaslikes herken sekerlik jou naam."

"Hulle doen nie. Brother XII het sy naam 'n paar keer verander, maar almal wat hom onder ander name geken het, is lank reeds weg. Aangesien hy nooit met my ouma getrou het nie, het sy nie sy van gevat nie. Behalwe vir dit, was die lede van die okkult in elk geval nie plaaslikes nie. Mense het van reg oor die wêreld gekom en toe die okkult uiteengegaan het, het hulle almal gegaan. Die gelukkiges kon genoeg geld bymekaar maak om terug te gaan van waar ook al hulle gekom het.

"Almal behalwe my ma, dit is. Sy kon nie eens twee pennies bymekaarmaak nie, so sy het nie 'n ander keuse gehad as om te bly nie. Sy het as 'n bediende gewerk tot die dag wat sy op sestigjarige ouderdom, aan kanker ontkom het. Sy het nooit 'n ander plek geken nie."

"Hoe tragies," sê Gia. "Hoe het hy met almal se geld weggekom?"

"Hy het nie heeltemal weggekom nie," sê Jace. "'n Paar van die Aquarian lede het Brother XII hof toe gevat. Hy het al die kolonie se eiendom met die mense se geld gekoop, tog was al die eiendomme in sy naam. Hulle het daarin geslaag om die eiendomme van Brother XII se naam in hulle eie te kry, maar dit was te min, en te laat. Hy was lank reeds weg, waarskynlik met die geld wat hy weggesteek het. Mary

Connally het Valdes-eiland gekry, aangesien dit met haar geld gekoop is. Dit is natuurlik lank reeds onderverdeel en verkoop.”

“Ten minste is dit iets,” sê Gia. “Al maak dit nie op vir al die mishandeling wat hulle meegeleef het nie.”

“Niks kan dit reg maak nie,” sê Pete. “Dalk sal ek eendag alles wat ek weet vertel, maar daardie dag het nog nie gekom nie.”

Kat voel 'n gril by haar ruggraat afgaan toe sy besef Raphael staan nie meer langs Gia nie. Hy moes teruggekeer het na die grot se ingang toe. “Dit raak laat. Kom ons gaan boot toe en terug na die trou viering.” Die troue is die laaste ding in die wêreld werd om te vier, maar ten minste laat dit haar toe om Raphael onder oë te hou. Sy kan hom nie uit haar sig laat nie. Hulle toekoms hang daarvan af.

Dit is laat in die middag toe hulle uiteindelik na die *The Financier* terugkeer. Die rubberbootjie sny deur die glasagtige water en skadu's dans oor die boot se kielwater. Alles is stil op die water se oppervlakte, maar spanning bou aan boord.

Die inham is pragtig, die stilte net gebreek deur die gehuil van arende wat vir 'n maaltyd soek. Dalk het hulle Raphael se seiljag met 'n vissersboot misgis en hang rond vir van die buit. 'n Vissersboot van 'n ander aard, dink Kat. Geen net om sy slagoffers mee te vang nie, net 'n gladdebek swendelaar.

"Kyk hierna." Raphael gooi die geverfde klip in die see. Dit hop een keer voor dit in die donker water sink. Hy lag. "Moes meer gekry het."

Die argeologiese skat is verlore op die seevloer, waar dit sal bly, verewig nie ontdek en onbekend. Nog 'n stukkie geskiedenis versteek en vergeet.

Dit is al wat Kat kan doen om stil te bly. Daar is baie op die spel betrokke as sy Raphael antagoniseer. Sy moet haar stilte en selfbeheersing hou as sy wil lewe wanneer Raphael voor die gereg gebring word.

Hulle nader die seiljag. Sy stoot aan Jace en beduie na *The Financier* se letterwerk op die romp. In die helder sonlig is dit onmoontlik om enige letters onder die wit verf te sien, maar die verklikkende skewe *e* is so helder soos daglig.

Jace se uitdrukking is leeg soos hy die seiljag se naam bestudeer. Dit kontrasteer skerp met die buitekant van die seiljag se afwerking en die noukeurige handgemaakte binnekant. Een skewe letter maak nie 'n swendelaar nie, maar dit is 'n groot rooi vlag. Dit is altyd die kleinste besonderhede wat uiteindelik die misdaad ontbloot en hierdie een staar hulle reg in die gesig.

Gia volg Jace se blik en frons. Sy trek klein bietjie weg van Raphael af, wie nie blyk agter te kom nie.

Kat en Gia se oë ontmoet. Haar vriendin het 'n paniekerige uitdrukking. Dit sal nie lank wees voor haar emosies ontplof nie. Sy moet Gia alleen kry voor dit te laat is. "Kom ons trek vanaand mooi aan. Julle eenvoudige troue beteken nie ons kan nie 'n uitspattige partytjie hê nie." Sy staan en beduie aan haar vriendin om te volg.

"Dit klink soos pret." Gia se stem is merkwaardig plat toe sy aan boord van die seiljag gaan.

Selfs Raphael kom dit agter. "Ons sal vier nes jy wil, bellissima." Sy onheilspellende staar van 'n half-uur vroeër is deur laggery vervang, maar sy koue oë fokus steeds soos lasers op Kat. Hy probeer nie eens sy veragting wegsteek nie.

Tien minute later sit hulle by die buite kroeg met koeldranke en eetgoedjies terwyl hulle vir aandete wag. Kat en Gia beplan die res van die aand, maar dit is amper onmoontlik om gefokus te bly terwyl sy Raphael dophou vir enige teken van aksie.

Raphael staan op en gaan binne sonder 'n woord.

Kat kyk hoe hy gaan, wonder wat hy aanvang. Sy skielike

verandering in bui bekommer haar. Hy spog nie meer oor sy besigheid nie en toon geen belangstelling in die Brother XII misterie nie. Hy is 'n man wat sy uitgang beplan. Sy kyk vir Jace, wat 'n bekommerde uitdrukking het.

Oom Harry gryp die tv se afstandbeheerder en skakel oor na die nuus kanaal. 'n Kamera pan oor 'n bekende seeskap. Kat herken Active Pass van haar vele veerboot reise van Vancouver na Victoria. Die verslaggewer staan op 'n klipperige strand en beduie na die water agter hom.

"Melinda Bukowski se liggaam is deur strandkammers vroeër vanmore ontdek. Polisie lewer nie kommentaar anders as dat 'n volledige outopsie gedoen gaan word nie."

'n Rilling hardloop by Kat se ruggraat af. Die outopsie uitslae van die klein meisie is ook nog nie vrygestel nie. Sy het geen twyfel dat beide outopsies dieselfde uitslag gaan hê nie: moord. Ongeag van die uitslae, Raphael het verduidelikings om te gee vir die beursie en die boot. Het hy die beursie gevind en dit gehou, soos die klip van die grot? Hoogs onwaarskynlik.

Wat is die kans dat hy die beursie in sy besit het, tog onbetrokke by Melinda en Emily se afsterwe is. Die waarskynlikheid is baie klein. Saam met sy onheilspellende ooreenkoms met Frank Bukowski, is die waarskynlikheid niebestaande.

Sy sien beweging uit die hoek van haar oog. Asof hy haar gedagtes gelees het, keer Raphael terug na die kroeg toe. Hy staan deurstoke voor die televisie.

Sy kyk vinnig weg, wil nie sy agterdog uitlok nie. Haar gesig word rooi by die gedagte dat sy nou 'n dooie vrou se beursie het. Sy wens sy het dit gelos waar sy dit gevind het. Maar as sy het, sou sy onbewus van Raphael se donker geheim gebly het.

Net Jace weet van die beursie, maar Raphael het waarskynlik teen nou agter gekom dit is weg. Al was hy roekeloos om dit vroeër weg te steek, sal hy verseker nou daarvoor soek. Steeds, dit is te ver om aan te neem sý het dit gevind. Dan weer, dalk nie, as hy haar in sy kajuit dopgehou het. Wat ook al die geval, 'n familie naby is vermis en onder verdagte omstandighede en Raphael het 'n beursie gehad wat aan een van hulle behoort. 'n Toevalligheid wat verduideliking ontduik.

"Hartseer oor die klein dogtertjie," sê Jace. "En nou ook die ma."

"Tragies." Raphael is uitdrukkingloos. "Kom ons gaan binne. Dit raak bietjie koel buite." Sonder om vir 'n antwoord te wag skakel hy die televisie af en loop binne.

Kat kyk vlugtig na Gia, wil haar om te bly.

'n Rilling hardloop by Kat se ruggraat af. Raphael kan nie veel doen solank as wat hulle saamspan nie. Hy is in die minderheid, maar hy is ook desperaat en aangesien hulle saam met 'n dief en moordenaar aan boord van 'n gesteelde seiljag is, moet hulle eerder voorsorgmaatreëls tref. Die ergste geval sal nie van toepassing wees solank Raphael onbewus bly dat hulle sy geheime identiteit weet nie.

Die beste geval is dat Raphael eenvoudig sal weghardloop. Hy het reeds al hulle geld. Afhangende van die outopsie uitslae, het hy alle rede om te hardloop ongeag wat sy en die ander weet. Hy weet reeds wat die uitslae gaan wees.

Hy het ook alle rede om tot die dood toe te baklei.

Niemand volg Raphael binne nie.

Oom Harry druk die knoppie op die afstandbeheerder en skakel die tv weer aan en sit dit harder.

Kat vries soos sy na die skerm kyk. 'n Verslaggewer staan op die strand met die see agter hom. Die kamera pan oor die strand om 'n dosyn of meer polisie, kuswag en ander personeel, wat oor en weer tussen die pad langs die strand en die dek skarrel, waar die kuswag se boot geanker is. Twee geüniformde mans kom uit die boot met 'n draagbaar uit. Die verslaggewer se agtergrondstem beskryf hoe die liggaam op die strand uitgespoel het, maar gegee die ligging en vlak van ontbinding, word dit aangeneem om Melinda Bukowski te wees.

Raphael moet voor die gereg gebring word.

Ten enige koste.

Sy draai na Jace toe. "Ons het 'n plan nodig."

Hy knik "Daai een is verseker 'n vlugrisiko."

"Waaroor praat julle?" Gia se wenkbrou knoop saam en sy loer na die televisie. "Vertel my wat aangaan."

Kat wil haar nie vertel nie. Gia se reaksie kan alles weggee en dan sal Raphael, en hulle geld, verewig weg wees. Aan die ander kant, is die idee van haar vriendin wat saam met 'n moordenaar slaap, ondenkbaar. Raphael het alle rede om diegene wat hom kan ontbloot, verewig stil te maak.

Gia se gesig word rooi. "Julle gaan my óf dadelik vertel, óf ek gaan direk na Raphael toe. Ek het 'n reg om te weet, Kat. Wat ook al dit is."

Kat trek haar stoel nader. Gia is reg. Jace en oom Harry weet reeds, so dit is onregverdig om Gia in die donker te hou. Dit is 'n groot risiko, maar een wat Kat moet neem. "Onthou wat ek jou vertel het oor die seiljag wat gesteel is? Wel, daar is meer." Sy vertel Gia alles.

Dit gaan 'n baie lang aand wees.

32

Gia staan en stamp haar voet. "Hy het vir my gejok. Ek gaan hom doodmaak."

"Nee, wag." Kat gryp haar vriendin se arm. "Jy kan niks sê nie, Gia. Ons is reeds in gevaar." Sy beduie vir Gia om te sit.

"Jy kan nie ernstig wees nie. Dit is nie die Raphael wat ek ken nie."

"Dit is die punt, Gia. Die Raphael op wie jy verlief is, bestaan nie. Alles omtrent hom is een groot massiewe leuen." Sy herhaal die bewyse teen hom, van die gesteelde seiljag na die beursie. Haar vriendin moes dit twee keer hoor om dit in te neem. "Ons moet iets doen. Die beursie wat ek aan boord gevind het, behoort aan die vrou in die nuus."

Gia skud haar kop. "Daar moet 'n verduideliking wees. Kan ons Raphael nie direk vra nie? Selfs al is hy 'n dief, is hy nie 'n moordenaar nie."

"Nee. Ons weet nie wat die strekking van sy betrokkenheid is nie en hoe daardie beursie aan boord gekom het nie. Enige iets wat ons sê, kan ons seer maak. Op die minste gaan jy hom en jou geld nooit weer sien nie. Op die ergste, sal jy niks ooit weer sien nie. Ons sal almal dood wees."

Gia beweeg vorentoe en agtertoe in haar stoel, duidelik getraumatiseerd. "Jy dink my man is 'n moordenaar?"

"Ons weet dit nie vir seker nie, maar hy is op 'n manier betrokke. Hoekom anders het hy die beursie?"

Gia trek haar skouers op. "Hy het dit waarskynlik op die strand gevind, of iets."

"Dalk, dalk nie." Voeg Jace by. "Die Bukowski's het 'n vuur aan boord hulle boot gehad. Tog het die beursie nie vuur- of waterskade nie. Hoe waarskynlik is dit?"

"Kom ons neem die ergste aan en hoop vir die beste," sê oom Harry. "Ten minste oor die beursie. Wat die res betref, ons is op 'n gesteelde seiljag, so ons beter aanneem dat Raphael iets daarvan weet."

"Jy kan nie net aanneem..."

"Gia, sy hele verhaal oor van Italië af seil is 'n leuen," sê Kat. "Die boot is 'n maand gelewe in Washington State gesteel. Ek het reeds bewys dat Raphael daaroor gelieg het. Waaroor anders lieg hy?"

'n Traan hardloop by Gia se wang af. "Ek kan nie glo ek het pas met 'n leuenaar en dief getrou nie. Hoe kan ek so dom wees?" Sy lê haar gesig in haar hande en huil.

"Ek is jammer." Dalk was dit 'n fout om Gia te vertel. Raphael sal nou een keer vir haar kyk en weet hy is ontbloot.

Gia lig haar kop en gluur Kat aan. "Belangriker nog, hoekom het jy my nie gestop nie?"

Kat kon haar nie gekeer het nie, maak nie saak wat nie, maar Gia kan dit nie sien nie, so sy trek net haar skouers op. "Ek is regtig jammer, Gia. Ek moes meer gedoen het."

"Wat doen ons nou, Kat?" Oom Harry krap sy kop. "Ons is kop in een mus met 'n krimineel. Ons is op 'n gesteelde boot. Wat as ons óók gearresteer word?"

"Ons sal nie," sê Kat. "Ons is ook Raphael se slagoffers."

Oom Harry lyk terneergedruk. "O, ja. Hy het my geld. Dalk moet ons net van die boot af dros."

"Ons kan hom nie laat wegkom nie," sê Kat. "Hy het nie net ons geld nie, maar hy het ook 'n dooie vrou se beursie en geen onskuldige rede om dit te hê nie."

"Ek kan nie daarmee stry nie," sê Jace.

Kat leun vorentoe en praat sagter. "Ons moet die seiljag hier uit kry en die owerhede in kennis stel. Ons het 'n verskoning nodig om vroeër huis toe te keer."

"Soos 'n meganiese probleem of iets?" Vra oom Harry.

"Iets soos dit, maar ek sien nie hoe ons dit kan namaak nie." Sy kan steeds nie uitpluis of Pete deel van Raphael se planne is nie. "Dalk kan een van ons voorgee om siek te wees of iets. Dit moet erg genoeg wees vir ons om vroeër na die hawe terug te keer."

"Ek kan dit doen," sê Gia. "Regtig, ek is siek oor my geld. Gaan ek ooit weer iets daarvan sien?"

"As ons betyds terug kom, dalk." Kat is nie heeltemal oortuig nie. "Swendelaars beweeg normaalweg vinnig die geld buite bereik, maar daar is altyd hoop."

"Ten minste het ons hoop," eggo oom Harry.

Skramse hoop, maar skramse hoop is beter as niks. Kat is bang dit is reeds te laat. "Hier is wat ons gaan doen."

33

"Ons gaan nie vroeër terug nie." Raphael het geen intensie om ooit na Vancouver terug te keer nie. Dit is te gewaagd. Sy foto is oor die hele dorp deur die plaaslike nuus versprei en hy sal verseker geïdentifiseer word. Hy slaan aan sy baadjie sak. Alles wat hy nodig het, is daarin. Sy paspoort, geld en aanlyn bank wagwoorde. Tyd vir 'n nuwe begin.

Gia trek haar klere uit die kas en gooi dit in 'n sak in. "Ons moet terug gaan. Jy het die Costa Rica ding heeltemal te vinnig op my gegooi. Ek het net genoeg medikasie vir die naweek gebring. Ek kan nie gaan sonder nog medikasie nie."

"Jy kan enige iets daar kry, bellissima." Hy het haar nie enige medikasie sien neem nie en het ook geen idee waarvoor dit is nie. Hy gee regtig ook nie om nie.

"Nee, Raphael. Ek het net nog één dag se voorraad. Ek het genoeg nodig om die hele reis te hou, en 'n paar ekstra dae om seker te wees. Ons moet terug gaan." Gia vou haar arms om hom. "Dit sal nie lank vat nie."

Enige vertraging is te lank. "Ek sal jou medisyne na ons volgende hawe laat koerier. Probleem opgelos."

"Nee, Raphael. Buitendien, ek moet besigheid by die salon afhandel. Dit sal net 'n paar dae neem. Ons moet in elk geval terugseil om Kat, Jace en Harry af te laai." Sy druk haar wang teen sy bors. "Hi, wat is in jou sak."

"Niks nie. Los dit uit."

"Watter manier is dit om te praat?" Gia tree terug en kyk hom in sy oë. "Jy steek iets weg."

"Ek steek niks weg nie."

Gia se hand is egter reeds in sy sak. Sy haal die koevert uit voor hy haar kan keer.

Sy hart jaag toe sy die koevert oopmaak. Dit het drie paspoorte, vlugkaartjies en genoeg kontant in om hom onder die radar vir 'n paar maande te hou.

Sy trek die vlugkaartjies uit en bestudeer hulle. "Wat is al hierdie? Haai, wie is Frank Buk—"

"Gee dit vir my." Hy gryp die koevert uit haar hand uit en druk dit terug in sy sak in.

"Laat ek dit sien." Gia trek weer die koevert uit sy sak uit. Sy hardloop oor die bed en gooi die inhoud op die damask bedsprei uit.

Sy hart sink toe sy 'n paspoort gryp en dit oopmaak.

"Hoekom het jy hierdie?"

"Gee dit hier, Gia." Sy vervalste paspoort is in die koevert saam met die regte een. Hy het geen keuse gehad as om sy regte identiteit te hou nie aangesien die Costa Ricaanse bankrekeninge in sy regte naam is. Hy het die geld nog nie na die rekening in sy nuwe naam oorgeplaas nie.

Sy ignoreer hom.

Hy moes vroeër die land verlaat het, maar hy het nie verwag om so groot met Gia en haar vriende te wen nie. Hy het nou genoeg geld om 'n gemaklike lewe in Costa Rica te lewe. Hy hoef nie nog 'n dag in sy lewe te werk nie. As hy eers veilig daar is, sal hy buite bereik en onaantasbaar wees.

"Wie de hel is Frank Bukowski?"

As sy nie reeds weet nie, sal sy gou. Sy naam is oral oor die nuus versprei, met die ontdekking van Melissa se liggaam. Hy moet uitkom terwyl hy nog kan.

"Raphael? Antwoord my."

Hy het twee ander paspoorte. Een onder Raphael en 'n ander onder 'n Spaanse naam. Hy moes sy regte paspoort weggegooi het, maar het bekommer dat hy dit nodig gaan hê, al het hy beplan om die vervalstes te gebruik. Hy sal Costa Rica deur 'n klein seehawe binnekom. Daar sal sy paspoort net visueel bekyk word, nie elektronies geskandeer word nie. Sy vervalste identifikasie sal maklik 'n noukeurige ondersoek deurmaak, tensy iemand hom herken. So lank as wat hy nie verdag optree nie, is hy vry.

"Ek gaan dit hou." Gia hou haar arm hoog op. "Ten minste tot jy my vertel wie Frank Bukowski is, en wat jy met sy vlugkaartjie en paspoort doen."

Raphael asem uit. "Lang storie vir 'n ander dag." Hy skarrel om 'n storie op te maak. Ten minste het Gia nie die paspoort oopgemaak om sy foto te sien nie, so sy het minstens nie die verbintenis gesien nie. Sy het blykbaar ook nie die televisie dekking gesien nie. Sy een redding, maar daai een sal nie lank hou nie. Solank as wat hy kalm bly, sal niemand agterdogtig raak nie.

"Nee, Raphael. Ons is vennote en nou is ons ook getroud. Jy kan nie dinge van my wegsteek nie."

"Dit is nie wat jy dink nie, bellissima." Hy steek sy arm na haar toe uit, maar sy slaan dit weg.

"Moenie vir my lieg nie." Trane stroom by haar wange af soos sy die kaartjies bestudeer. "Twee vlugkaartjies na Brasilië? Waaroor gaan al hierdie?"

"Ek weet nie waarvan jy praat nie. Ek het nie oor enige iets vir jou gelieg nie. Hoekom sal ek vir my vrou lieg?"

"Jy het nie my vraag beantwoord nie." Gia hou 'n kaartjie

op en bestudeer dit. "Soos Maria en wie weet wie nog. Jy is ontrou aan my."

Raphael lag, verlig dat Gia nie die waarheid geraai het nie. "Jy weet ek sal jou nooit verkul of vir jou jok nie, bellissima."

"Ek weet niks van die aard nie. Jy is nóú besig om te jok." Gia haal haar ring af en gooi dit op die bed neer. "Jy sal my nie eens die waarheid vertel nie."

"Net omdat ek nie my verrassing vir jou wil weggee nie." Sy kop jaag om 'n verskoning uit te dink. Hy het toegelaat dat hebsug die beter van hom kry. Steeds, die reis was baie meer winsgewend as wat hy antisipeer het, aangesien hy beleggings van meer as een persoon aan boord het. Sy geluk het amper uitgehardloop. Hy beter hardloop terwyl hy nog kan.

Gia stop wat ook al sy wou sê en vee 'n traan uit haar oog uit. "Watter verrassing?"

"Die kaartjies is vir my neef, Frank en sy vrou. Ek het hulle gekoop sodat hulle kan invlieg en jou ontmoet. Nou het ek jou verassing weggegee."

"Ek verstaan nie. Hulle bly in Italië, nie Kanada nie." Gia se voorkop kreukel. "Hoekom het jy hulle vlugkaartjies?"

"Die kaartjies is net afskrifte omdat ek vir hulle betaal het. My neef het reeds hulle kaartjies." Dit is vergesog, maar Gia glo amper alles wat hy sê.

"Maar hierdie kaartjies sê Vancouver na Rio de Janeiro. Ons gaan Costa Rica toe. Hoe kan ek enige iets glo wat jy sê as jy ander dinge vir my bly vertel?"

"Ek het die kaartjies bespreek voor die Costa Rica vergadering gereël is." Gia moes deur sy sakke gegaan het, wat beteken sy vermoed iets. Hy tik aan sy voorkop. "Ek het heeltemal van hulle vergeet. Ek sal hulle kaartjies moet verander."

Gia staar uitdrukkingloos.

"Ek wil hê jy moet hulle ontmoet, maar aangesien ons

nie vir 'n paar maande in Italië gaan wees nie, het ek gedink hierdie is die antwoord." Hy flits wat hy hoop 'n gedwee glimlag is. "Hulle wil jou so graag ontmoet."

"Hulle wil?" Gia vee aan haar traan-bevlekte wange.

"Ek kan nie ophou oor jou praat nie, so natuurlik is hulle nuuskierig." Raphael hou sy arms oop. "Nou, kom hier."

Gia snel na sy arms toe. "O, Raphael, ek is so jammer. Hoe kon ek jou nie vertrou het nie?" Sy bêre haar gesig in sy bors. "Ek voel baie sleg."

"Nee, ek is die een wat jammer moet wees. Ek besef nou hoe dit gelyk het." Hy is só goed met hierdie improvisering nonsens dat hy homsélf beïndruk. "Ek sal dinge beter deurdink volgende keer, maar dit is net deel van die verrassing."

"Daar is meer?" Die hoeke van Gia se mond draai in 'n glimlag op. "Ek het nooit werklik in jou getwyfel nie, maar ek kon nie uitpluis wie hierdie mense is nie. Ek het seker tot gevolgtrekkings gespring."

Gia is so liggelowig en glo sy leuen. Dit koop hom bietjie tyd, maar dit is duidelik dat hy die pad vinniger as later moet vat. Daai Brother XII ou het dit reg gedoen. Hy het gevat wat hy kon en het geweet wanneer om uit te kom. Die maklike geld is nie meer so maklik nie.

"Net een ding, bellissima. Ons vol skedule beteken ons kan glad nie na Vancouver terugkeer nie."

"Maar wat van die ander? Ons moet hulle terug vat."

"Ons sal hulle môre oggend in Friday-hawe aflaai. Ek sal vir 'n vlug terug van daar af na Vancouver reël." Hy het geen intensie om terug te keer na die hawe waar hy die seiljag gesteel het nie, maar Gia hoef dit nie te weet nie.

"Maar Raphael, my medisyne onthou? Ek het dit nodig. Dit vat net 'n paar uur om terug in Vancouver te kom. Ons kan altyd vroeër gaan."

Hy skud sy kop. "My persoonlike dokter sal alles reël. Jou medikasie sal by die boot afgelewer word wanneer ons in

Friday-hawe dok." Hy slaan haar plomp boud saggies. Gia se vet maak haar waarskynlik meer dryfkragtig as wat Melinda was. Hy sal genoeg gewigte moet gebruik om haar te laat sink. "Skryf net neer wat jy nodig het en ek sal hom stuur."

"Maar Vancouver is net 'n ompad. Ek verstaan nie hoekom ons nie kan..."

"Ontspan, bellissima. Alles is voor gesorg." 'n Paar uur van nou is sy probleme verewig opgelos.

34

Gia soek deur Raphael se kas terwyl Kat by die deur wagstaan.

Kat bestudeer haar vriendin. "Jy het regtig goed gedoen met daardie paspoorte. Is jy seker jy het niks weggegee nie?"

"Ek dink regtig nie hy het dit gedoen nie, Kat. Selfs al is hy Frank Bukowski, hy is nie 'n moordenaar nie. Hy kan nie wees nie." Gia bly stil, haar hand in haar sak terwyl sy deur Raphael se klere soek.

"Die feite lieg nie. Normale mense het nie menigvuldige identiteite nie. Ek het altyd gedink sy naam is opgemaak. Nou het ons bewyse." Raphael Amore klink soos die naam van 'n kaal bolyf held in 'n hempskeur liefdesroman.

"Wat is fout met Raphael Amore? Dit klink so romanties. Gia Amore is soveel beter as Camiletti. En ek wil nie aanhou om hierdie te doen nie." Protesteer Gia. "Elke nuwe ontdekking onderdruk my meer."

"Beter die duiwel wat jy ken as die een wat jy nie ken nie." Kat blameer Gia glad nie. 'n Warrelwind romanse, troue en verraad alles in 'n paar weke. Dit is die goed waarvan slegte flieks gemaak word. "As jy klaar is met die klere, kyk in sy skoene, veral onder die binnesole."

"Sy binnesole? Wat kan hy moontlik daar wegsteek?"

Kat sjoes Gia terug in die rigting van die kas. "Ek sal die res van die laaie klaarmaak. Dan kyk ons onder die mat."

"Jy het hierdie al van tevore gedoen. Van wanneer af krap bedrog ondersoekers deur mense se klere?"

"Alles in een dag se werk." Hulle het nie tyd om te mors nie. Raphael kan enige oomblik instap en hulle in die daad betrap.

"Ek het jou altyd verbeel as sakrekenaarknoppies druk," sê Gia. "As my lewe nie besig was om vernietig te word nie, sou ek hierdie selfs 'n bietjie prettig gevind het."

Kat sal eerder self deur alles soek om Gia die pyn te spaar, maar daar is nie genoeg tyd nie. Gia is nie die mees nougesette persoon nie, maar sy is heeltemal gefokus op die taak.

Kat se enigste beswaar is Gia se geweifel oor Raphael. Hy het steeds mag oor haar en speel op haar emosies. Sy wens so desperaat vir sy weergawe van die waarheid dat sy 'n paar baie opmerklike leuens en bewyse, wat reg voor haar neus was, misgekyk het. Sy werk egter saam wanneer Raphael buite sig is, al doen sy dit teensinnig.

Die luuksekajuit-ondersoek is nie net om Raphael te inkrimineer nie. Sy moet seker maak daar is geen versteekte wapens in die kajuit nie. Kat hoop ook om ander ernstige bewyse teen Raphael te vind. As dit materialiseer, kan sy Gia vir eens en vir altyd oortuig dat Raphael 'n swendelaar is. Kat hoop ook om bankrekords te vind om die geld terug te kry, maar daar is nie 'n groot kans daarop nie. In die ergste geval is die geld reeds weg, maar die bankrekords bewys steeds die misdaad.

Hulle soektog het nog niks opgelewer nie. "Jy is in

ontkenning, Gia. Hy het reeds jou geld, wat van jou lewe? Ons is almal in gevaar tot ons van hierdie seiljag afkom."

"Ons kan net met die rubberbootjie vlug. Probleem opgelos."

"Dit gaan nie net oor ons nie. Om weg te hardloop bring hom nie voor die gereg nie."

"Dit is nie vir ons om te besluit nie." Gia snuffel.

"As dit nie óns is nie, wie dan? Dink aan die klein dogtertjie. Hy het sy eie dogter vermoor. Nie te praat van sy vrou nie. Hoekom sal jý anders wees?" So lank as wat Gia twyfel en saam met Raphael bly, staar sy amper sekerlik dood in die gesig. "Ons kan hom nie laat wegkom nie."

"Hy sal nie. Ek glo steeds nie hy is 'n moordenaar nie. Daar moet 'n logiese verduideliking vir alles wees. Dalk is hy nie regtig Raphael nie, maar wie ook al hy is, ek is steeds lief vir hom, Kat. Ek weet dit is simpel, maar ek kan dit nie help nie." Gia se stem breek toe sy die paspoort aan Kat oorhandig. "Selfs met dié."

Kat se mond val oop. "Jy het gesê hy het hierdie by jou teruggevat."

"Hy het, maar ek het dit weer uitgevis toe hy afgelei is. Hy was so gefokus om dinge met my op te maak dat hy nie eens my hand in sy sak opgemerk het nie."

"Gia, jy is 'n genie. Waar het jy geleer om te sakrol?"

"Kom ons sê maar net ek is 'n vrou van vele talente." Sy sug. "Ek wens soort van ek het dit nie gegryp nie. Diep in my hart weet ek jy is reg, maar ek wil nie my drome verpletter hê nie, nie méér as wat dit reeds is nie. Daar is waarskynlik meer as een persoon met die naam Frank Bukowski."

"Beter om daarvan te weet as nie. Jy kan jouself ten minste beskerm." Kat maak die paspoort oop op die foto bladsy. Raphael se gesig staar terug op Frank Bukowski se paspoort. "Jy kan nie steeds twyfel nie, Gia."

Gia skud haar kop. "Ek weet hy is 'n swendelaar. Maar ek

hoop dat die swendelaar Raphael lief is vir my. Dalk is hierdie sy tweeling of iets. Hy het gesê Frank is sy neef..."

"Niks aan hom is werklik nie, Gia. Jy het verlief geraak op 'n persoon wat nie bestaan nie." Sy beduie na Frank se paspoort foto. "Sien jy daai kroontjie? In sy hare is dit presies dieselfde. Wat van die geboortemerk? Dit is identies aan syne."

"Waarskynlik nie." Gia se skouers sak. "Ek ken hom seker glad nie. Hoe kon ek so dóm gewees het?"

"Jy is nie dom nie. Jy was slim genoeg om sy paspoort te kry en jy het ook die regte een gekies. Dit was geniaal. Nou dat ons weet hy is 'n swendelaar, weet ons wat om te doen. Hy kan nie wegkom nie."

"Hy kan steeds, aangesien ek net een paspoort gevat het. As ek die ander gevat het, sou hy verseker geweet het."

"Dit mag dalk 'n paspoort vir Raphael Amore wees." Meeste swendelaars gaan nie so ver as om 'n vervalste paspoort te kry nie, al kan jy maklik een koop as jy die regte mense ken. Maar meeste swendelaars is nie koudbloedige moordenaars nie.

Gia se onderlip bewe soos sy stadig op die bed gaan sit. "Hoe het ek vir hom geval? Ek voel soos 'n mislukking. Ek het my salon verband en daai niksnut al my spaargeld gegee. Hoe gaan ek ooit herstel?" Sy slaan die matras met haar vuis.

"Ons sal 'n manier vind," Kat twyfel in haar woorde met elke nuwe stukkie inligting wat bykom. Raphael, of Frank, blyk 'n koudbloedige moordenaar te wees met 'n deurdinkte plan. 'n Plan waarvan hulle nou almal deel is.

Gia staan en loop rond. "Ek gaan hom nie hiermee laat wegkom nie."

Gia se begeerte vir wraak sou vroeër handig te pas gekom het. Nou kan haar vendetta hulle veiligheid in die gedrang stel. Terugskouend is hulle gelukkig om nie voor nou van Raphael se ware identiteit te weet nie. "As ons hom konfronteer, sal hy ons ook doodmaak."

"Ek wil ten minste my geld terug hê. Is daar enige hoop daarop?"

"Dalk." Kat twyfel ernstig daaroor. "Hoeveel presies het jy verloor?"

"Genoeg dat ek sal werk tot ek tagtig is, net om dit terug te betaal."

"Ek sal iets uitpluis." Kat sug. Hulle het reeds twintig minute in die kajuit spandeer. Jace hou Raphael besig met vrae, maar dit sal nie lank hou nie. "Ons moet dek toe gaan. Raphael gaan wonder wat ons aanvang."

"Hy dink ons soek klere."

"Ons doen."

"My klere, nie syne nie." Gia sug. "Kan jy nie net in sy rekening inbreek of iets nie?"

"Ons het nie genoeg tyd daarvoor nie. Selfs al het ons, ek twyfel of die geld in 'n bankrekening met sy regte naam sit." Kat bly 'n oomblik stil. "Ons sal die polisie toelaat om daaroor te bekommer, maar ons moet eers enige manier van wegkom verwyder." As hulle seker is hy het geen toegang tot wapens nie, kan hulle hom aan boord toesluit.

Gia grimas. "Ek kan nie glo ek het met daai poephol getrou nie. Ek is so dom om alles te geglo het."

"Jy is nie alleen nie, Gia. Dit kan met enige iemand gebeur." Kat kyk op haar horlosie. "Kom ons maak die soektog klaar." Sy draai na die skryftafellaaie toe. Sy is op die derde laai toe sy iets aan die agterkant ingedruk voel. Sy trek daaraan en word met 'n karton boksie beloon, so groot soos 'n pakkie sigarette. Sy maak dit oop en kan nie glo wat sy sien nie. "Gia, kyk hierna."

Gia val amper agteroor. Die boks het ses diamantringe in, almal identies. Sy kyk na haar hand en dan terug na die boks. "Hulle is presies soos my verloofring. Hoekom het hy al hierdie ringe?"

Kat lig haar wenkbroue. "Ek is seker jy het 'n paar idees." Die diamant en platinum ringe is asemrowend, elk met 'n twee-karaat solitêr diamant. 'n Gevoude papier is aan die onderkant van die boks ingedruk. Die strokie is vir sewe silwer kunsdiamant ringe van 'n maatskappy in Hong Kong. Sy sit die papier in die boks terug. Gia se hart is reeds gebreek, nie nodig om haar selfs slegter te laat voel nie.

Gia se nagemaakte verloofring is genoeg bewys. Raphael is net soos al die ander slymbal swendelaars wat sy in haar bedrog ondersoeking besigheid sien. Sy kan hulle van 'n myl weg sien met hulle spoggerige karre, ontwerper klere en uitspattige geskenke. Altyd met iemand anders se geld gekoop.

"Jy bedoel hy het my van die begin af geteiken?" Gia snik. "My hele warrelwind romanse was voorafbeplan?"

Kat knik. "Ek weet nie hóé hy jou gevind het nie, maar ek weet hoekom. Jou spaargeld, jou suksesvolle besigheid."

"Het hy my agtervolg? Daardie bliksem!" Gia se stem word harder en sy begin huil. "Ek beteken seker niks vir hom nie."

"Gia, praat sagter. Ons wil nie hê hy moet hier inloop nie."

Gia is uiteindelik oortuig. Dit is goed, want 'n verongelykte Gia met 'n vendetta is 'n kragtige geheime wapen wat sy nie op haar grootste vyande toewens nie.

Gia vee haar trane op haar mou af en haar uitdrukking verhelder. "Ons kan ten minste van die geld met hierdie ringe terug kry." Gia kyk hoopvol na Kat.

Stilte.

"Selfs die ringe is nie eg nie?"

Kat knik.

"Hy is nie lief vir my nie, nè? Hy hou waarskynlik nie

eens van my nie." 'n Enkele traan rol by Gia se wang af. "Ek is net een van vele vrouens, nie waar nie?"

"Ek is bevrees so. Ons moet hom keer." Die gesteelde geld is die minste van haar bekommernisse. Raphael, of Frank, het reeds die mees afskuwelike van alle misdade gepleeg deur sy vrou en dogter te vermoor. Sy nuutste vrou is ongetwyfeld sy volgende slagoffer.

"Hoe kan ek hierdie vir myself hou?" Gia stamp haar voet. "Ek wil hom doodmaak."

Kat maak met die laaie klaar en keer haar aandag na 'n hoek van die mat wat weggetrek is van die vloerlys. Sy trek dit stadig terug, wonder of Raphael dit as 'n wegsteekplek vir dokumente of, moontlik, geld gebruik. "Jy moet jouself bymekaar hou, Gia. Selfs al moet jy die ure tel. Sê nóú iets, en hy gaan met sy misdade wegkom, ek verseker jou." Hy sal ook méér pleeg.

"Waarmee wegkom?" Raphael staan in die deur, arms gekruis.

Kat spring op haar voete en sidder. Sy het nie die deur hoor oopgaan nie.

"J-jy is reeds terug?" Gia stotter toe sy omskiet om Raphael te sien. "Ek dog jy is bo." Sy laat 'n senuweeagtige giggel uit. "Ons praat net oor..."

"Hoe party mense netjies is en ander nie." Maak Kat die sin klaar. "Byvoorbeeld, ek en Jace. Hy is so netjies soos 'n naald, en ek is deurmekaar. Hy tel altyd agter my op."

Raphael onderbreek haar. "Hoekom lig jy die mat op? Het jy iets verloor?"

"Kat help my net vir my oorbel soek."

Kat se hart klop so hard haar hemp lig bietjie met elke klop. Sy is dankbaar vir Gia se vinnig opgemaakte verskoning. Een hand is steeds op die mat wat sy opgetrek het. Sy vries, bang dat enige beweging haar handelinge sal blootlê.

Raphael loop oor en bestudeer Gia se ore. "Ek sien beide oorbelle. Jy dra hulle."

Op heterdaad betrap. 'n Dun lagie sweet breek op Kat se bolip uit.

Gia druk 'n vinger in sy bors in. "Nie die oorbelle wat ek drá nie, simpel. Die ander."

"Watter?"

"My smarag en diamant knop oorbelle. Ek het hulle vir Kat gewys toe ek een laat val het. Ek moet dit vind." Gia trek 'n boks uit haar handsak uit en skiet een oorbel steels met haar nael weg. Dit val onder haar handsak in.

"Ek haat dit om goed te verloor." Raphael streel Gia se ken. "Ek sal julle los om terug te kom na dit toe. Moet net nie te lank vat nie. Ek het 'n verrassing op die dek vir jou."

Kat sidder onwillekeurig.

"Ons sal in 'n paar minute opgaan." Gia soen hom op die wang. "Terug na die soektog."

"Nes jy verkies." Raphael stap deur toe.

Kat wag tot Raphael se voetstappe by die gang af verdwyn. "Baie oortuigend."

"Dankie." Gia glimlag soos sy haar handsak uithou. "Ernstig, ek moet daai oorbel aan die onderkant van my handsak vind voor ons verder soek."

"Sekerlik."

Gia gooi haar handsak se inhoud op die bed uit en sif een vir een deur die items.

"Ek het dit gevind." Gia vis die oorbel uit en hou dit vir Kat uit. "Nou wat?"

Kat hou haar voorvinger op haar lip. "Gaan deur sy goed in die badkamer. Sien wat jy vind."

"Soos wat? Nog 'n paspoort?"

"Jy weet nooit nie. Dalk vind jy kontant, of tjeks of iets. Moenie vergeet dat hy goed vir jou wegsteek terwyl jy 'n kamer met hom deel nie. Die badkamer is die perfekte plek. Kyk waar jy nooit sal dink om te kyk nie."

"Wel, as hy dit van my af wegsteek, hoekom dit hier wegsteek?"

"As hy dit nodig het kan hy dit vinnig kry. Hy kan nie dinge in die gemeenskaplike plekke soos die kombuis los nie..."

Gia korrigeer haar. "Sloep, nie kombuis nie. Ek gaan dit so mis om 'n seiljag te hê. Hoekom kan dinge nie met hom uitwerk nie?"

"Hy is 'n dief, onthou? Sal jy eerder saam met hom trok toe wil gaan, Gia?"

Gia skud haar kop. "Ek wil net my geld terug hê. Ek moes in die eerste plek vir jou geluister het. Al was dit pret."

"Dit is alles 'n illusie, Gia. Ek raai hierdie seiljag kos 'n fortuin in brandstof. Waar kom die geld vir petrol vandaan?"

"Dink jy hy spandeer my geld?" Gia se mond val oop.

"Ek dink nie, ek weet. Hoe vinniger ons dit beëindig, hoe groter is die kans dat ons kan terugkry wat oor is."

"Goeie punt." Gia se skouers sak toe sy in die badkamer in verdwyn.

Mans steek dikwels dinge in 'n kelder of motorhuis weg, maar daar is nie een op die seiljag nie. Sy wegsteekplek op die boot is waarskynlik iewers waar hy toegang kan beheer en sy items vinnig terug kan kry. Gedeelde areas kan bekom word deur bemanning en gaste, so sy kajuit is die logiese keuse.

Gia kom uit die badkamer uit. Een kyk na haar gesig sê vir Kat sy is weer ontsteld. "Wat is fout?"

"Ek gaan nie daaraan vat nie. Kom kyk."

Kat volg Gia na die badkamer toe en waar die toilet se deksel teen die muur staan. Sy kyk in die waterbak in en vloek binnensmonds. 'n Plastiese sak is daarin gedruk. Van wat sy kan sien, het die sak 'n tou en 'n klomp pare lateks-handskoene in.

'n Moordpakkie.

Het hy dit op sy familie gebruik, of is dit vir toekomstige gebruik bedoel?

Gia kruip by die deur weg. "Wat de hel is al daai goed?"

"Ek het 'n paar idees, maar niks daarvan goed nie. Het jy daaraan geraak?"

Gia skud haar kop.

"Goed. Los dit net daar en sit die deksel terug."

Gia doen soos sy gevra is. "Ek kan nie hierbinne saam met hom bly nie, Kat. Wat as hy my probeer doodmaak?"

"Ons sal iets uitpluis." Op een of ander manier sal vanaand vir almal van hulle die laaste aand op die boot wees.

35

Kat staan by die boog en kyk na die horison. Die weervoorspelling is 'n storm met donderweer en blitse, hoogs ongewoon vir die kus in die laatsomer. Die water is heeltemal stil, asof dit wag vir die storm om te tref. Die laatmiddag son kruip agter die lae cumulus wolke, wat 'n uur gelede ingekom het, weg. Hulle bring met hulle 'n neerdrukkende somberheid en stilte saam. Selfs die seemeeue het ophou vlieg.

Sy kyk agter haar, waar Gia en oom Harry om die tafel sit. Die gemoed is nie juis geestig nie. Dit is om presies te wees, spannend. As Raphael nie reeds agter gekom het nie, sal hy vinnig. 'n Verandering is in die lug op meer as een manier.

Oom Harry draai sy kop en kyk na Kat. "Wat gaan ons doen, Kat?"

Sy kyk na die kroeg, waar Raphael drankies meng. "Speel net vir nou saam. Ek sal oor 'n paar minute onder gaan. Wag tien minute en sê vir almal jy voel siek. Ontmoet my dan in die kajuit." Jace sit by die kroeg en praat met

Raphael. Sy kan Jace nie betyds ondervra nie, maar hy sal opvang wanneer Harry eers loop.

Raphael bring 'n martini vir Gia en bier vir almal anders. Kat dink dit is vreemd, aangesien hy hulle nie gevra het wat hulle wil hê nie. En hy het baie lank geneem om net een martini te maak.

Gia hou haar drankie op en drink oorentoesiasties. "Gesondheid."

'n Moordenaar wat reeds sy eie dood opgestel het, het geen rede om rond te hang nie. Hy gaan hulle ook nie ongeskonde los nie. Terwyl hulle nie sy misdaad gesien het nie, het hulle bewyse daarvan gesien.

Kat en Gia se kajuit soektog het geen verdere verrassings ingehou nie. Die moordpakkie verontrus Kat, maar hulle het darem nie ander wapens in die kajuit gevind nie. Om niks te vind nie, beteken darem dat 'n paar gedeeltes van die boot veilig is, al is daar baie ander wegsteekplekke wat hulle nie deursoek het nie. Dinge gaan vinnig eskaleer wanneer die waarheid eers uit is, en Raphael se verandering in gedrag beteken 'n konfrontasie kom.

Sy wens net sy het meer geweet van Pete se verhouding met Raphael. Is hy 'n vennoot in die misdaad of net 'n aangestelde werker?

Asof gevra, staan Raphael op. "Ek moet gaan. Die bemanning sê daar is 'n probleem. Hy soen Gia op die wang en gaan na die boog van die skip.

Kat het nie onlangs enige van die bemanning gesien nie en Raphael het nie sy selfoon geantwoord nie. Waarskynlik net 'n oëverblindery. Sy ril onwillekeurig. "Kom ons gaan in."

"Ek gaan na my kajuit toe," sê Gia. "Ek voel nie so goed nie."

'n Uur later sit Kat, Jace, en oom Harry in die sitkamer, deurstoke voor die tv. Donderweer grom buite en weerlig vurk oor die lug. Die storm is in volle gang.

Die 6 uur nuusleser sit voor 'n agtergrond van die verbrande Bukowski boot en gee 'n oorsig van die vermiste familie.

Sekondes later flits die skerm na 'n polisie-perskonferensie. 'n Polisie segsvrou staan agter 'n podium met 'n paar geüniformde polisie-amptenare aan weerskante van haar. "Die lykskouer het Emily en Melinda se dood as moord verklaar. Frank Bukowski se ligging is steeds onbekend. Die polisie is angstig om met enige iemand wat in kontak met die Bukowskis voor hulle verdwyning was, te praat."

"Beskou julle die man as 'n veragte in die moorde?" Vra 'n vrou wat van kamera af is. "Tagtig persent van die tyd is dit die eggenoot, nie waar nie?"

'n Harde mansstem ruis bo die ander uit. "Is die vuur die amptelike doodsoorsaak? Hoe het hulle doodgegaan?"

Die segsvrou wuif hulle met 'n waai van haar hand weg. "Niks verdere vrae vandag nie. Ons sal more 'n verklaring van enige nuwe ontwikkelings uitreik." Sy sit haar mikrofoon af en gaan van die podium af terwyl die verslaggewers vrae skree.

Die skerm verander na 'n vyftig iets bles manlike verslaggewer wat in 'n ateljee staan, voor 'n agtergrond van twee maande gelede met die Bukowskis se uitgebrande boot. Die verbrande romp is die enigste deel van die boot wat steeds in een stuk is.

"Die polisie wil nie kommentaar lewer op die doodsoorsaak nie, anders as om dit suspisieus te noem nie. Frank Bukowski is steeds vermis, maar die polisie het hom nog nie as 'n verdagte genoem nie."

"Gegee die suspisieuse omstandighede, is dit belangrik om te let op wat die polisie nié gesê het nie." Hy beduie na die boot se uitgebrande oorblyfsels. "Die brandstigting deskundiges wat ons beraadslaag het, sê dat die boot se brandpatroon dui dat 'n versnelmiddel, soos petrol, gebruik is. Tweedens, wie ook al die vuur gestig het, was op die boot."

Jace en oom Harry ruil senuweeagtige kyke.

Kat trek haar selfoon uit en is ontsteld om te sien dat sy geen selfoonsein het nie. Hulle sal Raphael moet hanteer, tot sein lank genoeg herstel is om vir hulp te bel.

Die kamera pan terug na die verslaggewer se nabyskoot. "Polisie weier om te spekuleer of enige van daardie suspisie na Frank Bukowski oordra, en of hy eerder ook 'n slagoffer van kwaadwilligheid is. In situasies soos hierdie, is die eggenoot altyd 'n verdagte. Met Bukowski steeds vermis, is dit onduidelik of hy steeds lewe. Wat polisie egter nie sê nie, sê baie."

Kat gryp die afstandbeheerder en skakel die televisie af. "Ons kan nie Raphael ons vang dié goed kyk nie. As hy weet ons het sy identiteit ontmasker, sal hy gedwing word om op te tree. Ek hoop Gia is oukei. Dalk moet ek gaan kyk."

Jace trek sy skouers op. "Sy rus waarskynlik net. Gee haar bietjie tyd."

"Ons het 'n plan nodig om verby die volgende paar ure te kom," sê Kat. "En om hom te oortuig om terug te keer Vancouver toe."

Jace skud sy kop. "Hy sal nooit terug gaan nie. Hy is 'n vermiste man en sal verseker herken word."

"Dan is ons enigste keuse om hom buite werking te stel," sê sy. "Maar wat van die bemanning? Ek dink nie Pete en die ander is in op Raphael se plan nie, maar wat ás hulle is?"

"Dan is ons erg in die minderheid." Oom Harry krap sy kop. "Daar is vyf van hulle, insluitend Pete. Raphael maak ses. Teen die drie van ons, insluitend Gia."

Die buitenste deur swaai oop en 'n vlaag wind waai in die

kamer in, gevolg deur Raphael. Hy staan by die deur. "Wie kan my help? Ons het 'n lek."

Kat frons. Die seiljag het nie van anker af beweeg nie, en dit is onwaarskynlik dat die laat-model seiljag in enige soort bouvalligheid is.

"Hanteer die bemanning nie gewoonlik sulke dinge nie?" vra Harry.

"Hulle het reeds hulle hande vol om die lek te bedwing." Raphael stap terug na die deur toe. "Maak gou. Die boot kan sink."

Kat ontmoet Jace se oë. As dit waar is, kan hulle nie net bystaan nie. Hulle het geen ander keuse as om Raphael te volg nie. As dit 'n skelmstreek is, moet hulle baie vinniger aan die werk spring.

"Kom ons gaan," Jace beduie vir Kat en Harry om te volg.

Kat loop agter die ander aan soos hulle na die middel van die boot stap. Sy loop stadiger toe sy 'n oop stoorboks verbygaan. Sy loer binne.

Die boks het reddingsbaadjies en ander oorlewingstoerusting in. Sy staan stil. As die seiljag in gevaar is om te sink, behoort hulle reddingsbaadjies as 'n voorsorgmaatreël saam te vat. Sy reik in die boks in en 'n glinster van metaal vang haar oog.

Sy stoot die boonste reddingsbaadjie opsy en staar na die geweer. Dit rus op 'n hoop reddingsbaadjies. Sy weet niks van gewere af nie, anders as die feit dat hulle een doel het: om mense dood te maak. Sy herrangskik die reddingsbaadjies om dit van nader te bekyk. Sy is versigtig om nie aan die geweer te raak nie.

Is dit Raphael se geweer of behoort dit aan die seiljag se eienaar? Dit is 'n vreemde plek om 'n wapen te stoor. Meeste mense hou hulle wapens aan hulle persoon, of ten minste in private plekke onder slot en grendel. Sy het geen idee of meeste seevaarders gewere dra nie, maar meeste dra seker beskerming wanneer hulle na meer afgeleë plekke toe reis. Net 'n dwaas gooi egter hulle geweer in 'n oop stoorboks op die dek in.

'n Dwaas of iemand wat gereed is om dit te gebruik.

Sy buk om die geweer van nader te bekyk. Sy het geen idee of die vuurwapen gelaai is of nie, of hoe om te kyk nie. Jace en oom Harry weet waarskynlik nie veel meer as sy nie. Sy oorweeg haar opsies. Sy kan dit vir veiligheid verwyder, maar dit kan Raphael waarsku. As sy egter die wapen los, kan Raphael dit teen hulle gebruik.

Raphael moet natuurlik onbewus van die items in die stoorboks wees, aangesien dit nie eens sy seiljag is nie. Die stoorboks is egter oop, hy het verseker die geweer hierin geplaas of weet daarvan.

Sy kyk na die mans, wat teen nou al dertig voet weg is. Sy keer terug na die stoorboks en herrangskik die reddings-baadjies van een kant na die ander om 'n beter blik oor die inhoud te gooi. 'n Opgerolde tou lê in die onderkant van die boks. Dit verontrus haar nie, tot sy die ander items sien.

'n Kreet steek in haar keel vas toe sy die handbyl, ketting-saag en 'n boks lateks handskoene sien.

"Kat?" Jace beduie vir haar om te volg. "Kom aan."

Sy beduie dat hy aan moet gaan. Sy moet die geweer en die handbyl uithaal, maar het nêrens om dit weg te steek nie. Die veiligste plek is haar kajuit, maar hulle het beplan om saam te bly. Om nou te gaan mag dalk hulle veiligheid in die gedrang stel.

"Kat, maak gou." Jace staan by die deur.

Sy gryp die handbyl en steek dit onder 'n lêstoel kussing in. Sy sal dit later terug sit. Sy steek die geweer loop by die gordel van jaar jeans in soos sy in die flieks gesien het. Sy hoop net dat dit nie gaan afvuur nie. Sy het geen idee of die geweer gelaai is nie, of hoe om te sê of die veiligheid aan is nie. Sy loop gespanne in Jace se rigting in, doodbang dat die geweer per ongeluk sal afvuur.

Jace frons terwyl hy die deur oop hou. "Ons is veronderstel om saam te bly."

Kat knik en laat haar oë na haar middel toe val. Soos Jace se oë hare ontmoet, lig sy haar hemp om die geweer te ontbloot wat sy in haar gordel ingesteek het.

"Wat de hel, Kat?" Hy staar na die geweer. "Jy kan ons doodgemaak kry."

'n Paar gefluisterde woorde is geheel en al onbevoeg om te verduidelik hoe sy in die ekwivalent van 'n seerower verander het, so sy probeer nie. Sy fokus eerder op die taak op hande: om ten minste een desperate man uit te skakel en beheer te neem van 'n boot wat nie aan haar behoort nie.

Ten minste weet Jace sy het 'n geweer, al weet hy nie dat dit dalk nie gelaai is nie. Raphael weet, so om dit as 'n dreigement te gebruik is 'n risiko. Sy volg Jace en loop in die gang in wat na die boot se enjinkamer lei. Raphael en oom Harry wag binne.

"Ons moet opbreek en baasraak. Die boot lek en die vullingspomp is gebreek." Raphael beduie na Kat en Harry. "Julle twee, bekyk die enjinkamer en keer dat die water inkom. Jace en ek sal probeer om die romp af te seel."

Sy huiwer, maar hulle kan Raphael se instruksies beswaarlik weier as die boot regtig water aangeneem het. "Die seiljag is die heeltyd op anker gewees. Hoe het dit skielik 'n lek gekry?" Meeste bote van hierdie grootte het 'n dubbele romp om presies hierdie situasie te voorkom. Self sý weet dit. Die kanse van 'n vullingspomp wat breek, is net so skrams.

"Ons sal dit later uitpluis," sê Raphael. "Elke sekonde wat ons mors maak dit erger. Kom daar in en begin emmers water uitgooi."

Sy volg haar oom in die enjinkamer in. Dit is skoner as wat sy verwag, maar het geen vensters nie. Harde fluoressent beligting skyn op hulle af en blink oor die vloer. Dit is glad van die water.

Hoe ook al die water hier gekom het, sy moet saamwerk. Om iets anders te doen as water van 'n sinkende skip af te gooi, sal 'n duidelike alarm vir Raphael wees. Sy besluit teen die geweer uit trek. Aangesien sy nie weet hoe om dit te gebruik nie, sal dit verseker 'n ramp wees.

"Ek kan nie sien waar die water vandaan kom nie." Sy kyk in die area rond vir 'n emmer of iets om die water te skep, maar vind niks nie. 'n Emmer is in die eerste plek onprakties, aangesien daar net 'n duim of so water op die vloer is. Sy draai na oom Harry toe. "Ons moet eerder die kim watervry maak, nie die enjinkamer nie."

Daar is ook nêrens om die water uit te gooi nie. Raphael het hulle geskei sodat hy Jace uit die prentjie kan kry, besef sy. Hy sal volgende vir haar en oom Harry terugkeer. Haar hart hamer toe sy besef sy het Gia vir meer as 'n uur nie gesien nie. As die situasie so erg is, hoekom het Raphael haar gelos om in die kajuit te slaap?

Met Raphael uit die pad, kan sy ten minste die geweer vir oom Harry wys. Hy mag selfs weet hoe om dit te gebruik.

Hulle is gelukkig, want hy doen. "Waar het jy dit gekry?" Hy kyk na die veiligheid, maak dan die kamer oop. Hy draai die geweer in sy hand om. "Dit is gelaai."

Sy onthou haar vonds tussen die reddingsbaadjies. "Jy seker jy kan die ding afvuur as jy moet?"

"Dit is al 'n tydjie, maar dit is soos om 'n fiets te ry. Nie iets wat jy maklik vergeet nie." Hy draai dit in sy hand om en gee dit terug vir haar.

"Nee, hou dit. Ons mag dalk nodig hê om dit te gebruik." Sy wys dit af. "Dit sal makliker vir jou wees om dit weg te steek."

"Sê jy ek is vet?" Oom Harry klap sy maag. "Ek moet, soos almal anders, eet."

"Natuurlik nie. Dit is net dat jou baadjie soveel sakke het, Raphael sal nie agterkom nie."

"Waar." Hy rits sy baadjie oop en sit die geweer in 'n binne sak. "Ek het nie 'n sneller in dekades getrek nie."

Die water vlak lig 'n paar duim. Verontrustend, maar beswaarlik 'n katastrofe. "Ek twyfel of daar 'n lek hier is. Die water is so laag. Dalk is iets eerder omgestamp." Ongeag, dit is vreemd dat die duur seiljag nie 'n rugsteunstelsel het nie. Dalk is iets per ongeluk afgeskakel.

Oom Harry kyk rond vir iets om die water mee te skep. "Ek sien ook nie 'n probleem nie. Die seiljag kan 'n bietjie water hanteer."

Hulle kan nie die mans se stemme buite hoor nie, net 'n konstante gedrup van water. "Dit is beswaarlik die krisis wat Raphael uitgemaak het."

"Hy het ons net op onverrigter sake gestuur." Oom Harry draai na die ingang toe. "Kom ons gaan vind Jace."

Kat gryp haar oom se arm. "Wag. Ons het eers 'n plan nodig."

Die klank van metaal op metaal krap van iewers bo, gevolg deur 'n harde slag.

Oom Harry se hande vlieg na sy ore toe. "Wat was dit?"

Die water wat drup het na 'n stewige vloei verander, soos 'n kraan wat oopgedraai is. Dit kom van die kamer bo hulle, nie onder nie. "Hy vloed die enjinkamer. Kom ons gaan!"

Sy jaag na die deur toe en gryp die handvatsel. Sy draai dit, maar dit beweeg nie.

Die water rys vinnig en is nou by hulle enkels. Die enjinkamer is waarskynlik waterdig. As dit is, sal hulle binne minute verdrink tensy hulle die bron van die water vind en stop.

Sy spring toe 'n harde slag teen die mure eggo. Die ligte gaan af en die enjin sny uit. Die krag is afgesny.

'n Moordenaar is losgelaat en hulle is magteloos om hom te keer.

36

Die water is by Kat se kuit en bly styg. Sy vee haar palm oor die muur van die kamer, voel vir 'n uitgang in die donker. Sy het die hele oppervlak twee keer in die laaste vyftien minute bestudeer. Die enigste moontlike uitgang is deur die geslote deur. "Ons moet dit op 'n manier oop breek."

"Ek probeer," oom Harry se stem is hees van skree. "Ek kry niks om dit mee oop te maak nie."

Hulle gestamp en skree het geen reaksie van iemand buite uitgelok nie. Dat Jace nie gekom het om hulle te kry nie, is vreeslik kommerwekkend. Hy weet hulle is binne vasgekeer en sou hulle red as hy kon. Wat het Raphael aan hom gedoen?

"Jy het die geweer. Kan jy die deur uitskiet?"

"Dit is 'n metaal deur. Jy het te veel flieks gekyk. Dit werk nie so in die regte lewe nie."

"Probeer dit in elk geval. Ons het nie ander opsies nie."

"Seker die moeite werd om te probeer." Oom Harry haal die geweer uit sy sak uit. "Hier gaan ons."

Hy haal die veiligheid af, mik en skiet. Die koeël tref

met 'n metaal klang wat van die skeepsluik se mure af eggo voor dit in die water val. In die dowwe lig is dit onmoontlik om te sê of hy sy teiken getref het of nie. Die deur bly toe.

"Hoeveel skote het jy?"

"Weet nie. Dit hang van die geweer af en ek is nie 'n kenner van verskillende tipes nie. En of dit in die eerste plek heeltemal gelaai is. Ek het nie tyd gehad om te kyk nie. Nou is dit te donker om te sien."

Die water is nou by haar heup en die dank lug is moeilik om in te asem. "Ons gaan nie hierbinne uithou nie. Daar moet 'n manier uit wees." Kloustrofobie oorkom haar ten spyte dat sy weier om daaraan te dink.

"Ek sal nader aan die deur beweeg. Dit mag dalk werk." Oom Harry loop na die handvatsel toe.

"Wees versigtig, oom Harry."

"Weet jy wat vreemd is?"

"Buiten dat ons hier vasgekeer is?"

"Die boot hel nie oor nie," sê hy. "As sy water aangevat het, sou ons gekantel het, maar ons doen nie. Tog rys die water."

Die water wat rys is verontrustend. Hulle het nog vyf minute voor die water by die dak is. "Skiet dalk opwaarts in stede van na die deur toe."

"Ons sal nooit so uitkom nie."

"Nee, maar iemand sal ons hoor." 'n Gat in die dak koop hulle ook tyd. Dalk is dit hout en nie metaal nie.

Oom Harry verander sy posisie en mik vir die dak. "Hier gaan dit."

Die skoot is afgevuur voor Kat kan antwoord. Dié maal spring dit nie terug of weergalm nie. Die koeël moet in die dak vassit. Sy hoop steeds dit is hout.

Die geweer klik.

"Dit was die laaste koeël." Harry se stem het 'n toon van

desperaatheid in soos hy na Kat toe beweeg. "Daar was seker net twee."

Gal stoot in Kat se keel op. Hulle gaan hierbinne doodgaan tensy hulle die water drein. Daar is seker 'n manier om dit te doen, maar nie sy of Harry weet genoeg van bote af om te weet waar om te kyk nie. Sy verbeel 'n massiewe prop. As dit net so eenvoudig was.

Die deur kraak skielik oop en 'n ligstraal val binne.

Kat sug van verligting. Jace het vir hulle gekom.

'n Donker figuur is by die deur. "Kom hier." Water stroom na buite.

Dit is nie Jace nie, maar eerder Pete.

Kat loop so vinnig as wat sy kan na hom toe. Oom Harry is agter haar.

"Maak gou, voor Raphael terugkom." Pete se gesig is rooi en hy lyk kwaad soos hy Kat en dan Harry vanuit die oorvloede enjinkamer trek.

Kat is verlig om ligte te sien. Die krag is net na die enjinkamer gesny, nie die hele boot nie.

"Dankie tog jy het vir ons gekom. Jy het ons lewens gered." Kat kyk skrefiesoë toe sy by die deur uit strompel. Sy gesig is bebloed en sy hemp geskeur. Jace staan agter Pete.

'n Kreet vang in haar keel toe sy na hom toe hardloop en haar arms om hom vou.

Hy hou haar stywer vas en soen haar.

"Ons moet die water afskakel." Fluister sy. "Waar is die afsit?"

"Reeds gedoen. Pete beduie na die dek toe. "Kom ons kom hier uit."

"Raphael weet sy geheim is verklap." Jace gryp haar arm en hou haar regop. Sy neus is bebloed en sy hemp geskeur. "Ons het nie baie tyd nie."

"Wat het gebeur, Jace?" vra Harry. "Het Raphael dit aan jou gedoen?"

"Hy het probeer om my in die skeepsruim in te druk, maar ek het hom terug gekry." Hy skud sy kop. "Ek het hom gegryp, maar hy het weggekom. Ek dink hy gaan die seiljag aan die brand steek. Ons moet hom keer vóór dit te laat is."

Pete hou sy hand in protes op. "Ek en die bemanning is uit. Ons gaan. Julle moet ook."

"Jy kan hom nie net los om met moord weg te kom nie," sê Kat. "Ons moet hom keer."

"Doen wat jy wil, maar eks hier uit." Pete draai en stap trappe toe.

"Doen die regte ding en help ons, Pete. Ons moet hom net hou tot die polisie kom."

"O, nee." Pete kyk terug terwyl hy die trappe oploop. "Ek en die ouens gaan nie met die polisie praat nie. Sien julle."

Kat besef skielik dat Pete en die bemanning waarskynlik almal vantevore in die moeilikheid met die gereg was. Wie anders sal vrywilliglik 'n gesteelde seiljag beman? "Oukei, goed. Ons sal nie die polisie bel tot julle weg is nie, maar help ons ten minste om hom vas te bind."

Pete huiwer.

"Hy het reeds twee mense vermoor, Pete. As enige van ons doodgaan..." Sy kan nie haar sin klaarmaak nie.

"Oukei, maar kom ons maak dit vinnig."

Jace beduie na die spieël. "Hy het 'n petrolkan gehad. Ek dink hy was op pad na die sloep toe."

Hulle kom op die dek uit en hardloop in die rigting van die sloep. Hulle hardloop verby vier bemanningslede wat hulle doelbewus ignoreer terwyl hulle toerusting in die rubberbootjie gooi.

Pete staan 'n oomblik stil, hardloop dan agter oom Harry aan. Kat hardloop agter die mans.

Hulle bereik die sloep en vind Raphael. Twee groot petrolkanne sit op die toonbank. Raphael het 'n derde een in sy hande waarvan hy die inhoud op die vloer uitgooi.

"Sit dit neer, Raphael." Jace loop na hom toe.

Pete bly bewegingloos in die deur staan.

Kat het 'n siek gevoel Pete gaan niks doen nie.

Raphael kom orent en tart Jace. "Probéér net om my te keer." Hy lig die kan en gooi die dit na Jace. Die vloeistof spat oor Jace se gesig en hemp.

Jace se hande vlieg na sy gesig toe. "My oë!"

Kat gryp Jace en trek hom na die wasbak toe. Sy draai die krane vol oop en vul haar hande met water. Sy spat dit in Jace se gesig.

"Dit is nutteloos om te probeer. Hy gaan in vlamme opgaan, nes jy." Raphael steek 'n vuurhoutjie aan en grynslag. "Lekker om julle te ken."

37

Harry mik die geweer na Raphael. "Sit daai ding neer."

"As jy my skiet gaan ek val en so ook die vuurhoutjie." Raphael loop na Harry en Pete toe. "Laat val die geweer en laat my verby gaan."

Harry keer terug na die deur toe Raphael aankom. "Wees rustig."

Kat hou Jace terug soos hy tussenbeide probeer tree. "Jy is bedek in petrol," fluister sy. "Jy sal brand as jy naby hom kom."

Raphael is 'n paar duim van oom Harry af, vuurhoutjie steeds aan die brand. Hy gryp 'n hoop papiere en steek dit met die vuurhoutjie aan die brand. Hy stoot verby die mans met die brandende papier in sy hand. Hy gryp die handvatsel en draai om. Dan gooi hy die brandende papiere agtertoe.

Sy maak haarself vir 'n ontploffing gereed.

Niks. Die papiere val twee duim weg van die petrol. Die vlamme brand uit.

Raphael val skielik vorentoe en land op die grond.

"Goeie werk," sê Pete.

Oom Harry draai na Pete toe. "Ek het nooit gedink om hom te pootjie nie."

Raphael lê gesig na onder, halfpad by die deur uit.

"Ek sal tou gryp om hom vas te bind," sê Pete.

"Wag!" Kat besef met verontrusting dat as Raphael een vuurhoutjie het, het hy waarskynlik 'n boksie iewers in sy sakke. "Hy het steeds vuurhoutjies. Kry hom op die dek."

Pete gryp Raphael se arms soos hy hulle af probeer baklei. Harry gryp sy voete.

"Laat my gaan, Kat. Hulle het my hulp nodig," sê Jace.

"Nee, spoel eers die petrol af. Ek sal gaan." Kat hardloop na die ander mans en gryp een van Raphael se bene. "Kom ons kry hom in die jacuzzi." Dit is een manier om die vuurhoutjies nat te kry.

Jace luister nie vir haar nie, wat goed is, aangesien Raphael hulle met hand en tand beveg.

Vyftien minute later val die vier van hulle van uitputting neer. Raphael is in die jacuzzi vasgekeer. Sy rug is teen die rant sodat hy nie onder sal gaan nie. Sy bene is met tou aan die stoorboks vasgemaak en sy arms voor hom met kabelstrop, wat Pete iewers aan boord gevind het. Dit het álmal van hulle gevat om 'n bakleiende Raphael te beteuel. Of Frank, soos dit is.

"Een vonk en hierdie ding gaan opblaas. Kom ons kom by die rubberbootjie uit," sê Pete.

Kat kyk na die lug soos donderweer 'n paar myl in die afstand dreun.

Sy moet Pete oortuig om aan boord te bly en nie saam die bemanning te verkas nie. Sy kyk oor na die rubberbootjie en kan haar oë nie glo nie.

Die rubberbootjie is weg.

Sy skandeer die water, maar dit is nêrens is sig nie. Die bemanning het nie eens vir Pete gewag nie. Hulle is waarskynlik lank reeds weg, selfs voor die rusie met Raphael in die sloep. Pete se keuse het hom gekos.

Pete en almal anders ook. Dit is net tipies, gegee die rubberbootjie hulle enigste wyse van ontsnapping van die pertol-bedekte boot met 'n oorvloede romp is. Sal die bemanning die owerhede in kennis stel? Waarskynlik nie.

Frank vloek en kriewel in die jacuzzi. "Maak my los en ek betaal jou. Dit sal die moeite werd wees, ek belowe."

Oom Harry proes. "Jy sal ons met ons eie geld betaal? Ek dink nie so nie."

"Waar is Gia? Kat draai om. "Het enige iemand haar kajuit bekyk?" Gia se afwesigheid voel soos 'n ewigheid, en met Frank uitgeskakel, kan hulle hom vir 'n oomblik verlaat. "Kom ons gaan haal haar." Sy huiwer. "Afhangende hoe siek sy is, moet ons haar dalk by die trappe opdra."

Hulle het geen manier om van die seiljag af te kom nie, maar hulle is ten minste saam.

Jace en Pete staan wag oor Raphael. Kat en oom Harry keer terug onderdek.

38

—————

Gia se kajuit is donker. Kat en Harry gaan reguit na die bed toe, waar hulle Gia bewusteloos en styf vind.

Kat druk haar oor op Gia se borskas. As sy enigsins asemhaal kan sy niks hoor nie, of die lig en val van haar bors sien nie. Sy skud haar vriendin, maar kry geen antwoord nie. Raphael moes haar martini gedokter het. "Gia, word wakker!"

Niks.

Kat is op pad om KPR te begin toe sy 'n geringe asempie op haar gesig voel. "Gia? Sy skud haar vriendin en word beloon met 'n grom.

Gia hoes en proes skielik.

Kat gooi 'n bekommerde blik na haar oom soos hulle haar in 'n sittende posisie lig. "Sy lyk verskriklik."

Gia se oë vlieg oop. "Ek is naar. Help my badkamer toe."

Kat en oom Harry ondersteun beide 'n arm en vergesel Gia na die badkamer toe. Hulle wissel angstige kyke. Kat hou Gia se hare terug terwyl sy in die toilet opgooi. Hulle kan nie bekostig om te wag nie, maar hulle kan Gia ook nie in haar toestand beweeg nie.

'n Minuut later help hulle haar na 'n stoel toe. Sy vryf haar oë. "My kop is so seer. Ek kan nie onthou wat gebeur het nie. Ek gaan nooit weer drink nie."

Ten spyte van die erns van die situasie, kan Kat nie die bietjie humor weerstaan nie. "Jy sê dit altyd."

"O, ek bedoel dit die keer." Gia kreun. "Hoeveel het ek gedrink?"

"Net een martini."

"Net een?"

Kat knik. "Jou drankie was gedokter."

Gia se oë word groter. "Hoe is dit moontlik? Jy dink nie Raphael..."

"Ek dink nie, ek wéét. Jy onthou die letterwerk op die boot? Die paspoorte?"

Gia knik stadig. "Daai bliksem het my drankie gedokter?"

"Wel, dit was verseker nie enige van ons nie," sê Harry.

"Hoekom sal hy so iets doen?"

"Vertel jou later," sê Kat. "Ons moet nou eers terug op die dek kom en jou bewegend kry. Jy moet daai goed uit jou stelsel kry."

"Kan ons nie later gaan nie?" Gia leun terug op die bed. "Ek is regtig moeg. En duiselig."

"Nee, Gia." Harry trek aan haar arm. "Ons moet nóú gaan."

Gelukkig is Gia te moeg om te protesteer en doen wat van haar gevra word. "Stap voor."

Oom Harry sit sy arm in Gia sin en loop met haar na die deur agter Kat aan.

"Waar is Raphael? Ek wil hom presies vertel wat ek dink." Gia se woorde sleep, maar sy is besig om haar krag terug te kry.

"Dit is presies waarheen ons gaan," sê Kat. "As ek jy was, sal ek niks terughou nie."

39

Frank se tande slaan teen mekaar soos hy sy vasgebinde hande teen die rant van die jacuzzi vryf, in 'n poging om hulle los te sny. Kat sit die jacuzzi se krag aan soos sy, Gia en oom Harry hulle stoele in 'n sirkel om Frank pak. Die koel water hinder sy nuttelose probeerslag. Dit is soos om 'n vasgekeerde dier te aanskou wanneer jy weet hoe die storie gaan eindig. Kat voel 'n bietjie skuldig, tot sy die volle omvang van Frank se misdade onthou.

Pete het na die brug toe gegaan om die polisie te radio.

Gia is steeds lomerig van die martini, maar sy luister stil soos Kat en oom Harry die gebeure van die laaste uur oorvertel. Haar oë word groot en sy is meer op haar hoede met elke nuwe openbaring van Frank se dade.

Jace kom weer op die dek uit. Hy het ander klere aangetrek en droë klere vir Kat en oom Harry gebring. Kat kan nie wegbreek vir selfs 'n sekonde om aan te trek nie. Sy kan Frank nie onder oë uit kry nie.

Die wolke het laag en naby inbeweeg, en die lig is amper so donker soos die nag. Die donderweer en weerlig het sewe myl suid beweeg soos dag in aand verander. Dit begin ook reën.

Oom Harry sit die kroeg se transistorradio aan en draai die volume op. Die radio blaas 'n AC/DC liedjie uit, maar dit kompeteer met statika van die swak opvangs.

"Sit daai kak af," sê Frank.

"Wat? Ons kan jou nie hoor nie." Oom Harry rek die kragdraad en dra die radio na die jacuzzi en hou dit bo Frank se kop. "Haai, die opvangs is beter hier."

Frank se oë vergroot in paniek. "Kry daai ding weg van my af. Jy sal my doodskok."

Oom Harry swaai die radio vorentoe en agtertoe bo Frank se kop. "Ek kan jou steeds nie hoor nie."

Gia staan en wieg effens. "Ek dink jy het iets vergeet, Frank." Sy gluur hom aan soos hy hopeloos in die water rondbeweeg.

"Wat?"

"Jy het reeds 'n vrou, nie waar nie?" Gia beduie vir Harry om die radio nader te bring. Die elektriese koord word styf soos hy dit trek. Hy hou die radio bo Raphael. Alanis Morissette sing 'Jagged Little Pill'. "Of eerder een gehad."

Die kleur drein uit Frank se gesig uit. "Ek weet nie waarvan jy praat nie. Sit die radio neer, Harry."

Harry sit die radio op die dek neer, maar Gia tel dit onmiddellik weer op.

"Jy weet nie waarvan ek praat nie? Kom aan, Frank, ek weet wie jy is. Frank Bukowski is nie 'n biljoenêr nie. Hy is nie eens 'n goeie man nie. Raphael Amore is niks meer as een groot vet leuen nie. Ek val nie vir nóg van jou twak nie. Ek soek my geld terug."

"Dit is te laat." Raphael fokus op die radio soos Gia dit nader bring. "Die geld is reeds weg. Jy sal dit nooit terugkry nie."

"Dalk sal jy ook nooit uit die jacuzzi kom nie."

Kat en Jace kyk na mekaar. Gia is 'n vrou versmaai. 'n Vrou met 'n humeur.

Die laaste note van 'Jagged Little Pill' speel soos Gia die radio binne 'n duim van die jacuzzi bring.

"Gia, moenie!" Pleit Raphael. "Ek sal die geld vir jou gee, ek belowe. Sit net daai ding neer!"

Gia klik haar vingers. "Het jy 'n pen, Harry? Ek het nodig dat jy iets neerskryf. Kat, gryp jou skootrekenaar. Ons gaan my geld nóú terug kry."

Oomblikke later keer Kat terug, in droë klere en met haar skootrekenaar. Sy sit by die kroeg en wag vir haar rekenaar om aan te skakel. Haar gebede word beantwoord toe sy 'n swak internet konneksie kry. Na wat soos 'n ewigheid voel, navigeer sy na die webtuiste van die eerste Costa Ricaanse bank en tik die wagwoord wat Frank verskaf het, in. "O, nee Gia. Dit sê wagwoord ongeldig."

"Moet niks wegsteek nie, Frank." Gia maak twee kabelstroppe om die radio se handvatsel vas. Sy maak 'n ketting van die oorblywende kabelstroppe en glip hulle aan die ent van 'n besemstok. Nou kan sy die radio 'n paar duim van die water hou en geënsileer wees van die elektriese skok as dit kontak maak.

Die radio hang onveilig bo Frank se kop, soos 'n visstok met lokaas op. Die radio aanbieder kondig Adele se 'Turning Tables' aan.

"Ek kan nie reguit dink met jou wat die radio bo my hou nie. Sit dit neer."

"Nee, Frank." Gia skud haar kop. "Ek dink die radio is hoogs motiverend." Sy swaai die radio vorentoe en agtertoe in 'n hoë boog bo hom. Adele se stem rys en val met elke verbygaan. "Dit is nogal hipnoties ook."

"Stop dit!" Trane rol van Frank se gesig af. "Ek sal jou vertel. Moet my net nie dood maak nie."

"Ek voel jammer vir jou, Frank. Ek doen regtig." Gia

praat saggies. "Net jammer jy het Melinda en Emily nie 'n laaste kans gegee nie. Het hulle ook vir hulle lewens gepleit?"

"Hulle het verdien wat hulle gekry het."

"'n Vier jaar oue dogtertjie, Frank? Hoe kan jy so gewetenloos wees?" Gia gly op die dek en verloor amper haar balans.

"Versigtig!" Frank se stem styg. "Jy sal my doodmaak as jy daai ding laat val."

"Melinda en Emily het verdien om dood te gaan, maar jý verdien om te lewe? Hoe werk dit, Frank?" Gia laat die radio sak tot dit 'n paar duim bo sy kop swaai.

"Stop dit." Trane loop by Frank se gesig af. "Wat wil jy van my hê?"

"Die bank wagwoorde, vir een ding."

Frank spoeg 'n nuwe wagwoord uit, 'n kombinasie van letters en nommers.

Harry krabbel dit in sy notaboek, voeg dit by die lang lys rekenings en wagwoorde.

Kat tik die wagwoord in en druk *enter*. "Ek is in." Sy kyk na die transaksies. Hulle het almal twee weke terug gebeur, wat beteken Gia is beslis die beroofde slagoffer. Sy fluit vir die bedrag.

"Drie honderd duisend? Dit is jou belegging?"

Gia knik. "Meeste van dit is van my salon verband. Kan jy dit terug kry?"

Kat bestudeer die transaksie besonderhede. "Ek dink so." Sy tik die nuwe transaksie in, die spieëlbeeld van die oorspronklike een. "Is hierdie jou bankbesonderhede?"

Gia knik.

Kat hou haar asem op en druk *enter*.

"Het dit gewerk?"

Kat knik.

"Haai! Dit is mý geld," skree Frank. "Gee dit terug."

"O, nee," sê Harry. "Ek wil mý geld ook terug hê. Waar is my tjek?"

Frank vertel hom en Jace verdwyn binne.

Gia klap haar hande, stuur amper die radio in die water in. "Ten minste het ek my geld terug gekry."

"Nee, ons weet nog nie," sê Kat. "Dit is steeds naweek, so die transaksie mag dalk afgekeur word wanneer die banke Maandag oopmaak. Daar is geen manier om seker te wees tot dan nie."

Gia draai na Frank. "Dit was nooit jóú geld nie, Frank."

Frank se tande klap op mekaar. "K-kan ek uit hierdie ding kom?"

"Nee." Gia geniet haar nuutgevonde beheer oor Frank. "Nie op die oomblik nie, in elk geval. Jy gaan nêrens heen tot ons Harry en Jace se tjeks opskeur nie."

Jace keer 'n paar minute later met sy en oom Harry se tjeks terug. Hy gee die een aan Harry en skeur syne in klein stukkies op. "Dit is 'n verligting. Ons is seker terug waar ons begin het."

"Nie heeltemal nie," Kat is verlig dat Jace 'n tjek geskryf het eerder as om direk die geld oor te plaas. Met die tjeks vernietig, is alles na normaal herstel. Geld-gewys ten minste. "Frank hier het sy familie vermoor en ons moet die gereg sien geskied. Waar is Pete?" Hy het nie van binne terug gekeer nie.

"Hy is lank reeds weg." Jace beduie na die eiland. "Die rubberbootjie is reeds weg, maar ek het hom in die water gesien. Ek dink hy het land toe geswem."

Dit is amper middernag teen die tyd wat die kuswag op hulle fakkel reageer. Die kuswag het hulle van die seiljag na hulle boot oorgedra. Hulle het Frank eerste afgetrek en hom iewers aan boord opgesluit. Hy het steeds van die jacuzzi gebewe, wat 'n baie effektiewe manier was om hom stil te hou.

Frank het geweier om met hul redders te praat en het net 'n prokureur aangevra.

Die kuswag-boot het teruggekeer na Victoria-hawe toe en is deur die polisie ontmoet, wat aan boord gegaan het en Frank in boeie weggelei het. Hulle het almal gekyk hoe hy na die polisiekar gelei word. Sy briljante glimlag het in 'n frons verander, en sy ontwerper klere is vervang met 'n geleende sweetpakbroek en gevlekte t-hemp.

"Kan nie sê ek gaan hom mis nie," sê Jace. "Ek sal egter sy verhoor dek. Dink jy hy sal skuldig bevind word?"

"Ek is seker daarvan. Die sekuriteitskameras het sy hele bekentenis opgeneem." Kat het gehoop hulle is werksaam en die polisie het dit pas bevestig. "Dit behoort al die bewyse te wees wat hulle nodig het."

"Wie gaan die seiljag terug bring Vancouver toe?" Harry staar verlangend uit na die see. "Ek sal graag weer op dit wil seil."

"*Catalyst* behoort in Friday-hawe, nie Vancouver nie. Dit is gesteel, onthou?" Die seiljag moet herstel word na Frank se verwoesting en die eienaar moes gekontak word. Wanneer bewyse eers versamel is, sal reëlings getref word vir die veilige terugbesorging daarvan.

"Dalk sal ek eendag ryk genoeg wees om dit te koop."

Jace lag. "Moenie daarop staatmaak nie, Harry. Buitendien, geld is nie alles nie."

"Dit is verseker nie," gee Harry toe. "Ten minste het ek die kans gekry om iemand te trou. Nogal jammer dit het nie uitgewerk nie."

"Dit was 'n troue om te onthou." Gia vryf sy arm. "Dinge sal goed uitwerk. Ek is seker daarvan."

Hulle het die volgende paar uur by die polisiestasie deurgebring, waar hulle verdere besonderhede van hulle ontbering verskaf het. Raphael het niks gesê nie, maar sy opgeneemde bekentenis en bewyse wat Kat en die ander gegee het, is genoeg vir veelvuldige aanklagtes. In aansluiting by die bedrog klagtes, staar hy ook eerstegraadse moord aanklagtes in die gesig vir die moord van Anne Melinda Bukowski en Emily Bukowski.

Hy staar ook 'n klagte van diefstal in Washington in die gesig vir die diefstal van die seiljag.

"Ek het amper vergeet." Kat gee 'n klein boksie aan die polisiebeampte. Dit het Melinda se beursie, Frank se paspoorte, vlugkaartjies, en die valse verloofringe in. "Jy gaan dit nodig hê."

"Vir gekke en verraaiers, niks." Jace glimlag.

"Brother XII mag dalk sy goud gekry het, maar Frank het verseker nie," sê Kat.

Oom Harry lig sy wenkbroue. "Hé?"

"Geskiedenis het pas sigself herhaal, Harry. Die maal is daar egter 'n gelukkige einde. Die dief het die keer nie weggekom nie." Verdere besonderhede van Frank se misdade sal sonder twyfel in die volgende paar weke uitkom, maar Kat het reeds die meeste daarvan uitgepluis.

Nadat Frank sy vrou en dogter doodgemaak het, het hy suid gegaan op 'n tweede boot wat hy naby weggesteek het. Hy het deur die Gulf-eilande geseil en die grens van Kanada na die Verenigde State oorkruis. Hy het by Friday-hawe in die San Juan-eilande aangekom, binne ure na hy Melinda en Emily na hulle waterige grafte gestuur het.

Hy het vir weke daar laag gelê, aan boord sy boot geslaap en gekyk vir enige boot wat sonder toesig was. Dit is toe dat hy *Catalyst* opgemerk het. Die boot was nie beman nie en sou dus nie gemis word nie. Hy het Pete en die ander aangestel, werf rotte wat nie vrae gevra het nie en geen vrae in ruil wou antwoord nie.

Hy het *The Financier* oor *Catalyst* se naam geverf en die polisie vermy. So lank as wat hy nêrens te lank bly nie, sou niemand sy teenwoordigheid op die seiljag bevraagteken nie.

Sy *Bellissima Blowout* bedrogspul is opgedroom toe hy in Gia se onderdorp haarsalon instap. Sy was eenvoudig die eerste vrou wat liggelowig genoeg was om vir sy sjarme te val.

Die res is geskiedenis.

Dit was 'n lang naweek, al is dit net Saterdag aand. Kat kon nie wag om by die hotel te kom wat hulle vir die aand bespreek het nie. Hulle sal môre na Vancouver terugkeer en sy sal dit nie enige tyd gou weer verlaat nie.

"Het jy 'n goeie storie, Jace?" Harry sit sy hand op Jace se skouer.

"En nie hóé nie." Jace glimlag. "'n Skatkis van stories."

Drie weke het verby gegaan van Raphael se arrestasie, maar dit voel soos gister. Hulle het besluit om Gia se noue ontsnapping met 'n einde-van-somer braai te vier. 'n Koue hang in die lug soos die son onder die horison verdwyn. Kat trek haar serp om haar skouers. Sy sien altyd na herfs uit as 'n tyd van nuwe beginne. Niemand verdien dit meer as Gia nie. Sy is net dankbaar dat haar vriendin 'n tweede kans gekry het.

Jace en Harry beman die braai, terwyl Kat en Gia by die patio tafel sit met 'n margarita in hulle hande. Hulle huis is 'n stap terug van die *The Financier,* maar dit is ten minste op 'n eerlike manier bekom.

"'n Heildronk." Kat klink haar glas teen Gia sin. "Ons is veilig en gelukkig en so ook ons geld."

"Dankie tog," sê Gia. "Ek is so bly jy het sin in my gepraat. Ek wou dit nie glo nie, maar op die ou einde was jy reg. Raphael, ek bedoel Frank, was regtig net agter my geld aan."

"Ek wens dinge het nie uitgedraai soos dit het nie. Dit moes soos 'n sprokiesverhaal gevoel het."

Gia staar verlangend in die verte in. "Dit was soos 'n droom. Hoe het ek daarin geslaag om so gebreinspoel te word? Ek weet...beeldskoon, slim en ryk ook. Hy het my net so spesiaal laat voel, Kat. Soos 'n filmster of iets. Dit is bittersoet, maar in my hart het ek geweet hy is te goed vir iemand soos ek."

"Dit is waar jy verkeerd is, Gia. Jy is te goed vir hom."

Die hek gaan oop en hulle draai albei om. Pete glimlag en waai hallo soos hy na Jace en oom Harry na die braai toe loop.

"Hy is nog iemand wat 'n nuwe begin verdien," sê Gia. "Dink net, as jy nie in die grot verdwaal het nie, sou ons nie vir Pete leer ken het nie."

Kat knik. "Somtyds is mense nie wat hulle blyk te wees nie." Pete is 'n goeie voorbeeld. Hy is net iemand wat bietjie verdwaal het en hoop verloor het.

Pete het dalk die boot verlaat, maar hy het nie van hulle vergeet nie. Sy vrees vir die polisie kom van vorige onderonsies jare terug toe hy haweloos was. Hy het 'n paar dekades spandeer om los werkies te doen, gevat wat ook al hy kon kry. Oom Harry het vir hom 'n plek naby gevind om te bly; 'n klein opsluit woonstel. Hy werk as 'n versorger en nutsman, in ruil vir gratis verblyf.

"Volgende keer sal ek vir jou luister vóór ek my geld vir 'n ou gee wat ek pas ontmoet het," sê Gia.

Kat wyf haar weg. "Ek het net 'n paar sleutels op 'n sleutelbord getik. Jy en die radio het die res gedoen."

Gia lag. "Ek kan nie eintlik glo ek het dit gedoen nie. Die dwelms moes steeds in my stelsel gewees het."

"Jy het baie gefokus vir my gelyk," sê Kat. "Ek is net bly alles het uiteindelik uitgewerk."

"Moeilik om te glo ek het daarvoor geval." Gia teug aan haar drankie. "Alles van daai ou was net 'n voorwendsel, met ander mense se geld. Ek kan steeds nie glo hy het sy familie vermoor nie. En om te dink dat ek volgende kon wees." Gia vryf afgelei oor haar nek. "Dink jy regtig hy sou my doodgemaak het, Kat?"

"Op een of ander tyd."

"Dit klink so ligsinnig."

"Natuurlik sou hy. Hy het Melinda na 'n vier jaar huwelik vermoor. Jy het niks vir hom beteken nie."

Gia trek haar asem in. "Regtig, Kat? Jy moet aan jou takt werk."

"Mense soos dit het niks gevoelens vir iemand anders as hulself nie. Frank is 'n koudbloedige moordenaar. My woorde is dalk wreed, maar dit is goed om die waarheid in die gesig te staar." Melinda se beursie was die sleutel wat Frank se oëverblindery oopgesluit het. Dit verbaas Kat dat hy dit gehou het. Hy het dit seker meer as 'n trofee as enige iets anders gesien, aangesien daar nie 'n sentimentele been in sy liggaam is nie.

"Party meisies het al die geluk." Gia draai 'n lok om haar vingers terwyl sy oorkant Kat sit. "Ek, nie soveel nie."

"Ek stem nie saam nie," sê Kat. "Jy het 'n wonderlike lewe. Kyk na alles wat jy het."

Gia glimlag. "En om te dink ek het dit alles amper verloor as gevolg van daardie poephol."

Die mans sluit by die tafel aan met borde vol vleis en gebakte aartappels.

Oom Harry skep koolslaai in sy bord in en draai na Pete toe. "Hoekom het jy om die Friday-hawe marina rondgehang as jy nie op bote werk nie?"

"Ek het nooit gesê ek werk nie op bote nie," sê Pete. "Net dat ek nie beman nie."

Harry frons.

"Ek doen saagmeulwerk op bestelling, daardie soort van ding. Ek hang by die marina rond en die woord versprei. "Ek werk vir goedkoop."

"Ek dink ek kan bietjie meer werk vir jou kry. As jy dit wil hê, natuurlik." Gia draai na Kat toe. "Ek is bly jy het my geld terug gekry. Ek het nog 'n belegging in die pyplyn."

"Gia, moet dit nie doen nie. Ek en jy het die slegste geluk." Oom Harry staan op en gaan terug na die braai toe.

"Nie daardie tipe belegging nie, Harry. Ek gaan my salon oordoen. Die beste belegging wat ek kan maak, is in myself en ek dink Pete kan my help."

"Ek kan môre 'n draai kom maak." Pete kou 'n mondvol vleis.

"Alles goed." Kat draai na Gia. "Ek is bly alles is nou oukei."

"Amper alles," sê Gia. "Behalwe dat ek steeds getroud is met daai poephol."

"Dalk, dalk nie," sê Kat.

Gia helder op. "Wat bedoel jy, dalk nie?"

"Ek het 'n prokureur vriend van my gebel. Jou saak is bietjie gekompliseerd, maar basies kon Raphael nie met jou getrou het nie aangesien hy reeds getroud was aan iemand anders."

Gia snak. "Maar hulle was nie meer getroud nie. Ek bedoel, sy was... dood."

"Arme Melinda. Dit is waar dat sy reeds afgesterwe was oor julle seremonie."

"Dan sien ek nie hoe..."

"'n Doodsertifikaat is nog nie uitgereik gewees nie. As 'n wewenaar, was hy nie vry om met enige iemand anders te trou voor die sertifikaat uitgereik is nie. Dit beteken in die eerste plek dat julle huwelik nie wettig is nie." Sy dink terug aan die nuusverslae en sidder om te dink dat Gia dieselfde lot kon hê. "Behalwe daarvoor, was die troulisensie aan Raphael uitgemaak, nie Frank nie. Die huwelik is nie geldig oor sy wanvoorstelling nie."

Gia glimlag. "So ek is glad nie getroud nie?"

"Dit is reg. Jy hoef nie te skei of enige iets soos dit nie."

"Ek het jou gesê ek is gelukkig," sê Gia.

"Jy noem dit gelukkig?" Kat lag. "Net jammer jy was nie gelukkig genoeg om hom in die eerste plek te vermy nie."

"Ek het my les geleer. Ek sal nie elke aantreklike ou vertrou nie, en ek sal nie weer trou nie. Ten minste nie enige tyd gou nie."

"Wat is dit van trou?" Oom Harry keer terug na sy stoel toe met 'n tweede stuk vleis. "Ek is beskikbaar vir seremonies later in die maand."

"Ontspan, Harry," sê Gia. "Ek gaan nie trou nie. Ek het besluit ek het nie 'n man teen enige koste nodig nie. Hulle is nogal 'n duur gewoonte."

"Jy doen baie goed op jou eie," stem Kat saam. "Dit is die rede hoekom Raphael jou in die eerste plek geteiken het."

"En volgende keer, sal ek beheer neem." Giggel Gia. "Ek wil 'n man hê wat my wil hê vir mý, nie vir my geld nie."

"Ek is bly om te sien jy het tot jou sinne gekom," voeg Harry by. "Ek het van die begin af geweet daardie ou is moeilikheid."

Kat lig haar wenkbroue. "Is dit só?"

"Jip. Maar daar is niks fout daarmee om te trou nie. Ek hoop om 'n ander paartjie te oortuig."

"Jy bedoel Kat en Jace?" Gia draai na Kat. "Hoekom nie? Ons kan die seremonie net hier hou. Ons kan môre vir 'n rok gaan soek."

Harry vryf sy hande saam. "Ek sal my pak dra. Eerste keer in twintig jaar. Ek hoop dit pas."

Jace glimlag vir Kat. "Gaan ons trou?"

"Ek kan jou hare reguit maak?" Gia draai na Kat. "Ek het 'n nuwe produk wat ek op jou wil probeer."

"Oor my dooie liggaam." Kat trek haar hand deur haar hare. "Ek hou van my hare nés dit is."

Sy draai na haar oom en glimlag. "Ek belowe jy sal die

eerste wees om te weet as ons gaan trou." Sy en Jace hou nie doelbewus hulle planne 'n geheim nie, maar hulle is ook nog nie reg om dit te deel nie. Tydsberekening is alles, en somtyds is die beste planne, geen planne nie.

HET JY *UITBARSTING* GENIET? Kry die ander boeke in die reeks en Colleen se ander boeke by dié skakelof besoek haar webtuiste om op te teken vir 'n tweejaarlikse kennisgewing oor nuwe vrystellings: http://www.colleencross.com

SKRYWERSNOTA

Hierdie werk is fiksie, maar met 'n paar fassinerende historiese feite ingeweef. Die historiese figure in my verhaal is vandag vergete, maar geskiedenis herhaal sigself altyd en hierdie storie is niks anders nie.

Die beste deel van fiksie skryf is dat jy dinge kan opmaak. Die tweede beste ding is om navorsing te doen en 'n eerstehandse ervaring te verbeel. So wat is feit en wat is fiksie?

Raphael en Gia se storie is pure fiksie, al gebeur soortgelyke oëverblindery in liefde en geld keer op keer. Ek wens dit doen nie, maar dit doen. Pete is ook pure fiksie en is nie Brother XII se afstammeling nie.

Brother XII is feit. Hy was 'n regte persoon en die storie is meestal feit met 'n paar fiktiewe draaie ingegooi. Sy regte naam is Arthur Edward Wilson. Wes-kus seevaarders wat langs Kanada se Stille Oseaan kus vaar, sal die naam Brother XII herken en vertroud wees met Pirates Cove, De Courcy-eiland en Valdes-eiland.

Brother XII (sy verkose spelling, nie myne nie) het die Aquarian Foundation by Cedar-by-the-Sea op Vancouver-eiland naby Nanaimo, Brits-Columbië in die 1920s gestig. Brother XII en sy berigte okkult was wêreldwyd bekend vir hulle Armageddon voorspellings in die 1920s en 1930s, tog is hulle vandag hoofsaaklik vergete.

Toe sy okkult te veel aandag uitgelok het, het hy en sy volgelinge na die baie kleiner Valdes- en De Courcy-eilande verhuis. Ek het vir simplisiteit die verhaal meestal op De Courcy-eiland gefokus eerder as die veelvuldige liggings. Ek het ook die geografie, tipografie en grotliggings verander om die hedendaagse storie te pas.

Charismatiese mense soos Brother XII kom met verbasende gereeldheid deur die geskiedenis voor. Elke paar jaar kul hulle liggelowige mense met geloofsisteme, kombinasies van okkult, persoonlikheid, mistisisme en geloof. Hulle kapitaliseer op ons begeerte om deel van iets groter as ons self te wees. Dit het te gereeld tragiese gevolge.

Die begraafde goud in die Mason-houers is feit, volgens bevestigde vertellings van die 1920s. Of dit steeds begrawe lê, is 'n ander storie. Al was die beraamde half-ton goud munte te swaar vir Brother XII om saam met hom op sy treilvisser te neem, is dit baie onwaarskynlik dat die goud vir oor die dekade of so wat die okkult aktief was, onaangeraak en versteek gebly het. Ek twyfel ook dat dit op die eiland gebly het, al bly die mite voortleef. Dit is meer waarskynlik dat hy die goud stelselmatig oor die jare uitgedun het, en dit wat oorgebly het, gevat het toe hy De Courcy-eiland finaal in 1933 verlaat het.

Of dalk is ek verkeerd en een of ander gelukkige mens sal die goud skat ontdek. Met 'n duisend dollar vir 'n ons, sal dit vandag meer as vyftien miljoen dollar werd wees.

Die ondersee tonnel tussen die twee eilande is 'n feit. In my storie skakel dit De Courcy- en Valdes-eiland. In werklikheid skakel die ondersee tonnel die Valdes-eiland grot met Thetis-eiland, nie De Courcy nie. Die ondergrondse tonnel is twee honderd voet onder die grot se ingange. Die tonnel was welbekend en gebruik deur die plaaslike Coast Salish First Nations mense vir seremoniële plegtighede vir ten minste honderd, en meer waarskynlik duisende, jare, tot 'n laat negentiende eeuse aardbewing dit ongangbaar gelaat het. Dit sou ook in Brother XII se dae geblok gewees het. As dit egter nie was nie, vermoed ek hy sou sy goue munte daar weggesteek het.

Jy weet ook reeds dat Kat, Jace en Harry fiksie is. Hulle bestaan net in my verbeelding, maar hulle is vir my baie werklik!

Ek hoop jy het *Uitbarsting*, die derde boek in die Katerina Carter bedrogmisdaadroman-reeks, geniet en die sesde Katerina Carter-verhaal in die geheel. Jy kan die ander verwante Carter Color of Money-reeks gaan uitkyk vir meer. Solank as wat lesers soos jy my stories geniet, sal ek aanhou om hulle te skryf. As jy *Uitbarsting* geniet het en graag my ander boeke wil uitkyk, kan jy hulle <u>hier</u> vind.

Jy kan op datum bly met my nuutste vrystellings deur in te teken op my nuwe vrystellings nuusbrief by: www. colleencross.com

OOK DEUR COLLEEN CROSS

Katerina Carter bedrog-misdaadromanreeks

Uittreestrategie

Spelteorie

Uitbarsting

www.ingramcontent.com/pod-product-compliance
Lightning Source LLC
Chambersburg PA
CBHW030813210726
48290CB00002B/561